Ich widme dieses Buch meinen Eltern,
die sich selbst stets all ihre Träume verwirklichen
und mir zeigen, dass nichts unmöglich ist.
Ich liebe euch!

Anna-Lena Fogl

Prärieherz

Prärie-Reihe: Band 1

Bibliografische Information der Deutschen Nationalbibliothek:
Die Deutsche Nationalbibliothek verzeichnet diese Publikation
in der Deutschen Nationalbibliografie; detaillierte bibliografische
Daten sind im Internet über http://dnb.dnb.de abrufbar.

Herstellung und Verlag: BoD – Books on Demand, Norderstedt

Copyright: © 2017 Anna-Lena Fogl

ISBN: 978-3-7448-9461-6

DIE AUTORIN

"Du brauchst auch mal frische Luft für dein Gehirn", war einer von vielen Sätzen, die die Autorin Anna-Lena Fogl als Kind und Jugendliche oft zu hören bekam. Nicht zu selten vergaß sie sich völlig in ihren kreativen Projekten und Dinge wie Schlafen oder Essen wurden da schon einmal zweitrangig. Die Liebe zu Pferden hat sie zum Glück vor einer akuten Sauerstoffunterversorgung bewahrt und gleichzeitig ihre Ideenwelt unentwegt beflügelt.

Geboren 1993 lebt sie derzeit in Bayern.

Webseite: https://annalenafogl.jimdo.com/
Facebook: www.facebook.com/annalenafogl/

DANKSAGUNG

Mein Dank geht an meine Familie - Papa und Mama, und meine Schwester Lorena - ebenso wie an meinen Schatz Enrico♥, für die immerwährende Unterstützung.

~ ♥ ~

Ein ganz herzlicher Dank geht an die wundervolle Cilly, die sich unglaublich viel Zeit und Herz genommen hat, Seite um Seite mit mir durchzuarbeiten! Ohne dich wäre „Prärieherz" nicht das, was es ist!

Ebenso danke ich meinen beiden Betaleserinnen Yvonne und meiner Schwester Lorena.

Ein weiterer Dank geht an die großartige Autoren-Gruppe der „Federschwinger" für ihren Beistand in allen Autorenlebenslagen, insbesondere an Alyssa León, meine Wild-West-Schwester, für ihre herausragende Coveridee und großartige Unterstützung.

**There is a time to take counsel
of your fears, and there is a time
to never listen to any fear.**
George S. Patton

Armselig

Armselig. Sowas von armselig. Ihr ganzes Leben war ein einziges Fiasko, das an Armseligkeit überhaupt nicht zu übertreffen war!

Den Kopf in die Hände gestützt saß Abigail auf der alten, klapprigen Bank neben dem Eingang zum Bordell. Ihr war egal, dass die Leute sie dort sahen, ihr Ruf war ohnehin ruiniert. Tiefer konnte man nicht sinken.

Soeben hatte sie ihren gefühlt fünfundzwanzigsten Job verloren. Ein letzter, kläglicher Versuch, auf ehrenwerte Weise Geld zu verdienen. Als Aushilfe im Bordell – in der Küche, zum Putzen, und so weiter - war ihr Ansehen in der Stadt bis zum absoluten Nullpunkt gesunken. Derweil war dies ihre bisher beste Arbeitsstelle! Sie hatte wahrlich schon schäbigere Tätigkeiten ausgeübt!

Doch nicht nur ihr Ruf als Frau befand sich auf dem Nullpunkt - auch ihr Geldbeutelinhalt. Was sie verdient hatte, reichte gerade um zu überleben, vom Sparen für schlechte Zeiten - für *jetzt* - war keine Rede. Doch selbst das war nicht das Schlimmste an ihrer Situation. Viel bedenklicher war, dass sie - sehr zur Tratschfreude der reichen Damen in der Stadt - kostenlos im Bordell hatte schlafen dürfen. Irgendein Plätzchen war immer für sie frei gewesen und in ihrer Lage nahm man, was man bekam.

Wahrscheinlich würde sie nicht so verachtet werden, wenn sie draußen bei den Straßenhunden im Dreck geschlafen hätte. Abigails Familie war schon von Grund

auf nicht angesehen, doch im Bordell zu arbeiten, hatte ihrem persönlichen Lebenslauf den Todesstoß versetzt.

Sie starrte auf ihre Stiefelspitzen, die leicht vom Staub der Straße verdreckt waren und ihr langes, braunes Haar fiel nach vorne auf den Stoff ihres beigen Rockes. Abigail seufzte bitter und vergrub das Gesicht in den Händen - diese verfluchten alten Stiefel waren das verdammt Wertvollste, was sie besaß. Sie hatte es schon wahrlich weit gebracht! Doch ihr Sinkflug schien gerade erst richtig Fahrt aufzunehmen. Das Gute an der Sache war: Noch tiefer konnte man nicht fallen. Zumindest das war ihr sicher, wenn schon sonst nichts.

Die Sonne stand immer tiefer und wenn sie nicht bald einen neuen Plan fasste, würde sie hier in absoluter Dunkelheit sitzen. Noch warfen die alten Gebäude lange Schatten und wurden in goldenes Licht getaucht, was eine Ruhe vermittelte, die ihrem Inneren momentan überhaupt nicht glich.

Nun, wie sollte denn ihr Plan aussehen? Was für ein Plan überhaupt? Ein neuer Lebensplan? Der wievielte? Wie oft konnte ein Mensch überhaupt scheitern, bis er endgültig nicht mehr aufstand? Betrachtete sie ihre Situation sachlich, hatte sie im Moment nur diese Bank, auf der sie saß, und selbst die war nicht ihr Eigen. Sie könnte hier schlafen, doch spätestens morgen würde man sie fortjagen und auch wenn sie sich zu verteidigen wusste, war sie stets froh gewesen, während der Abend- und Nachtstunden die meiste Zeit hinter dem Tresen verbracht zu haben. Sobald Alkohol floss, war ein Bordell kein guter Ort für eine Frau, die sich ein letztes Quänt-

chen ihrer Ehrbarkeit bewahren wollte.

Abby blickte zur Straße hinaus. Johnstown war eine kleine Stadt mit guten einhundert Einwohnern. Es war nicht viel geboten und Abby befürchtete, dass die religiösen Damen mit ihren feinen Kleidern und den schicken Hütchen auf ihren Köpfen diesem Ort auch noch die einzig guten Dinge wegnehmen würden: Das Bordell, den Saloon, jegliche Art von Glücksspiel und auch jegliche Art von Alkohol. Sie hoffte inständig, dass sie diesen Tag nicht persönlich miterleben müssen würde.

Wie zufällig war das Bordell etwas zurückgesetzt gebaut worden - schickte sich nicht mitten auf der Mainstreet - und doch gingen hier die wichtigsten und reichsten Männer aus und ein. Ein weiterer Versuch der anderen Leute ihre Scheinheiligkeit zu bewahren, um die sie selbst sich schon längst keine Gedanken mehr machen musste. Der Zug war abgefahren. Falls sie je heiraten wollte, würde sie nicht nur die Stadt, sondern am besten den Staat verlassen müssen, bis sie irgendwo ankam, wo ihr Ruf sie nicht mehr einholen würde. Ha, zur Hölle, sie würde sich eine verdammt große, gute Geschichte ausdenken müssen, um ihre Vergangenheit ausreichend zu überdecken!

„Zum Teufel, verflucht!", stieß sie abwertend aus.

Sie hatte nichts mehr zu verlieren und im Moment sah es nicht danach aus, als würde ihr demnächst eine zündende Idee kommen. Wenn es jetzt etwas gab, das ihr beim Nachdenken helfen würde, dann nur ein Glas guter alter Whiskey. Das würde sie ihren letzten Groschen kosten, doch das machte ohnehin keinen großar-

tigen Unterschied mehr.

Abigail erhob sich von ihrem Platz auf der Bank und marschierte mit hoch erhobenem Kopf, an musternden Blicken vorbei, über die staubtrockene Straße zum Saloon. Ein Reiter kreuzte ihren Weg, dem einige der angebundenen, wartenden Pferde nachsahen. Das Treiben auf den Straßen, in den Geschäften und Lokalitäten wurde bereits deutlich ruhiger. Eine der wohl letzten Kutschen des Tages rollte scheppernd hinter ihr vorbei, ehe sie selbstsicher den ersten Schritt auf die hölzerne Veranda des Saloons setzte.

Die Menschen konnten ihr alles nehmen, doch eines nicht - ihren Stolz. Wenn sie sich auch schon zu so manch niedriger Arbeit aus reiner Not herabgelassen hatte, genau dieser letzte Rest an Trotz war es, der sie all ihre Jobs gekostet hatte. Die meisten akzeptierten kein „Nein".

„Nein, ich fahre nicht noch eine Fuhre Erde weg, ich breche sonst zusammen."

„Nein, ich werde nicht in den Steinbruch gehen und mich zu Tode arbeiten."

„Nein, ich werde mir nichts als Hure dazuverdienen."

Letzteres hatte sie zusammen mit ihrer frechen, schlagfertigen Zunge und ihrer explosiven Art den Job im Bordell gekostet.

Die Schwingtüren schlugen hinter ihr auf und zu, als sie den dämmrig beleuchteten Saloon betrat und ungeachtet weiterer musternder und lüsterner Blicke einen Platz am hinteren Ende der Bar einnahm. Neben ein paar Prostituierten war sie hier mit großer Wahrschein-

lichkeit die einzige Frau. Und mit absoluter Wahrscheinlichkeit die einzige Frau, die ihren Whiskey selbst bezahlte.

Ein kurzer, halbherziger Blick genügte ihr, um festzustellen, dass der Marshall, der Bürgermeister und der wohl reichste Mann der Stadt, ein übergewichtiger, widerlicher Viehbaron, an einem Tisch saßen. Bekannte Gesichter im Freudenhaus. Dass sie hier an einem Ort vereint waren, tranken und lauthals lachten konnte nur bedeuten, dass sie mal wieder ein wunderbares Geschäft ausgeheckt hatten, das in dieser Stadt genau drei Leuten einen Profit bringen würde...

Der Saloon war, auch wenn er nicht sonderlich nobel eingerichtet war, seit jeher ein Ort des Handschlags und des Lasters. Ein uraltes, verstaubtes Klavier, auf dem wohl seit Jahren niemand mehr gespielt hatte, verkümmerte in einer Ecke. Die dunklen Holzwände und die ebenso dunkle Einrichtung des großen Raumes drückten auf das Gemüt und die wenigen Kerzen sorgten für ein einschläferndes, schwaches Licht. Beides wohl gute Gründe dafür, in diesem Etablissement ausreichend Alkoholisches zu trinken.

Es dauerte nicht lange, da war das erste Glas vernichtet und Abby stellte es zufrieden geräuschvoll auf dem massiven Tresen ab. Sie lugte verstohlen in ihren ledernen Geldbeutel. Für einen würde es noch reichen. Sie ließ auch den Inhalt des zweiten Glases in Sekundenschnelle verschwinden und es dauerte nicht lange, bis sie die Rückmeldung anhand eines leicht schummrigen Gefühls bekam.

Während sie gedankenverloren auf den Boden ihres leeren Glases starrte und Vergleiche zwischen diesem und ihrem Leben zog, registrierte sie kaum, dass sich der Platz neben ihr füllte. Beinahe erschrak sie, als eine tiefe Stimme sie fragte: „Darf ich Ihnen noch einen bestellen?"

Abigail seufzte schwer. Konnte man nicht einmal seine Ruhe haben? „Danke, meinen nächsten Drink kann ich mir gerade noch selbst bezahlen", schnauzte sie und würdigte den Mann keines Blickes. Er war sowieso nur auf der Suche nach einer Frau für die Nacht und die war gewiss nicht sie.

Langsam sickerte die Bedeutung ihrer Worte zu ihr durch: Nächster Drink? Sie hatte verdammt nochmal kein Geld für einen nächsten Drink! Am liebsten hätte sie nochmal ihren Geldbeutel kontrolliert, doch die Blöße wollte sie sich nicht geben. Verflucht! Wieso musste ihr Mundwerk immer schneller sein als ihr Verstand?

Zähneknirschend bestellte sie ein weiteres Mal Whiskey und lugte verstohlen zu dem zweiten Glas, das der Barkeeper neben ihr auf den Tresen stellte. Ihr neuer Freund trank offensichtlich ebenfalls Whiskey. Zum ersten Mal warf sie ihm einen hoffentlich unbemerkten Blick zu und zuckte beinahe zusammen. Sie hatte einen alten, schmutzigen, bärtigen Mann erwartet, der sie schon allein mit seinen Augen auszog. Stattdessen saß neben ihr ein junger, gutaussehender Mann in sauberen Klamotten.

Verstohlen beobachtete sie ihn weiter. Er saß ent-

spannt da und schien nachdenklich. Er spielte geräuschlos mit dem Glas und drehte es zwischen seinen großen Händen. Seine ärmellose Weste und das feine Hemd gaben ihm beinahe das Aussehen eines Edelmannes. Wäre da nicht ein Hauch Verruchtheit, der ihm anhaftete, hätte sie ihm die Fassade auch fast abgenommen, doch sie war sich sicher, dass dieser Mann Gefahr als Begleitung hatte. Das sagte ihr ihr Bauchgefühl und wenn auch schon alles Andere sie im Leben betrogen hatte - ihre Intuition hatte sie noch nie im Stich gelassen.

Unglücklicherweise hatte Gefahr jedoch schon immer eine hohe Anziehungskraft auf Abigail ausgeübt und wenn sie einen Blick in ihre erwartungsgemäß äußerst düstere Zukunft warf, war dies keine Eigenschaft, die sie besonders weit gebracht hatte. Sie konnte jedoch trotzdem dem Drang nicht widerstehen, ihn beim Leeren ihres dritten Glases weiter zu mustern. Irgendetwas an ihm zog sie in seinen Bann, während alle Warnsysteme in ihr höchste Alarmstufe signalisierten.

Wer war er? Für einen schnöden Kaufmann oder Bankier traten seine muskulösen Oberarme viel zu sehr unter den Hemdsärmeln hervor. Für einen Edelmann war sein Dreitagebart zu ungepflegt und diese verschlug es so gut wie nie nach Johnstown. Für einen Staatsmann fehlte ihm die Plakette - sie konnte keinen Sheriffstern oder dergleichen erkennen. Noch dazu sagte ihr ihr Gefühl, dass sie ihn irgendwoher kannte. Nur woher?

„Darf ich Ihnen jetzt einen ausgeben?" Er gab wohl nicht auf.

Abby stellte soeben das leere Glas zurück auf den Tresen. Zögern. Sie witterte Gefahr, doch vielleicht war er auch eine Chance? Arm war er keinesfalls und da er sich hier freiwillig mit ihr unterhielt, schien er sich aus ihrem Ruf - der ja allseits bekannt war in der Stadt - nicht viel zu machen. Und da sie sich so sicher war, ihn zu kennen, kam er bestimmt auch nicht von außerhalb, er musste also Bescheid wissen. Oder vielleicht nicht? Wenn nicht, dann könnte sich für sie hier tatsächlich eine Möglichkeit auftun, ihrer aussichtslosen Situation zu entfliehen. Was hatte sie schon zu verlieren? Einen Versuch war es wert.

„Einen", sagte sie mit warnendem Unterton.

Schmunzelte er?

Der Barkeeper brachte ihnen zwei neue Gläser und der Fremde hob ihr seines dezent entgegen. Vorsichtig, als könnte eine Schlange hervorfahren und nach ihr schnappen, ließ sie die Gläser aneinander klirren und beäugte ihn dabei misstrauisch.

„Ich beiße nicht", sagte er mit einem schiefen Lächeln.

„Aber ich", entgegnete Abby mit einem vielsagenden Blick, den er problemlos entgegnete. Hoppla, jetzt war sie sich plötzlich nicht mehr so sicher, ob er sie nicht doch hinter diesen wunderschönen, fast schwarzen, Augen ihrer Klamotten entledigte. Sie senkte den Blick auf ihr halbvolles Glas. Eins war sicher - dieser Kerl hinderte sie am Nachdenken. Wenn er also nicht die Lösung ihrer Probleme war, musste sie ihn schnellstmöglich loswerden.

„Na, fragen Sie schon!"

„Was denn?" Erstaunt sah sie ihn an.

„Ihnen liegt doch etwas auf der Zunge. Fragen Sie!"

Abermals beäugte sie ihn misstrauisch. Ob er Gedanken lesen konnte? „Wer sind Sie?"

Er lachte: „Ist mein Erscheinungsbild so verstörend?"

Oh nein, verstörend ist es ganz und gar nicht, dachte sie und rügte sich sogleich für ihre Gedanken. Sie zwang sich, den Blick von seinem breiten, markanten Kiefer und dem vollen, dunkelbraunen Haar abzuwenden und nahm ihn mit ihrem scharfen Blick ins Visier: „Sie sind kein Bankier, diese Männer sind sogar zu schwach oder zu fett ihr Pferd selbst zu satteln. Einer von den Reichen aus Europa, die hier seit kurzem immer öfter auftauchen, sind Sie aber auch nicht, die rasieren ihre Wangen, bis sie aussehen wie Babypopos. Zum Sheriff fehlt Ihnen der Stern."

Jetzt war er es, der sie plötzlich mit äußerst wachem Blick betrachtete: „Sie scheinen einen scharfen Verstand zu haben, junge Lady. Und eine hervorragende Beobachtungsgabe obendrein. In der Tat, Sie haben vollkommen Recht. Ich bin nichts von alledem."

Da er das Geheimnis offensichtlich nicht vorhatte zu lüften, hakte sie abermals nach: „Also, wer sind Sie?"

Er lehnte sich leicht zu ihr hinüber und seine Nähe sandte ihr ein ungewolltes Prickeln über den Körper: „Ich bin mir sicher, Sie finden es selbst raus."

„Muss ja was Schlimmes sein", behauptete sie in der Hoffnung, ihn aus der Reserve zu locken. Stattdessen stand er auf und berührte sie mit der Hand an der Taille, ehe er in leisem Tonfall und mit einem Augenzwin-

kern wiederholte: „Sie finden's raus." Mit diesen Worten entfernte er sich vom Tresen und setzte sich zu ein paar anderen Männern, die offensichtlich zu ihm gehörten. Einige von ihnen wurden von Huren, die auf ihren Schößen saßen, langsam aber sicher um den Finger gewickelt, andere sahen finster drein und waren mit ihrem Alkohol allein offensichtlich glücklicher.

Eine merkwürdige Truppe, dachte sich Abby und konnte sich nun noch weniger einen Reim darauf machen, wer der Fremde war. Doch sie konnte es nicht leugnen, seine geheimnisvolle Art machte sie neugierig. Was meinte er damit, dass sie es herausfinden würde? Konnte er sie nach dieser kurzen Zeit so gut einschätzen, dass er zu wissen glaubte, dass sie darauf brennen würde, das Mysterium zu lüften? Wenn ja, hatte er gottverdammt Recht. Sie kämpfte noch mit sich, doch es dauerte nur wenige Minuten, ehe sie ihr Glas in die Hand nahm und zu der Gruppe Männer hinüberging. Einer solchen Herausforderung konnte sie schlichtweg nicht widerstehen. Konnte sie noch nie.

Der Fremde saß ein wenig abseits von den anderen auf einem großen Sessel, trotzdem schien Abby jeder anzustarren. Er machte eine halbherzige Geste, dass sie doch auf seinem Schoß Platz nehmen könnte wie die anderen Damen, doch sie sah ihm an, dass er es nicht ernst meinte. Während sie sich trotzig einen eigenen Stuhl nahm, lachte er leise.

„Schön, Sie wiederzusehen", grinste er in seinen Sessel zurückgelehnt, während er wieder mit der einen Hand ganz langsam sein Glas auf dem Tisch drehte. Abigail

erwiderte nichts.

„Vielleicht verraten Sie mir ja, wer *Sie* sind?", hakte er nach.

Sie wollte schon antworten, da kam ihr eine Idee. Vielleicht war das die Chance? Weiß Gott, warum, doch er schien offensichtlich nicht zu wissen, wer sie war. Wieso sollte sie das ändern?

Sie lehnte sich verschwörerisch über den Tisch und wusste nur zu gut, dass ihre Brüste so wundervoll zur Geltung kamen. „Ich bezweifle, dass Ihr Verstand so scharf ist wie der meine, doch ich vergelte gerne Gleiches mit Gleichem. Sie sollen auch Ihre Chance haben, es ganz von alleine rauszufinden."

Da war es wieder, dieses nonchalante, freche, schiefe Grinsen, bei dem sie nur hoffen konnte, dass es der Alkohol war, der dieses flatternde Gefühl in ihrem Bauch verursachte.

„Das scheint nur gerecht", meinte er, „darf ich Sie stattdessen fragen, was eine hübsche, junge Lady, wie Sie es sind, in einem Saloon verloren hat?"

Mist, ihre Vergangenheit zu verbergen war schwerer als gedacht. „Wo bekommt man sonst wirklich guten Whiskey?", konterte sie. Wie gut, dass es ihr nicht an Schlagfertigkeit fehlte. Warum fühlte sich das hier an wie das Spiel von Feuer und Wind? Das eine versuchte das andere zu überlisten, doch noch gewann keines die Oberhand.

„Ungewöhnlich für eine Dame, solch hartes Gesöff."

Er gab nicht auf. Doch sie würde nicht klein beigeben: „Ungewöhnlich für einen Mann, einer *Dame* zu ver-

schweigen, wie er seinen Lebensunterhalt verdient."

Er verzog den Mund - ein Zeichen, dass er soeben akzeptierte, hier einen härteren Gegner als Gegenüber zu haben. Sie wurde den Verdacht nicht los, dass sich hier zwei Menschen gegenübersaßen, die beide etwas zu verbergen versuchten.

Abby hatte es nicht bemerkt, doch offensichtlich hatte er dem Kellner bedeutet, zwei weitere Gläser zu bringen. Puh, sie konnte nur hoffen, dass das auf seine Rechnung ging.

„Nun denn, Unbekannte."

„Unbekannter."

Sie stießen an und sie war sich sicher, dass er ihren Blick einen Moment zu lange fesselte, ehe sie tranken. Was tat sie hier eigentlich? Allmählich war sie sich nicht mehr so sicher, ob das hier eine gute Idee war. Sie unterhielt sich nun seit einigen Minuten mit diesem Mann und wusste noch immer genauso wenig wie zu Anfang - nämlich nichts. Er hatte eindeutig etwas zu verbergen und es wäre das Schlaueste, wenn sie das Weite suchte - doch ihr war überhaupt nicht danach. Und der Alkohol machte ihr das Gehen nicht gerade einfacher – im doppelten Sinne.

„Boss, wir machen uns auf den Weg." Drei der Männer standen auf - die anderen beiden würden allem Anschein nach mit ihren Auserwählten hier nächtigen.

„Wir kommen mit", sagte ihre fremde Bekanntschaft und erhob sich ebenfalls und zog sich sein Jackett an. Er hielt ihr den Arm hin. Boss? Und wer wir? Meinte er sie? Wohin machten sie sich auf den Weg?

„Würden Sie mich begleiten?"

Abby wollte verneinen, doch ihr wurde schnell klar, dass das hier möglicherweise ihre einzige Chance war. Wenn er ging, saß sie hier mit einer Rechnung, die sie nicht bezahlen konnte und würde irgendwann vor die Tür geworfen werden, ohne Dach über dem Kopf. Über ihn wusste sie nichts, und sie war sich auch noch immer nicht sicher, was für ein Mann er war. Doch in Anbetracht ihrer Umstände befand sie, dass sie hiermit entweder die dümmste oder die beste Entscheidung ihres Lebens traf.

Nicht ohne kritischen Blick hakte sie sich bei ihm ein und folgte ihm nach draußen. Der gestärkte Stoff seines Hemdes rieb an der Haut ihres Armes und die Nähe zu ihm erweckte eine wohlige und zugleich beängstigende Unruhe in ihr. Die Männer schwangen sich auf die wartenden Pferde. Der Fremde löste sich von ihr, stieg ebenfalls auf einen großen Rappen und hielt ihr die Hand entgegen. Im letzten Moment befiel sie doch die Angst.

„Wo reitet ihr hin?"

„Nach Hause."

„Wo ist das?"

„Vertrau mir, du bist hier in Sicherheit." Na toll, das hieß wohl so viel wie „ich kann dir die Frage leider nicht beantworten, weil ich ein Verbrecher bin." Und seit wann hatten sie überhaupt zum „Du" gewechselt? Versuchte er Vertrautheit zu schaffen?

Abigail holte tief Luft. Letzte Chance. Zur Hölle, wenn sie nicht aufstieg würde sie nie erfahren, ob es die

dümmste oder beste Entscheidung gewesen wäre! Es war nicht das erste Mal im Leben, dass sie etwas wagte. Man konnte gewinnen oder verlieren. *Ein wenig Draufgängertum braucht man in diesen Zeiten um weiterzukommen.*

Sie ergriff seine Hand, stellte ihren Fuß in den Steigbügel und schwang sich hinter dem Sattel aufs Pferd. Es war besiegelt! Sogleich galoppierten sie aus dem Stand los und sie hatte gerade noch Zeit, ihre Arme um seine Taille zu schlingen, ehe sie abgerutscht wäre.

Sie ritten eine ganze Weile von der Stadt weg. Für Abbys Geschmack allmählich zu weit, denn sie umgab schon lange nichts mehr als endlose Pampa. Die Männer sahen nicht wie Farmer oder Rancher aus, und das wären die einzigen Menschen, die weitab von den Städten wohnten.

Immer stärker beschlich sie ein ungutes Gefühl und je mehr sie an ihrer Entscheidung aufzusteigen zweifelte, desto mehr Panik bekam sie. Was hatte sie sich nur dabei gedacht, fragte sie sich jetzt? Wieso neigte sie ständig zu solchen Schnellschüssen? Hätten dieser Fremde und der Alkohol ihr nicht so die Sinne benebelt, wäre ihr vielleicht schon früher klar geworden, dass alle Indizien gegen ihn sprachen. Da halfen selbst die verheißungsvollen Bauchmuskeln nichts, die sie unter dem Stoff seiner Kleidung spüren konnte.

„Ich will absteigen!", schrie sie über das Trommeln der Hufe auf dem harten, trockenen Boden hinweg.

Der Fremde wandte sich nicht zu ihr um und rief lediglich zurück: „Tun Sie sich keinen Zwang an!"

Das mit dem Duzen war offensichtlich auch bereits wieder Geschichte. Ihr war sofort klar, dass er nicht anhalten würde, um sie absteigen zu lassen. Abigail sah den Boden unter sich dahinfliegen und warf einen Blick zurück. Die Stadt war ein ferner Punkt am Horizont. Sie würde die halbe, wenn nicht die ganze, Nacht durchlaufen müssen, um dorthin zurückzukehren. Wenn sie sich vom Pferd fallen ließ, konnte sie mit viel Glück mit ein paar Schrammen davonkommen, doch angesichts der vielen größeren und kleineren Steine am Boden waren Brüche und schwerere Verletzungen wahrscheinlicher. Verdammt! Dieser Mistkerl!

Während sie sich weiter und weiter aus der Sicherheit der Stadt entfernten, gab Abby es irgendwann auf, fiebrig nach einem Ausweg aus ihrer Lage zu suchen. Sie würde nicht von diesem Pferd kommen, solange es nicht langsamer wurde. Der Fremde saß vor ihr wie ein unüberwindbarer Schrank, sie würde schon allein beim Versuch scheitern, an ihm vorbei an die Zügel zu gelangen. Es war aussichtslos! Sie resignierte und ließ es geschehen. *Wenn das meine letzten Stunden sind, dann will ich zumindest versuchen sie zu genießen*, dachte sie sich.

Nach einer gefühlten Ewigkeit waren sie schließlich in tiefschwarze Nacht gehüllt. Wie Geister glitten sie durch die Dunkelheit. Abby sah hinauf zum Himmel, wo ein Stern nach dem anderen aufleuchtete. Der Mond war nur zur Hälfte gefüllt und bildete eine lausige Lichtquelle. Auch wenn sie gegen die Angst kämpfte und sich für ihre Dummheit verfluchte, kam sie nicht umhin, die magische Stille und Schönheit der Prärie zu bewundern.

Das Hufgetrappel übertönte jeglichen anderen Laut und wirkte wie ein Störenfried in der Ruhe, die über dem Land lag. Am Horizont war der Unterschied zwischen Erde und Himmel kaum mehr auszumachen und es wurde spürbar kälter.

„Woah", hörte sie den Fremden leise zu seinem Pferd sagen und das Tier fiel in eine langsamere Gangart.

Schnell dachte sie darüber nach, abzuspringen. Wenn, dann jetzt! Doch was tat sie dann, ganz allein in der Wildnis? Sie wäre verloren und würde ewig zurück zur Stadt brauchen. Und die Männer - oder noch schlimmere Gestalten - hätten sie wahrscheinlich noch schneller wieder eingefangen als sie sich umsehen konnte. Sie hatte diese Karte gezogen und würde nun schlichtweg damit spielen müssen. Sie hoffte, dass sie diese Nacht irgendwie unbeschadet überstand. Wenn sie nur lebend wieder herauskam!

Die Pferde trotteten zielsicher verschlungene Wege zwischen riesigen Felsbrocken entlang und führten sie immer weiter und weiter in ein regelrechtes Labyrinth hinein. Nach viel zu langer Zeit erst - sie würde hier dank der Dunkelheit wahrscheinlich nie wieder herausfinden - tat sich plötzlich eine Art Lichtung auf, auf der sich mehrere Gebäude befanden. *Ein Versteck*, schoss es ihr durch den Kopf. Pflanzen oder Rinder züchten konnte man auf diesem Steinboden sicher nicht, was sollte es also sonst sein?

Annähernd der Linie eines Halbkreises folgend, standen mehrere Holzhütten um das offensichtliche Zentrum dieses Ortes gereiht: Ein belebter Lagerfeuerplatz.

Einige Baumstümpfe standen und lagen herum, welche wahrscheinlich als Sitzgelegenheiten genutzt wurden. Zur Rechten befanden sich Pferche für die Pferde, mehr gab dieser geheime Fleck, der soweit ersichtlich ringsum von Felsen eingeschlossen war, im Moment noch nicht von sich preis. Dem Ganzen mutete eine heimelige Stimmung an, ein Platz, um zur Ruhe zu kommen, die sie jedoch im Augenblick weder spüren noch akzeptieren konnte.

Abigail zitterte. Die anderen beiden Männer waren bereits abgesessen und drückten die Zügel ihrer Reittiere einer älteren Frau in die Hand, die, nach Abbys Meinung, um diese Uhrzeit längst im Bett hätte sein sollen. Die Männer zerrten die Sättel von den Pferden und verschwanden. Nun, zumindest sah es nicht so aus, als würden sie alle gemeinsam über sie herfallen…

Ihr fremder Begleiter schwang sein Bein über den Hals des Rappen und sprang auf den Boden. Er sah zu ihr auf und hielt ihr die Hand hin. Im fahlen Mondschein glitzerten seine pechschwarzen Augen noch gefährlicher als zuvor.

„Es freut mich, dass Sie noch bei uns sind. Darf ich bitten?"

Abby schnaubte und sprang eigenhändig vom Rücken des Tieres. Seine Art passte nicht zu einem Verbrecher. Er hatte hier jetzt keinen Grund mehr nett zu ihr zu sein, wozu die Etikette? Er grinste und strich seinem Pferd liebevoll über den Kopf. Dieses senkte die Stirn und genoss die Streicheleinheiten. Der Mund des Fremden verzog sich zu einem Lächeln, ehe er den Hals des

Tieres klopfte und ihm den Sattel abnahm.

Die ältere Frau hatte die anderen drei Pferde bereits in einen umzäunten Bereich gebracht und nahm nun auch die Zügel des Schwarzen in die Hand. Der Fremde hielt sie auf, fasste sie an den Schultern und küsste sie mit einer berührenden Herzlichkeit links und rechts auf die Wange, ehe er sie gehen ließ. Wer war sie? Seine Mutter? Und was tat sie hier? Was war das hier überhaupt für ein Ort? Je mehr sie von diesem Mann erfuhr, desto verworrener wurde es! Rätsel über Rätsel!

Die anderen Männer hatten in der Zwischenzeit ein Lagerfeuer entfacht und offensichtlich noch nicht vor, sich schlafen zu legen. Ihr Begleiter ging zu ihnen und setzte sich auf einen der abgesägten Baumstämme, die ihnen als Sitzgelegenheiten dienten. Er winkte sie zu sich. Zaghaft wollte sich Abby nähern, als sie bei einem langen, geisterhaften Laut zusammenfuhr.

„Nur ein Coyote. Keine Angst, die kommen hier nur selten zu Besuch." Jack grinste sie an und Abby riss sich zusammen, fühlte sich nach dem Schrecken allerdings nicht gerade wohler in ihrer Haut.

Sie fragte sich, was das hier sollte? Wollte er mit ihr ein Pläuschchen am Lagerfeuer halten? Sie hatte mit vielem gerechnet, doch nicht mit dem, was sich hier gerade abspielte. Sie erwartete jederzeit, dass einer der Männer auf sie losging. Doch die anderen drei schienen sie nicht zu beachten und waren in ein Gespräch vertieft.

Abby nahm Platz und versuchte ihre zitternden Hände in ihrem Schoß zu verbergen. Kaum hatte sie sich

gesetzt, stand der Fremde auf und beinahe wäre sie vor Schreck von ihrem Platz gefallen. *Jetzt ist es so weit*, dachte sie sich. Seelenruhig zog er sich sein Jackett aus und sie sah ihn mit großen, runden Augen an.

Er warf ihr das Kleidungsstück um die Schultern und setzte sich mit einem Lächeln wieder. „Ist kalt hier draußen."

Erst jetzt bemerkte sie, dass sie die Luft angehalten hatte und atmete nun langsam wieder aus. Angestrengt versuchte sie, die verkrampften Muskeln in ihrem Körper zu entspannen.

„Hören Sie auf, Angst zu haben. Ich weiß, dass Sie nicht nur vor Kälte zittern. Ich bin Jack - das sind Tom, Bill und Francis. Keiner wird Ihnen hier was tun, solange ich da bin." Er schenkte ihr ein ermutigendes Lächeln.

Abby beäugte die anderen drei, die wild diskutierten.

„Der Blick des Marshalls war göttlich!", rief der Linke von ihnen. Er war ein Schrank von einem Mann und sah nicht gerade freundlich aus. Tom, hatte Jack ihn genannt.

In der Mitte saß ein hagerer Kerl, Francis, mit viel zu langen Beinen, der kaum zu Wort kam und immer wieder den Kopf schüttelte, von den anderen beiden aber völlig ignoriert wurde. „Gut, dass Jack das mit seiner Geliebten herausgefunden hat. Wir sind zwar in der Überzahl, aber er könnte sich Verstärkung beschaffen, wenn er wollte."

Rechts saß Bill, ein großer Mann mit schwarzen Haaren und gepflegtem Schnurbart, dem anzusehen war,

dass es ihm nicht an Selbstsicherheit fehlte. Er glich fast einem der reichen Europäer, die es mehr und mehr in ihre Gegend verschlug. „In einem Raum mit dem Feind zu sitzen, ohne, dass dieser etwas unternehmen kann, ist eine verdammte Genugtuung!"

Dann fiel Abbys Blick auf Jack, den *Boss*.

Sie kniff die Augen zusammen und hielt ihm die Hand hin: „Abigail." Sein Händedruck fühlte sich kräftig an, so, als könnte er ihre kleine Hand ohne eine Miene zu verziehen zerquetschen. Die Haut war rau, was abermals bestätigte, dass er sein Geld wohl nicht hinter einem Schreibtisch verdiente. Da alle um sie herum völlig entspannt waren, beruhigte sich auch Abigails Herzschlag allmählich wieder.

„Was ist das hier?", fragte sie und hoffte, nun endlich Klarheit über ihren Aufenthaltsort zu erlangen.

Jack grinste süffisant, nicht ohne eine Spur von Stolz: „Das hier, junge Lady, ist das Versteck der Cunningham-Bande."

„Also seid ihr Banditen", stellte sie ernüchtert fest.

„Ihr scharfer Verstand scheint Sie noch nicht verlassen zu haben", neckte er sie.

Banditen, dachte sie, *Leute, die ihr Geld mit stehlen verdienen.* Bisher hatte sie sich weitestgehend von kriminellen Machenschaften fern gehalten, doch so wie es aussah, saß sie jetzt mitten in einer drin.

„Cunningham! Jack Cunningham! Jetzt fällt es mir wieder ein, ich habe Euren Steckbrief gesehen! Daher kamt Ihr mir so bekannt vor!"

„Jawohl, Miss", grinste er, offensichtlich stolz darauf.

Allmählich ergaben die Puzzleteile einen Sinn. Sie waren gewöhnliche Banditen, die bisher durch die ein oder andere größere Aktion aufgefallen waren. Man konnte fast sagen, sie waren ein wenig berühmt - oder wohl eher berüchtigt.

Abby lebte zwar ein armes, schäbiges Leben, doch es gab einige Grundsätze, die für sie unumstößlich waren. Ganz oben auf dieser Liste stand Gerechtigkeit - sie konnte zwar nicht die Welt verändern, doch in ihrem eigenen Umfeld konnte sie es zumindest versuchen. Und Stehlen war vielleicht lukrativ, aber nicht gerecht. Sie erinnerte sich noch, wie sie mit einer der Huren im Bordell gesprochen hatte, die für die Cunningham-Bande schwärmte und davon träumte, einmal einen der Banditen zu heiraten. Für Abby völlig absurde Schwärmerei. Sie hatte ihr erzählt, dass diese Bande noch nie von den Armen gestohlen hatte, nur von denen, die ohnehin zu viel hatten. Je nachdem wie man es betrachtete, war dies auch eine Art und Weise, für Gerechtigkeit zu sorgen. Wobei sie diesem Gerücht nicht wirklich Glauben schenkte. Zumindest verabscheute sie die vier Männer hier und jetzt nicht sofort für ihr Handwerk. Es war ja nicht unbedingt so, als hätte sie selbst nicht schon den ein oder anderen langen Finger bewiesen. Oh je, ihr schwante, dass sie bereits nach einer Rechtfertigung für all das hier suchte…

„Warum erzählt Ihr mir das alles jetzt? Ihr hättet es mir schon im Saloon sagen können. Was macht das für einen Unterschied?"

„Der Unterschied, Miss, ist, hätte ich es Euch im Sa-

29

loon gesagt, dass wir Banditen sind, wärt ihr sicher nicht mit mir hierhergekommen und das wollte ich auf keinen Fall. Hinzu kommt, dass Ihr hier nie wieder alleine raus und ergo auch nie wieder alleine rein finden werdet. Ein Versteck soll auch ein solches bleiben, nicht wahr?"

Beinahe hätte sie gesagt, dass sie in ihrer Verzweiflung womöglich sogar wissentlich hinter einem Banditen aufs Pferd gestiegen wäre, doch sie verkniff es sich.

Abby hatte einen hervorragenden Orientierungssinn, doch aus diesem Gewirr an Gängen, die sie nur bei Dunkelheit gesehen hatte, wieder herauszufinden, wäre tatsächlich schier unmöglich.

„Darf ich Ihnen noch einen *zweiten* Whiskey einschenken? Der zweite Drink im Saloon geht ja leider auf Ihre Rechnung, ich durfte Ihnen ja nur *einen* ausgeben."

Abermals hasste sie sich für ihr loses Mundwerk. Hätte sie ihn nicht einfach bezahlen lassen können? Es war nicht viel, doch selbst diese mickrigen Schulden im Saloon würde sie nicht bezahlen können.

„Gerne", sagte sie mit trockener Stimme.

Er gab ihr ein Glas, in das er zuvor eine großzügige Portion Whiskey gegossen hatte, und grinste.

„Abigail."

Sie verdrehte die Augen.

„Jack."

Sie kippte den gesamten Inhalt des Glases auf einen Satz hinunter - Gott, das brauchte sie jetzt nach all dem Chaos. Wärme stieg ihr in die Wangen und mit einem wohligen Lächeln hielt sie ihm ihr Glas entgegen, welches er abermals füllte. Sie würde hier heute wahrschein-

lich doch nicht sterben!

Berauscht

Was war das für ein Geräusch? Abby hörte lange, ruhige Atemzüge. Wo war sie? Es dauerte, bis ihre Augen klar sehen konnten. Sie befand sich offensichtlich in einer kleinen Holzhütte. Das Feuer im Ofen war längst erloschen, lediglich ein verkümmertes Häufchen Glut kämpfte noch ums Überleben. Sie sah auf den Boden und erkannte die Kleidungsstücke, die dort verstreut lagen, zuerst nicht als die ihren. Als ihr Blick auf ihre Stiefel fiel, die wahllos herumlagen, traf es sie wie ein Blitz.

Plötzlich wurde ihr klar, dass sie nackt war.

Und in einem Bett lag.

Wie um ihrer plötzlichen Erkenntnis Ausdruck zu verleihen wurde sie mit einem Mal samt Decke vom Bett gestoßen. Halb erstarrt klammerte sie sich an den Stoff und setzte sich auf. Was geschah hier? Vorsichtig drehte sie ihren Kopf in Richtung des Bettes und wollte nicht glauben, was hier gerade passierte. Beinahe hätte sie aufgeschrien, sie konnte sich gerade noch zurückhalten, als sie einen nackten Mann erblickte. Er lag auf der Seite, das Gesicht zur Wand gewandt und schlief tief und fest, wie es schien.

Abby stand auf und musste sich am Nachttisch festhalten. Dieser verfluchte Alkohol! Alles drehte sich! Als könnte sie damit die Wahrheit noch abwenden krallte sie sich fester in die um ihre Schultern geschlungene Bettdecke.

Verständnislos betrachtete sie den Mann, der jetzt das komplette Bett für sich beanspruchte. Je länger sie seine muskulöse Rückseite betrachtete, desto mehr verflüchtigten sich die eigentlich viel wichtigeren Denkansätze in ihrem Gehirn. Ihr Blick wanderte über den nackten Rücken und seinen wohlgeformten Hintern. Lust stieg in ihr auf, vermischt mit mehr und weniger klaren Bildern an die zurückliegende Nacht: Er unter ihr. Ihre Hand auf seiner Brust. Ihre Füße, die sich auf seine Oberschenkel pressten.

Bestimmt eine Minute lang starrte sie ihn an, ehe sie den Kopf schüttelte um klare Gedanken fassen zu können.

Das war unverkennbar Jack.

Er bewegte sich und Abby zog scharf die Luft ein. Wenn er jetzt aufwachte...

Was hatte sie nur getan?

Ihr Vater war äußerst streng gewesen und hätte sie am liebsten gegen Geld verheiratet. Sex vor der Ehe war nicht verboten, aber verpönt in Johnstown und Umgebung. Nur das, was sie jetzt getan hatte, war kein kleines gesellschaftliches Ärgernis, welches sie ohnehin herzlich wenig interessiert hätte, *das hier* konnte zu einem echten Problem heranwachsen. Im wahrsten Sinne des Wortes.

Positiv an dem Ganzen war, dass sie ganz offensichtlich eine Bleibe für die Nacht gefunden hatte und nicht auf der Straße hatte nächtigen müssen, was ihr unter diesen Umständen jedoch geradezu wahnwitzig erschien.

Schnell suchte sie ihre sieben Sachen zusammen und

zog sich, noch immer ungläubig, wieder an. Ihr schlug das Herz bis zum Hals, als sie die Bettdecke auf dem Boden zurückließ, wo vor kurzem noch ihre Kleidung gelegen hatte.

Sie schlich nach draußen. Erinnerungen an eine feuchtfröhliche Nacht am Lagerfeuer kamen hoch, als sie den Feuerplatz erspähte. Die Glut lag grau und ermüdet in der Feuerstelle, von der noch ein wenig kalter Rauch aufstieg. Der Gedanke an Jacks anrüchigen Duft nach Rauch, Whiskey und seiner Haut stahl ihr einen Augenblick lang ihre Konzentration.

Abby verdrängte die Gedanken an Jack. Wenn sie Glück hatte, schlief der Rest der Bande noch und sie konnte sich ungesehen davonstehlen. Um sie herum war alles ruhig, nichts außer den Pferden rührte sich. Sie schlich sich hinter den Gebäuden entlang bis zu den Tieren. Bei jedem Schritt rechnete sie damit, entdeckt zu werden. Da sie nicht zu Fuß den weiten Weg zur Stadt zurücklegen wollte, musste sie an eines der Pferde herankommen. Die konnte man allerdings von allen Gebäuden aus sehen. Jetzt brauchte sie eine gehörige Portion Glück. Und sie musste schnell sein.

Jetzt oder nie!, dachte sie, fasste ein Zaumzeug, öffnete das Gatter, fing eines der Pferde ein und führte es hinaus. Es rührte sich noch immer nichts. *Nichts wie weg hier!* Mit einem gekonnten Sprung katapultierte sie sich auf den blanken Rücken des Tieres und trieb es an. Wenn jemand das Hufgetrappel hörte, könnte er sie eventuell noch einholen - außer sie war schnell.

Der harte Boden verriet nicht den Hauch einer Spur

der vier Pferde vom Vortag und Abby hatte nicht den leisesten Schimmer, wohin sie musste. Doch sie war sich sicher, dass das Pferd es wusste. Es war ihre einzige Chance. Sie ließ es laufen, wo immer es hinwollte und betete, dass es sie aus diesem Gewirr herausführen mochte.

Sie hatte schon fast die Hoffnung verloren, dass das Pferd seinen gewohnten Gang aus dem Versteck hinaus wählen würde, als sie endlich ein Stück offenes Land erblickte. Schnell trieb sie das Tier zu einem fliegenden Galopp an und brauste über das offene Niemandsland dahin.

Jack erwachte mit einem dröhnenden Kopf. Er fror. Wo war seine Decke? Schwerfällig drehte er sich in seinem Bett herum und bereute es sogleich, da sich alles noch stärker zu drehen begann. Himmel nochmal! Er öffnete ein Auge und versuchte, das Karussell zu stoppen. Sein Blick fiel auf die Bettdecke, die am Boden lag. Wie war sie dort hingekommen? Und wo war Abigail?

Sie war noch immer eine Unbekannte für ihn. Zwar wusste er jetzt ihren Namen, doch recht viel mehr hatte er nicht über sie in Erfahrung bringen können. Das hatte ihn jedoch nicht davon abgehalten, sie mit ins Bett zu nehmen. Oh, gottverdammt, was hatte ihn bloß dazu getrieben?

Es war ein feuchtfröhlicher Abend gewesen. Was hatte er mit ihr gelacht! Sie war eine Frau von seinem Kaliber, ganz nach seinem Geschmack. Doch sich sofort in die Bettlaken zu werfen war eher weniger seine Art, sie

musste ihm gehörig den Kopf verdreht haben! Er lachte. Im Gegensatz zu seinen Kumpanen, die gerne bei jeder Gelegenheit, die sich bot, zugriffen, war er stets außen vor gewesen. Er wusste, dass schon die wildesten Gerüchte über seine Abstinenz kursierten, doch das hatte ihn bislang nicht gestört. Jetzt musste es das auch nicht mehr, hiermit hatte er wohl eindeutig bewiesen, dass er sich zu Frauen hingezogen fühlte.

Stöhnend setzte er sich auf und begann langsam und ungeschickt, sich anzuziehen. Abby wurde bestimmt bereits von Emily bekocht und saß mit den Männern, die bereits wach waren, beim Frühstück. Um ehrlich zu sein konnte er es nicht erwarten, sie wiederzusehen. Nein, es war sogar noch viel schlimmer - er fühlte sich wie ein nervös vorfreudiger, kleiner Schuljunge und trotz seines sicher noch beträchtlichen Alkoholspiegels war er aufgeregt.

Total lächerlich, dachte er und schüttelte den Kopf, ehe er seine Hütte verließ und erst einmal von der frischen Morgensonne geblendet war. Es war windstill, wie immer in diesem Versteck. Er gähnte und streckte sich, ehe er, noch reichlich verschlafen, zur Feuerstelle schlurfte. Dort saßen bereits ein paar Männer und Emily kochte Rühreier und Speck auf dem Feuer. Plötzlich wurde sein Blick schnell und wach - er sah Abby nirgends.

„Wo ist Abigail?", fragte er in die Runde.

Verwirrte Blicke antworteten ihm.

„Wenn ich mich recht erinnere, ist sie gestern Abend mit in deine Hütte gegangen, Boss. Vielleicht siehst du

da nochmal nach?", sagte Tom mit seiner tiefen, dröhnenden Stimme und leichtes Gelächter ging durch die Gruppe.

Jack ignorierte den Witz, sein Verstand war plötzlich hellwach. Er brauchte nur den Bruchteil einer Sekunde, um festzustellen, dass eines der Pferde fehlte.

„Sie ist weg, der Dunkelbraune mit der Blesse fehlt", stellte er kühl fest und wandte sich aufgebracht an seine Männer, „hat denn keiner von euch Taugenichtsen bemerkt, dass sich jemand samt einem unserer Pferde aus dem Staub gemacht hat? Was sind wir nur für eine Truppe! Stellt euch vor, der Sherriff läuft hier mit seinen Leuten ein, wir würden es nicht einmal bemerken! Ich fasse es nicht! Wenn schon eine Frau uns an der Nase herumführen kann, will ich nicht wissen, wie es im Ernstfall aussieht!"

Stille machte sich breit.

„Was sitzt ihr noch so rum? Los, sattelt eure Pferde und sucht sie, verdammt nochmal!"

Keiner rührte sich.

„Na wird's bald?"

„Boss?", fragte Francis leise.

„Was denn?"

„Wieso sollen wir ein Weibsbild suchen, das dir offensichtlich davongelaufen ist?"

Tiefes Lachen schüttelte die Männer. Jacks Wut steigerte sich dadurch nur noch mehr und so packte er Francis am Kragen. „*Weil* dieses *Weibsbild*, das *mir* davongelaufen ist, nicht nur eines unserer Pferde gestohlen hat, sondern, falls sie den Weg nach draußen gefunden

hat, jetzt genau weiß, wo unser Versteck liegt. Na, leuchtet das ein?"

Wenn er ehrlich war, war er verdammt froh, einen wasserdichten Grund zu haben, nach Abby zu suchen. Er wollte sie wiedersehen. Unbedingt. Warum zur Hölle hatte sie sich aus dem Staub gemacht? Sie hatten einen lustigen Abend und eine verdammt heiße Nacht gehabt - er erinnerte sich an jede Einzelheit ihrer weichen Haut, ihres Duftes und ihre Leidenschaft raubte ihm selbst bei der Erinnerung daran noch den Verstand.

Hatte er sich das alles nur eingebildet? Mit ihr an seiner Seite einzuschlafen, war eines der schönsten Gefühle seit langem für ihn gewesen, so, als hätte sie eine Lücke in seinem Leben geschlossen. Sie musste doch auch etwas davon gespürt haben, oder war es für sie normal, jede Nacht bei einem anderen zu liegen? Bei der Vorstellung schauderte es ihn und er weigerte sich, das zu glauben.

Francis schluckte betreten und stellte seinen Teller zur Seite. Sie machten sich auf den Weg zu den Pferden, sattelten sie und ritten los. Hier würden sie sowieso nirgends Spuren von ihr finden, doch wenn es noch nicht allzu lange her war, konnten sie in der Prärie vielleicht noch etwas sehen. Mit verbissener Miene ritt Jack voran und hatte nur ein Ziel - Abigail zu finden. Wenn sie vor ihm geflohen war, dann wollte er den Grund dafür wissen und er würde sie verdammt nochmal so lange suchen, bis er diesen von ihr erfuhr.

„Boss, ich hab was!" Francis kam aufgeregt zu ihm ge-

laufen.

Die Spur hatte die Gruppe mehr schlecht als recht zurück in die Stadt nach Johnstown geführt. Es war dumm von Abby, an den Ausgangsort zurückzukehren, doch andererseits wäre jede andere Siedlung viel zu weit weg gewesen, als dass sie sie in dieser Zeit hätte erreichen können. Abigail musste also hier sein, zumindest hoffte er das. Natürlich konnte sie längst mit der nächsten Kutsche oder weiß Gott wie, weitergezogen sein, doch er klammerte sich an diesen Strohhalm.

„Drüben im Stall steht der Braune. Der Betreiber sagte, eine junge Frau mit langen, braunen Haaren hätte ihn dort abgegeben. Henson wäre ihr Name gewesen, und irgendwas mit A. Er meinte, sie sei eine Hure aus dem Bordell, war sich aber nicht ganz sicher. Jedenfalls soll ihr Alter draußen auf einer kleinen Ranch leben. Er meinte, er wüsste vielleicht, wo sie ist."

Eine Hure? Abigail? Sie war weiß Gott keine Jungfrau gewesen, dafür war sie zu sicher vorgegangen, doch dass sie eine Hure war, mochte Jack nicht glauben. Und wenn doch? Wo hatte er sein Herz da nur reingeritten? Doch nein, eine Prostituierte würde nie vergessen ihr Geld zu verlangen. Oder hatte sie am Morgen solche Panik gehabt, in einem Verbrechernest zu sitzen, dass sie ohne Bezahlung das Weite gesucht hatte? Fragen über Fragen quälten ihn und gleichzeitig musste er lachen, denn es sah ihr ähnlich, ihn mit all diesen Fragezeichen zurückzulassen, hatte er sie doch am Anfang ebenfalls in Ungewissheit gelassen. Verdammtes Weibsstück!

„Reiten wir hin!"

Eine gute Stunde später näherten sie sich einem alten, verfallenen Holzhaus, das man ohne die paar Rinder, die an einer Hand abzuzählen waren, sicher als unbewohnt vermutet hätte. Das sollte Abbys Zuhause sein? Es zog an seinem Herzen, sie in solch ärmlichen Verhältnissen zu wähnen. Sicher musste sie, gemeinsam mit ihrer Familie, verdammt hart arbeiten für ihren Lebensunterhalt.

Die Männer, die noch immer mit brummenden Magen unterwegs waren, waren sichtlich erleichtert, sie endlich zu finden, die Suche zu beenden und etwas Ordentliches in den Magen zu bekommen. Jack konnte es ihnen nicht verübeln, er war sicher von ihnen allen am frohsten, wenn er endlich wusste, wo sie war, aber nicht seines fehlenden Frühstücks wegen.

Es lagen noch zig Meter zwischen ihnen und dem Haus, als ein Schuss ertönte. Die Kugel schlug vor den Hufen der Pferde in die Erde. Die sonst so ruhigen Tiere scheuten. Noch während er sein Pferd beruhigte, hatte Jack bereits seinen Revolver gezogen.

„Verzieht euch von meinem Land!", brüllte eine männliche Stimme aus Richtung des Hauses.

„Wir kommen in guter Absicht", rief Jack zurück.

„Das sagen sie alle!", brüllte es wieder zurück und erneut schlug eine Kugel vor ihnen ein. Halleluja, dieser Mann war nicht zum Spaßen aufgelegt!

„Wir möchten Ihnen nur eine Frage stellen. Bitte, Sir, es dauert nur ein paar Minuten."

Es kam keine Antwort mehr. Die Männer sahen sich

an. Plötzlich flog die Haustüre auf und ein älterer Mann winkte sie mit seiner Flinte näher heran. Langsam gingen sie auf das Haus zu und allmählich konnte man sein Gesicht erkennen. Es war verbittert und voller Falten, die Augen blitzten gefährlich unter tiefen Brauen hervor. Sein schütteres Haar flatterte wie ein paar lose Federn auf seiner Stirn, es war viel zu lange und es war nicht nur an seinem Haarschnitt zu erkennen, dass dieser Mann alles andere als gepflegt war. Jack schluckte. Wenn das ihre Familie war, dann hatte sie es ja verdammt gut getroffen!

„Mr. Henson?", fragte er, nachdem er von seinem Rappen gestiegen war. Der Alte hob nur die Nase und kniff die Augen argwöhnisch zusammen. Gott, hatte der eine Alkoholfahne!

„Wir suchen Ihre Tochter, Abigail. Können Sie uns sagen, wo sie ist?"

Das rechte Auge des Mannes zuckte, ansonsten blieb er regungslos. Schließlich holte er tief Luft und spuckte in aller Ausführlichkeit auf die Veranda. „Ich hab die kleine Hure seit Jahren nicht gesehen. Hat sie was ausgefressen?"

„Nein, nein, Sir. Ich habe nur ein paar Dinge mit ihr zu klären."

„Was für Dinge denn?"

„Geschäftlich", konterte Jack, während er sich dezent wieder auf sein Pferd schwang. Hier würde er ganz offensichtlich nicht weiter kommen, das war absolut klar.

„Geschäftlich, so, so. Dann seht mal zu, dass ihr Land gewinnt. Wenn ich euch hier nochmal sehe, bin ich

41

nicht so freundlich. Meine Flinte erinnert sich gut an Gesichter, die sie nicht leiden kann."

„Mr. Henson", verabschiedete sich Jack möglichst freundlich und sie zogen rasch wieder von Dannen.

„Nette Familie", rief Joe, ihr jüngstes Mitglied, als sie in einigem Abstand zum Haus waren.

„Er hat seine Tochter offensichtlich recht gerne", stimmte Bill ein.

„Vielleicht ist sie ja tatsächlich eine Hure? Er ist schon der Zweite, der sie so nennt", überlegte Francis.

„Keineswegs", lachte Bill, „so ein störrisches Stück wie sie wäre mir dort längst aufgefallen. Die sind nicht gut fürs Geschäft."

Jack lauschte nur mit einem Ohr und hing seinen eigenen Gedanken nach. Das alles ergab keinen Sinn. Wo wohnte und was arbeitete Abby, wenn ihr Trunkenbold von Vater sie seit Jahren nicht mehr gesehen hatte? Der Ausdruck in seinen Augen sagte Jack, dass der alte Mann die Wahrheit gesagt hatte. Ein junges Mädchen ohne Mittel hatte es sicherlich reichlich schwer, selbst Fuß zu fassen. Ob man da nicht früher oder später im Bordell landete? Er konnte - *wollte* - es nicht glauben, doch bislang sprachen alle Indizien dafür.

Tückisch

Oh Himmel, dieser Plan war so aberwitzig! Dünner konnte der Strohhalm nicht sein, an den sie sich klammerte. Angesichts ihrer Möglichkeiten blieb ihr nur dies - oder das Bordell, und diesmal nicht auf der sicheren Seite des Tresens. Sie glaubte nicht, dass sie noch irgendwo hier Arbeit finden könnte, sie hatte bereits alles abgegrast. Und nachdem sie im Bordell als Aushilfe gearbeitet hatte, wollten die meisten Leute sie nicht am Hof oder im Haus haben. Dieser Job war ein Fluch und ein Segen zugleich gewesen!

Es holperte wieder heftig, als der Wagen durch ein großes Schlagloch fuhr. Uff, sie wusste schon, warum sie lieber ritt. Doch Jack's Braunen hatte sie zurücklassen müssen, ihre Tarnung wäre sonst sofort aufgefallen. Sie saß mit baumelnden Füßen auf der Rückseite eines Planwagens.

Der Kutscher wusste nichts von seinem Glück - Abby hätte sich eine Überfahrt mit einer richtigen Kutsche nicht leisten können. Not machte erfinderisch! Das galt vor allem für ihr Aussehen: Sie trug neue Hosen und Stiefel, ein Hemd und eine ärmellose Weste, ganz, wie sie es bei Jack gesehen hatte. Edel, aber nicht zu extravagant. Ihre Haare hatte sie sich abgeschnitten, sich einen breiteren Hut und Sporen gekauft, das Gesicht so gut es ging maskiert.

Wenn sie ihr ihre Tarnung als Mann nicht abnehmen würden, hatte ihr letztes Stündlein wahrscheinlich ge-

schlagen, doch ohne eine weitere Portion Draufgängertum würde sie nicht mehr lange überleben können. Es war an der Zeit, abermals etwas zu wagen!

Am Lagerfeuer im Versteck der Cunningham-Bande hatte sie die anderen Männer über einen bevorstehenden Überfall munkeln hören. Das hatte sie ja beinahe noch überhört, doch als sie von den Goldbarren und dem vielen Geld gesprochen hatten, war sie hellhörig geworden. Nach ihrer Flucht war ihr Plan langsam immer mehr gereift. Je mehr sie der Hunger gequält hatte, desto entschlossener war sie geworden.

Beinahe wäre sie Jack und seiner Bande in der Stadt in die Arme gelaufen, doch sie hatte sich erfolgreich im Dunkel einer Gasse halten können. Wenn sie wüssten, dass sie sich wohl früher wiedersehen würden, als sie ahnten!

Tief in ihrem Inneren konnte sie es kaum erwarten, Jack wieder zu sehen, doch sie ließ im Moment keine Gefühle zu. Es ging hier um ihr Überleben, um ihre Zukunft. Es war nicht der Zeitpunkt, das Herz zu verlieren. Und nach ihrer Flucht würden diese Gefühle ihr am Ende noch den Kopf kosten! Sie musste konzentriert bleiben und sich weiter auf ihren Plan fokussieren, damit sie Erfolg haben würde. Wenn er nicht glücken sollte, sah die Alternative düster aus.

Die Fahrt nach Lost Springs dauerte länger als eine gefühlte Ewigkeit. Als Abby unter den Flüchen des Fahrers vom Wagen sprang und sich in die nächste Gasse flüchtete, war ihr, als wackle und scheppere immer noch der Boden unter ihren Füßen. Sobald der Planwagen außer

Sicht war, trat sie wieder auf die Straße hinaus und ging an den Gebäuden entlang. Der Klang ihrer Sporen - die ersten eigenen ihres Lebens - und die neuen, harten Stiefel machten ein ungewohntes Geräusch auf den Holzdielen, die vor den Gebäuden ausgebaut waren. Flüchtig erblickte sie sich durch das Fenster im Spiegel eines Friseursalons und erschrak - sie hatte sich ihr Aussehen völlig anders vorgestellt. Jack würde sie mit Sicherheit noch immer erkennen!

Fieberhaft begann sie zu überlegen, was sie tun konnte. Kurzerhand ging sie in den Laden und lächelte den verwunderten Damen freundlich entgegen. Was musste sie für ein Bild abgeben! Gekleidet wie ein Mann, das rußige, miserabel maskierte Gesicht einer Frau.

„Ähhh..., Miss, wie können wir Ihnen helfen?", fragte eine Dame zögerlich.

„Machen Sie aus mir einen Mann!"

Der ganze Laden schien sich zu ihr umzudrehen.

„Wie meinen Sie das?"

„Machen Sie, dass ich aussehe wie ein Mann. Egal wie. Aber es muss für längere Zeit halten. Eigentlich für immer." Sie hatte natürlich nicht vor, sich bis an den Rest ihres Lebens als vorgegaukelter Mann in einer Verbrecherbande zu verdingen, doch die Friseuse sollte verstehen, dass die Verkleidung einiges aushalten musste.

„Setzen Sie sich bitte." Argwohn zeichnete sich im Gesicht der Frau ab.

Abby ließ sich auf einen der Stühle vor einem kleinen Spiegel fallen und betete, dass diese Frau ihr würde hel-

fen können, sonst konnte sie das Ganze wieder abblasen. Jeder hier drinnen hatte erkannt, dass sie eine Frau war, trotz der kurzen Haare und der Männerklamotten. Es würde nicht den Hauch einer Sekunde dauern, bis Jack sie erkennen würde...

Es war nicht schwer zu erahnen, dass der Friseuse tausende Fragen auf der Zunge lagen, doch Abby legte den „keine Fragen"-Blick auf und so schwieg die Frau, während sie begann, sich an Abbys Haaren zu schaffen zu machen. Sie schnitt sie rasch kürzer und brachte sie mehr in Form als ihr eigener, grober Schnitt es getan hatte. Dann studierte sie Abby von oben bis unten und blieb am Gesicht hängen.

„Diese Wimpern, viel zu lange...", grübelte sie, „die müssen weg."

Abby schluckte, als sie mit einer großen Schere zurückkam und sie an ihre Augen hielt.

„Nicht zappeln", rügte sie und Abby konzentrierte sich darauf, ruhig zu atmen.

Anschließend blickte sie wieder in den Spiegel - das machte etwas her. Trotzdem würde er sie noch erkennen. Nun zog die Friseuse einige Utensilien hervor und begann damit, in ihrem Gesicht herumzumalen. Als Abby wieder in den Spiegel blicken konnte, staunte sie. Ihre Augenbrauen waren breiter und länger geworden, ihre Lippen blasser. Die ungeschminkten Augen traten ohne ihre langen Wimpern in den Hintergrund.

„Jetzt fehlt nur noch eins", sagte die Dame beinahe euphorisch und verschwand in einem Nebenraum. Hektisch kam sie mit einer Box zurück und hielt sie Abby

hin.

„Ganz neu und exklusiv, echtes Menschenhaar, allerdings kosten die auch was."

Abby blickte auf ein paar Schnurbärte in verschiedenen Ausführungen hinab. „Den da!" Sie wählte einen einfachen, breiten Schnauzer, der zu ihrer Haarfarbe passte, und holte tief Luft. Prompt wurde ihr ein Batzen klebriger Masse über die Oberlippe geklatscht und der künstliche Bart drapiert. Abby drückte sich ihren Hut auf die kurzen Haare und nickte zufrieden in ihr Spiegelbild. Jack würde nicht auf die Idee kommen, dass sie verkleidet war. Wer rechnete schon mit einem falschen Bart? Begeistert blickte sie zu ihrer Verwandlerin, von der sie einen äußerst skeptischen Blick erntete.

„Was?", fragte Abby.

„Miss, Ihre Brüste. Kein Mann hat solche Brüste!"

„Meine...", sie fasste sich erstaunt an ihre Oberweite und hätte sich am liebsten gegen die Stirn geschlagen. Natürlich! Wie konnte sie die vergessen?

„Kommen Sie."

Abby folgte der Dame in ein Nebenzimmer. „Ausziehen!"

Sie tat wie geheißen und stand ratlos vor der anderen Frau, die sie so lange beäugte, bis es ihr unangenehm wurde. Plötzlich schien sie einen Geistesblitz zu haben und begann, in einer Schublade herumzukramen. Hervor zog sie einen Verband und wickelte diesen eifrig um Abbys Oberkörper. Ihr blieb fast die Luft weg.

„Muss das... so eng sein?", presste sie hervor.

„Junge Lady, wollen sie nun aussehen wie ein Mann

47

oder nicht?"

Abby schwieg und ließ es über sich ergehen.

„Anziehen!", wurde ihr schließlich mit zufriedenem Grinsen befohlen und Abby zog wieder ihr Hemd und ihre Weste an. Sie gingen zurück in den Salon und Abby war erstaunt über ihr Erscheinungsbild im Spiegel. Sie sah verdammt aus wie ein Mann. Halleluja!

Später, einen Berg Schulden in verschiedenen Läden reicher, mit klopfendem Herzen und schweißnassen Händen lag Abby auf dem Dach des Hauses, das dem Bankgebäude am nächsten war. Nervös fingerte sie ihre Taschenuhr hervor, die sie sich nach dem Friseurbesuch noch geleistet hatte. Sie brauchte dringend etwas, um ihre Verkleidung zu kontrollieren und eine polierte, glänzende Taschenuhr war der bestgetarnteste Spiegel. Was, wenn ihr Schnurbart schief hing und sie es nicht einmal bemerkte? Nein, ohne Spiegel hätte sie wirklich schlechte Chancen.

Es war bald Mitternacht, doch von der Cunningham-Bande gab es noch immer keine Spur. Hatten sie ihren Plan etwa geändert? Bei dem Gedanken holperte ihr Herzschlag - das wäre ihr sicherer Untergang. So viele Schulden für diese Verkleidung und dann für nichts? Mit jeder Minute wurden die Zweifel an ihrem Vorhaben größer. Ob das mal so eine gute Idee gewesen war? Abby setzte durchaus einmal zu viel auf eine Karte, das ging nicht immer gut für sie aus. Doch was hatte sie schon für eine Wahl?

Plötzlich nahm sie eine Bewegung in den Schatten un-

ter ihr wahr. Hatte sie sich das eingebildet? Nein, da! Jemand trat aus den Schatten. Er wankte, schien sich gerade noch auf den Beinen halten zu können. *Ein Betrunkener*, dachte Abby ärgerlich, die natürlich sofort einen Banditen erhofft hatte. Gottverdammt, was, wenn sie nicht kamen? Nein, daran wollte sie gar nicht denken.

Verdrossen beobachtete sie den Betrunkenen, dem soeben ein halbwegs nüchterner Kamerad zu Hilfe geeilt war. Gemeinsam taumelten sie über die Straße. Als etwas am Gürtel des Mannes aufblitzte, kniff sie die Augen zusammen. *Ziemlich gut bewaffnet, diese Betrunkenen.*

Abby hörte leichtes Hufgetrappel und soeben kamen drei geführte Pferde unter ihrem Dach in einer finsteren Seitengasse zum Stehen. *Sie sind es! Die Cunninghams!* Beinahe wäre sie vor Jubel aufgesprungen, doch sie schluckte ihre Freude mit großen Augen hinunter. Es ging los! Jetzt musste sie sich konzentrieren. Mit Argusaugen beobachtete sie das Geschehen. Sie war sich sicher, dass die Banditen nicht nur zu dritt angriffen, doch sie tarnten sich so gut, dass sie keine weiteren entdecken konnte.

Die beiden vermeintlich Betrunkenen taumelten erstaunlicherweise genau auf die Bank zu. Was für hervorragende Schauspieler sie doch waren! Abby hatte schon einige Male gehört, dass die Cunningham-Bande meist plötzlich, wie aus heiterem Himmel, zuschlug, und keiner damit rechnete. Das erklärte eindeutig, warum. An der Bank angekommen, verschwanden die beiden in den

tiefschwarzen Schatten seitlich des Gebäudes und Abby vermutete, dass sie über den Seiteneingang hineinkommen wollten. Stille. Es schienen Stunden zu vergehen, in denen sich nichts rührte.

Dann brach die Hölle los.

Zuerst ertönten Schüsse aus der Bank, dann nahm sie plötzlich donnerndes Hufgetrappel wahr. Ihr Kopf schnellte herum. Eine Gruppe von fünf oder sechs Pferden flog in einer schwarzen Staubwolke auf die Bank zu. Das musste der Marshall mit seinen Männern sein! Wie hatte er das nur erfahren können?

Abby überlegte fieberhaft, was sie tun konnte. Ihr schien, als habe außer ihr noch keiner von den anderen die herannahenden Reiter so richtig wahrgenommen. Entschlossen packte sie ihr Gewehr und zielte. Zufrieden sah sie, wie einer der Männer sich den Arm hielt und sein Pferd in die falsche Richtung, mitten in die Abteilung hinein, zerrte, wodurch ein Teil der Gruppe etwas zurückfiel. Nun hatten auch die Verbrecher die Gefahr bemerkt, doch sie hatten keine Zeit, auf ihre wartenden Pferde zu steigen und zu fliehen.

Abby zielte abermals und ein weiterer Reiter verließ seinen Sattel. In der Zwischenzeit schossen auch die beiden Banditen auf der Straße und wohl noch einige aus ihren Verstecken auf den Marshall und seine Männer. Diese dirigierten ihre Pferde in Seitengassen und sprangen ab. Jetzt begann ein Katz-und-Maus-Spiel. Immer wieder fielen Schüsse und Männer schrien auf, doch Abby konnte niemanden mehr erkennen in der schwarzen Nacht. Sie war zu weit vom Geschehen ent-

fernt.

Leise und ohne aufzustehen robbte sie auf dem Dach rückwärts und kletterte schließlich an der Wand hinab, so, wie sie zuvor hinaufgekommen war. Mit ihr rechnete niemand, trotzdem oder gerade deshalb war es gefährlich, herumzuschleichen. Sie schritt vorsichtig und leise durch die Gassen und suchte nach Männern des Marshalls.

Das Klicken eines Abzuges ließ sie erstarren. Es war der Marshall! Er saß einige Meter vor ihr und zielte auf den Mann, der noch immer die Pferde festhielt. Mit den Tieren, deren aufgeregtes Hufgetrappel seine Position verraten hatte, war er weiter zurück zwischen die Gassen gewichen und nun im Visier des Marshalls. Dieser schien ein kluger Mann, sich ausgerechnet ihn auszusuchen - keine Pferde, keine Flucht.

Der Hahn war definitiv nicht auf Abby gerichtet, die schien er überhaupt nicht bemerkt zu haben.

Blitzschnell legte Abby an. Der Revolver des Gesetzeshüters flog in die Höhe. Mit einem Aufschrei packte der Marshall seine Hand und sah sich verwundert um. Er hatte sie nicht kommen hören. Ehe er mit der anderen Hand nach seinem Revolver greifen konnte, stieß Abby ihn mit einem gekonnten Stoß mit ihrem Fuß an seine Schulter um.

„Wir haben sie!", rief plötzlich eine laute Stimme aus einiger Entfernung. Wer war das? Wer hatte wen?

Der Mann, der die Pferde hielt, sah sie zugleich skeptisch und dankbar an. Er wollte sich in Bewegung setzen, doch dann zögerte er. Plötzlich nickte er Abby zu.

Sie rührte sich nicht.

„Na los, steig auf, wir müssen hier weg!"

Ein Ruck ging durch ihren Körper und sie hastete auf die Pferde zu. Als sie näher kam, erkannte sie den Mann als Francis. Er schien sich nicht sicher, ob er das Richtige tat.

„Los, rauf da. Warte hier auf mich!"

Abby schwang sich in den Sattel und hielt das Tier an den Zügeln zurück, als Francis die anderen beiden außer Sichtweite brachte. Es vergingen wohl nur Sekunden, doch es kam ihr vor wie Stunden, ehe Francis zurückgesprintet kam, sich hinter ihr in den Sattel schwang und dem Pferd die Hacken gab. Sie stürmten auf die Hauptstraße hinaus und Abby lenkte ihrer beider Reittier den anderen im fliegenden Galopp hinterher. Ihr Herz flatterte schneller als das Hufgetrappel der Pferde dröhnte.

Teil eins ihres Plans war geglückt, doch je länger sie ritten, desto flauer wurde ihr im Magen. Teil zwei des Plans schien ihr plötzlich weitaus dramatischer als die Schießerei. Es war die Stunde der Wahrheit. Hielt ihre Verkleidung ihre wahre Identität verborgen? Während sie noch immer galoppierten, kontrollierte sie ihren Schnurbart, der glücklicherweise noch an Ort und Stelle war. Hier in der flachen Prärielandschaft leuchtete der Mond außerordentlich hell und tauchte alles in ein nahezu geisterhaftes, weißes Licht.

„Anhalten!", rief eine Stimme, die ihr nur allzu bekannt war und ihr einen Schauer den Rücken hinuntersandte.

Mindestens so sehr wie zuvor in der Stadt schlug ihr das Herz auch jetzt wieder bis zum Hals. Sie hatte sogar Angst, dass es so laut dröhnte, dass sie überhaupt nicht hören würde, wenn jemand mit ihr sprach.

„Absitzen, ihr beiden!" Jack war von seinem Pferd gesprungen und stand mit in die Hüften gestemmten Händen erwartungsvoll da. Bei seinem Anblick wurde ihr noch schummriger, als es ihr ohnehin schon war. Er war dezent fein gekleidet, wie schon am ersten Tag ihrer Begegnung. Seine silberne Gürtelschnalle blitzte im Mondschein auf, schräg darunter hing der schwere, lederne Revolvergürtel. Seine Hand verweilte dezent in der Nähe seiner Waffe, was Abigail mit einem Schlucken, das hoffentlich keiner bemerkte, registrierte.

Sie waren mitten in der Prärie. Abigail war klar, dass er sie, einen Fremden, nicht so einfach mit in das Versteck nehmen würde wenn es keinen triftigen Grund gab. Damals, als sie sich kennengelernt hatten, waren die Dinge völlig anders gewesen. Mit trockener Kehle stieg sie nach Francis vom Pferd.

„Wer ist das, Francis?", fragte Jack barsch. In seinen Augen funkelte etwas, das Abby nicht gerade das Gefühl von Sicherheit verlieh. Sie schluckte. Jack stieß mit der Spitze eines seiner hohen, ledernen Stiefel, in den staubigen Boden, ehe er sich breitbeinig hinstellte und die pure Selbstsicherheit ausstrahlte.

„Ich weiß es nicht, Boss. Er hat mir aber wohl das Leben gerettet, muss ich sagen. Der Marshall hatte schon angelegt..."

„Warum hast du das getan?", richtete er nun die Frage

an sie und alle Augen ruhten auf ihr. Jack musterte sie mit einer eisernen Miene und als er so unter seiner Hutkrempe hervor sah, fühlte es sich an, als würde sich nach und nach jeder Bestandteil ihrer Verkleidung in Luft auflösen.

„Ich... hab die Schießerei gehört und wollte wissen, was da los ist. Oben auf dem Dach war ich sicher und hab schnell erkannt, dass ihr es seid. Eure Steckbriefe hängen bald in jeder Ecke von Lost Springs. Ich befürchte, der Marshall hasst euch." Sie ließ eine bedeutungsvolle Pause entstehen, nachdem sie vorsichtige Belustigung in ihrem letzten Satz hatte mitklingen lassen.

„Und da dachtest du, du ballerst einfach ein bisschen mit? Was bist du, irgend so ein Draufgänger?"

„Ich möchte zu eurer Bande gehören." Jetzt war es raus. Die Stunde der Wahrheit hatte geschlagen. Was würde Jack tun? Überrascht sah er sie an.

„Wieso?", fragte er schließlich mit zusammengekniffenen Augen.

„Ich... nun ja, wie soll ich sagen... bewundere euch."

Er lachte: „Du bewunderst uns? Einen Haufen Gesetzlose?"

„Ja, Sir", antwortete sie mit einer Aufrichtigkeit, die ihm hoffentlich das Herz erweichte.

Er schien noch nicht ganz zufrieden. Gott, war dieser Mann schwer an der Nase herumzuführen. Man sah ihm richtig an, wie er nach einem Makel suchte.

Da blitzten seine Augen auf: „Wo war dein Pferd?"

Da war es, das eine Detail, das sie nicht wirklich be-

dacht hatte. Sie hatte nicht auch noch Schulden für ein schnelles Pferd machen können. Vor allem, wo hätte sie es vor ihrem Überfall verstecken sollen, ohne, dass die Cunninghams es gesehen hätten?

„Ich sagte doch, ich war in der Stadt unterwegs."

„Ohne Pferd? Zu dieser Stunde?"

„Nun...", druckste sie herum.

„Los, raus mit der Sprache, sonst helf' ich dir dabei."

„Ich..."

Wut zeichnete sich auf Jacks Stirn ab: „Wenn du nicht sofort redest..."

„Herrgott", schimpfte sie, „was tut ein Mann schon zu später Stunde allein in der Stadt?" Ob er ihr das abnahm? Die Männer jedenfalls lachten. Doch offensichtlich schien sie damit Sympathien bei den Männern zu gewinnen. Ihr war nur die Ausrede mit dem Bordell geblieben, da die wenigsten Männer um diese Zeit nüchtern aus einem Saloon kamen – und sie war definitiv nicht betrunken.

Jack war sich noch unschlüssig. „Wie ist dein Name?"

„John, Sir."

„John, und wie noch?"

„Lonely."

Er prustete. „Lonely? John Lonely? Oder lieber Lonely John?" Die Männer lachten abermals.

„Ja, Sir", erwiderte sie, ohne eine Miene zu verziehen und rügte sich, weshalb sie sich nicht früher einen Nachnamen überlegt hatte. *John Lonely*, sie schüttelte innerlich den Kopf. In Kombination mit ihrer Bordell-Geschichte war das natürlich jetzt der Brüller... Sie

schlug sich innerlich gegen die Stirn.

Stille hüllte die Truppe schließlich ein, als das Gelächter verebbte.

„Und er hat dir das Leben gerettet sagst du, Francis?"

Francis nickte eifrig: „Ja, Sir. Dem Marshall sein Revolver ist durch die Luft gesegelt und dann hat er da ihn umgehauen." Er warf einen bedeutungsvollen Blick in Abbys Richtung.

„Umgehauen? Dieser schmächtige Kerl da?"

Francis nickte wieder: „Ja, der Marshall war in der Hocke gekauert und John hat ihn umgestoßen, während dieser seine verletzte Hand gehalten hat."

Jack rieb sich nachdenklich das Kinn. Sie hoffte, dass er keine weiteren Lücken in ihrer Geschichte fand.

„Nun gut, *John Lonely*, auf Grund der Tatsache, dass du einen Marshall angegriffen und verletzt hast nur um eine Chance zu haben, bei uns aufgenommen zu werden, will ich dir eine Chance geben. Aber pass auf - es gibt nur eine einzige Chance und wenn du einen falschen Schritt tust, puste ich dir den Schädel weg, verstanden?"

Abby schluckte: „Ja, Sir."

„Gut", er wandte sich ab, „dann reiten wir jetzt ins Versteck."

Verborgen

„Da, gebt dem armen John noch eine Portion, damit er groß und stark wird." Tom klatschte Abby eine zweite Riesenportion Rühreier mit Speck auf den Teller. Die Männer lachten. Wäre sie die letzten Tage nicht so ausgehungert gewesen, wäre ihr sicher schon nach der ersten Portion schlecht gewesen, stattdessen spachtelte sie auch den zweiten Teller hinein. Was war das nicht für ein herrliches Gefühl, richtig satt zu sein!

Sie saß mit den anderen auf den Baumstämmen beim Lagerfeuer und das Frühstück näherte sich allmählich seinem Ende.

„War knapp gestern. Ich wundere mich, wie der Marshall so schnell da sein konnte. Er muss schon vorher etwas geahnt haben", grübelte Tom.

„Ach, der wohnt doch gleich in der Nähe. Der hat die Schüsse gehört und ist los", meinte Francis.

„Na, ich weiß nicht", erwiderte Tom abermals.

Jack sagte nichts, doch Abby sah ihm an, dass er sich seine eigenen Gedanken darüber machte. Er war nicht der Typ Mann, der viel über das, was ihn beschäftigte, sprach. Zu gern hätte sie jedoch gewusst, was in ihm vorging.

Plötzlich sah er sie an und Abby wandte möglichst unauffällig ihren Blick ab: „John Lonely, ich würde sagen, es ist an der Zeit, dass du mal zeigst, was du drauf hast."

„Wie... wie meinst du das?"

„Na, ich muss wissen, wofür ich dich künftig brau-

chen kann. Dem dürren Francis da kannst du kein Schießeisen in die Hand drücken. Die Gefahr besteht, dass er sich selbst erschießt..."

„Also...!", setzte Francis an, sein Kopf wurde rot und seine Widerworte wurden vom Gelächter und Gespött der Männer übertönt.

„Deshalb", verschaffte Jack sich wieder Gehör, „ist er für die Fluchtpferde zuständig. Jeder tut hier das, was er am besten kann."

„Ich kann schießen", sagte Abby, „egal, womit. Und ich kann reiten."

„Schießen und reiten", summierte Jack, „das ist doch schon einmal ein Anfang. Aber ich wette, dass du nicht besser bist als ich."

Abby schluckte, als ihr klar wurde, worauf das hinauslief. „Ich...", zögerte sie und wollte ihm erklären, dass sie ihm der Vermeidung wegen voll und ganz zustimmte und sie das nicht ausprobieren mussten, doch er ignorierte überhörte sie vollends.

„Los, runter von den Bänken. Francis, hol ein paar leere Whiskeyflaschen!"

Während Francis loseilte, beobachtete Jack Abby so durchdringend, dass sie am liebsten in einem Erdloch verschwunden wäre. Ihr war heiß und sie war nervös. Das hier war sowas wie ihr Einstellungsgespräch. Die Männer reihten ein paar der Baumstümpfe aneinander und Francis stellte hastig drei Flaschen darauf.

„Wir schießen vom Auslauf der Pferde aus", sagte Jack und die ganze Meute zog erwartungsvoll los. Abbys Füße wollten sich im Gegensatz dazu kaum bewegen.

Wie sollte sie da schießen, so nervös wie sie war?

Jack legte an und schoss in aller Seelenruhe der Reihe nach die drei Flaschen von den Baumstümpfen. Sein kraftvoller Arm bewegte sich langsam und zielorientiert und Abby konnte nicht vermeiden, einen Moment lang mit ihrem Blick an seinen Muskeln und den markanten Venen hängenzubleiben. Sie kniff fest die Augen zusammen um sich loszureißen, als sie schließlich mit hüpfendem Herzen an der Reihe war. Ihre Hände zitterten. Sie zielte, kniff ein Auge zusammen und versuchte sich auf nichts Anderes zu konzentrieren als auf den kalten Stahl und das Holz in ihrer Hand. Noch während sie innerlich flehte, dass sie treffen würde, schoss ihre erste Kugel haarscharf an der linken Flasche vorbei. Die Männer lachten.

„Bist wohl doch nicht so gut, wie du dachtest, hm?", lachte Bill.

Wut kochte in Abby auf, vorrangig auf sich selbst. Wieso war sie so nervös? Sie *konnte* schießen. Verdammt, sie schoss mit jeder Waffe jedes Ziel, wenn sie wollte!

Sie legte wortlos wieder an, holte tief Luft. Der Ernst der Situation und die Welt um sie herum versanken. Es ging so schnell, dass sie selbst beinahe staunen musste. Innerhalb eines Atemzuges zerbarsten alle drei Flaschen und Abby ließ langsam den Arm sinken. Zuerst herrschte Stille, doch dann wurde ihr auf die Schulter geklopft und die Männer brachen in Gegröle aus. Sie kam sich vor als hätte sie einen wichtigen Preis gewonnen.

Jack klopfte ihr ebenfalls auf die Schulter: „Nicht

schlecht, alle Achtung."

Das hieß wohl so viel wie: Prüfung bestanden. Am liebsten hätte Abby vor Erleichterung geweint, doch sie war ein Mann - Tränen waren da eher unangebracht. So stimmte sie einfach in die Freude der anderen mit ein und allmählich wurde ihr klar, dass sie jetzt vorerst dazugehörte. Sie hatte es tatsächlich geschafft, unglaublich! Von jetzt an hieß es Stellung halten! Ihre Tarnung durfte nicht auffliegen, sie musste sich weiterhin bewähren und sobald sie genug Kohle gescheffelt hatte, würde sie des Nachts das Weite suchen.

Sich aus dem Staub machen, das konnte sie ja recht gut.

Abends saß nahezu die ganze Gruppe am Lagerfeuer zusammen. Bill und Joe waren in die Stadt geritten um sich diversen Sünden hinzugeben, während der Rest im Versteck geblieben war. Abby hielt sich zurück, denn je weniger sie mit den anderen reden musste, desto geringer war die Wahrscheinlichkeit, dass sie in Bedrängnis geriet oder sich verhaspelte. Immer wieder traf sie Jacks Blick und ihr drängte sich immer mehr der Verdacht auf, dass er sie noch immer beobachtete. Während er kalt wie ein Eisbrocken war, durchfuhr sie jedes Mal ein Blitz, wenn ihre Blicke sich kreuzten. Ob er das bemerkte?

Ihr wurde es zunehmend unbehaglich und so stand sie mit ihrem Getränk in der Hand auf. Die Männer würden sicher denken, sie erleichtere sich, doch sie suchte nur etwas Raum für sich. Auf dem Weg zu Jacks Hütte

hielt Emily sie unvermittelt auf. Abby hatte die alte Frau während der kurzen Zeit hier bereits lieben gelernt. Sie kümmerte sich hingebungsvoll um die Truppe Draufgänger.

„Du solltest sehr vorsichtig sein, Mädchen", sagte sie zu ihr. Im Dunkeln schimmerten ihre sonst so gütigen Augen gefährlich, warnend. Ihre Haut war äußerst hell und das graue, zurückgebundene Haar verlieh ihrem Aussehen eine gewisse Weisheit. Tatsächlich sprach Emily vor den Männern nicht viel, doch wenn sie einen von ihnen für sein schlechtes Benehmen zu Tisch rügte, gehorchte jeder aufs Wort. Und ihre Miene ließ unschwer erkennen, dass diese unscheinbare alte Dame über Leichen gehen würde um das zu schützen, was ihr lieb war.

Abby betrachtete die kleine Frau: „Was meinst du? Und warum nennst du mich Mädchen? Ich..."

„Mir kannst du nichts vormachen, junge Lady. Es wundert mich sehr, dass Jack dich nicht erkannt hat. Er ist ein äußerst kluger Kopf, doch was gewisse Angelegenheiten betrifft hat er ein Brett vor dem Kopf."

Abby begann zu zittern. Was sollte sie tun? „Ich..."

„Mach dir keine Sorgen, ich werde dich nicht verraten. Aber sag mir, zu welchem Zweck treibst du dieses falsche Spiel?"

Abby war klar, dass Emilys Versprechen nur begrenzte Gültigkeit besaß. Die Bande - und vor allem Jack - war für sie alles und wenn Abby dem schaden wollte, war Emily die längste Zeit ihre Verbündete gewesen.

„Also..."

„Die Wahrheit, lüg mich nicht an!"

„Ich hatte keine andere Wahl. Ich brauche Geld. Ich... Meine letzte Möglichkeit wäre es, mich als Hure zu verdingen", platzte es aus ihr heraus.

Jetzt konnte sie nur auf Sympathie hoffen, sonst war sie geliefert.

Emilys Gesicht hellte sich ein wenig auf, ein zartes Lächeln zeigte sich auf ihren schmalen Lippen: „Schon gut, Mädchen. Aber sei gewarnt, du musst vorsichtig sein. Wenn Jack erfährt, wer du wirklich bist... Diese Bande ist für ihn das Wichtigste und er schützt sie so gut er kann. Ich möchte mir nicht ausmalen, was er mit dir anstellt, wenn er von diesem Betrug erfährt. Zumal... Weißt du, dass er nach dir gesucht hat?"

Abby nickte: „Und ich bin ihm zum Glück entkommen. Er hat wohl ungern Mitwisser was sein Versteck betrifft..."

Emily schien zu zögern, als wollte sie noch etwas sagen, schwieg jedoch und lächelte. „Du wirst schon wissen, was du tust." Sie nickte gütig, wie nur ältere Damen es konnten, und verschwand in Richtung ihrer Hütte, um sich schlafen zu legen. Abby sah ihr nach, wie sie hinter ihrer Tür verschwand und erst dann beruhigte sich ihr Puls langsam wieder. Sie hatte eine Mitwisserin, doch noch schien sie sich in sicheren Gewässern zu befinden. Hoffentlich blieb das auch so.

Endlich am Platz hinter Jacks Hütte angekommen, genoss sie die Ruhe. Bilder von Dingen, die hinter den Wänden dieser Hütte geschehen waren, drängten sich in ihre Gedanken. Seine Haut auf ihrer. Sein fester Griff.

Sein Atem, der stoßweise über ihren Hals strich. Ein warmes, wohliges Gefühl breitete sich in ihr aus und sie gab sich einem Moment der bittersüßen Erinnerung hin, ehe eine Stimme sie zusammenzucken ließ.

„Du bist eher der stille Typ, wie es aussieht."

Jack tauchte neben ihr auf und sofort wurde sie wieder unruhig. Abby redete sich ein, dass ihre Nervosität in seiner Gegenwart einzig mit der Tatsache zu tun hatte, dass er der war, der sie am ehesten wiedererkennen würde. Es verstörte sie, dass er sie ausgerechnet in dem Augenblick überraschte, da sie sich unbeschwert an ihre gemeinsame Nacht erinnerte, doch sie ordnete sich schnellstmöglich wieder. *Vermaledeite Zufälle!*

„Was machst du hier allein?", fragte er. Ein Hauch von Drohung lag in seinem Unterton.

„Ich musste mal. Hab noch einen Moment die Stille genossen. War ganz schön viel Trubel." Je länger sie wie ein Mann sprach und ihre Stimme verstellte, desto normaler und einfacher wurde es für sie. Man gewöhnte sich doch an alles!

Jack erwiderte nichts darauf und blickte in den Nachthimmel hinauf. Die Stille wurde vom Geheul eines Coyoten durchbrochen, ehe Jack von seinem Bier trank. „Weißt du, du erinnert mich an jemanden:"

Abby hielt die Luft an. „Ach ja?" Sie erlaubte sich, ihn einen Moment lang zu betrachten. Sein Dreitagebart hob seine markanten Kiefer noch deutlicher hervor und verlieh ihm eine gewisse Anrüchigkeit, die seinen sonst so perfekten Auftritt lügen strafte. Seine schwarzen Augen, die so schnell zwischen einem gefährlichen Blitzen

und einem Ausdruck, der Abbys Knie wanken ließ, wechseln konnten, schienen beinah wehmütig zu schimmern.

„Ja", zum ersten Mal seit dem Überfall lächelte er sie an, „du hast nicht zufällig eine Schwester?"

Abby schüttelte den Kopf und versuchte zu verbergen, dass sie beinahe den Atmen anhielt: „Nicht, dass ich wüsste."

„Dachte ich mir schon." Er sah auf seine Bierflasche hinab und schien seinen Gedanken nachzuhängen. Gott, was hätte sie dafür gegeben, in diesem Moment zu wissen, worüber er nachdachte! Ob er sie längst vergessen hatte? Am liebsten hätte sie sich den Schnurrbart weggerissen und ihm offenbart, wer sie wirklich war und... Doch sie hielt sich zurück. Ein solches Wiedersehen war in ihrer Vorstellung sicherlich weitaus romantischer als es in der Realität wäre.

Er würde sie umbringen.

„Nun ja", sagt er ruckartig, lächelte wieder, jedoch nicht mehr so versunken wie zuvor, „geh schon mal zurück, ich komme gleich."

Das war ihr Stichwort. Einerseits froh, davonzukommen, wäre sie andererseits am liebsten noch Stunden dort mit ihm gestanden. Doch sie wusste, dass es das Vernünftigste war, so wenig wie möglich mit ihm zu sprechen. Angespannt setzte sie sich zurück ans Lagerfeuer und verlor sich im Spiel der Flammen. Das Knistern und Knacken des Holzes ließ sie allmählich ruhiger werden und als Jack zurückkehrte, würdigte er sie keines Blickes. Typisch Jack, kaum öffnete er sich jemandem

ein klitzekleines Stück, stieß er ihn kurz darauf sofort auf eine ignorante Art und Weise weg. Doch jetzt war sie ausnahmsweise froh darüber...

Sie stürmten los. Ein Ruck ging durch den Pferdekörper und Abby wurde in den Sattel gepresst. Innerhalb weniger Sekunden befand sich das Tier in vollem Lauf und ihr trieb es durch die Geschwindigkeit beinah die Tränen in die Augen. Eins musste man Jack bei seiner Pferdeauswahl lassen - er wusste, welche schnell waren, wenn es darauf ankam.

Sie holten den Zug, der soeben an ihnen vorbei gefahren war, mühelos ein. Bevor der Schaffner Zeit hatte, mehr Gas zu geben, war es bereits zu spät. Die Hälfte von ihnen sprang von den Pferden auf den Zug und stieg durch die Fenster ein. Es war der erste Überfall, zu dem sie Abby mitnahmen und sie wusste, dass sie nicht nur einem Vertrauens-, sondern auch einem Könnenstest unterzogen wurde. Ihre Feuerprobe. Jack hatte sie zum Reiten eingeteilt, schließlich hatte sie ja gesagt, Reiten könne sie. Er selbst hatte laut der anderen keine Probleme damit, sich selbst die Finger schmutzig zu machen, doch wenn es überschaubare Unternehmungen waren, so wie heute, zog er einen Posten vor, bei dem er alles gut überwachen konnte.

Er ritt an der Spitze vor Abby, Joe und Cody und seinem scharfen Blick entging wie immer nichts. Je mehr Abby ihn kennenlernte, desto besser geeignet fand sie ihn für den Chefposten. Er hielt die Bande zusammen und er hielt sie in Schach. Weder duldete er übermäßige

Ausfälle, noch war er zimperlich mit seinen Methoden. Abby war schon das ein oder andere Mal bewusst geworden, dass sie sich als Frau an seiner Seite weitaus sicherer fühlen würde denn als Mann. Doch am faszinierendsten war, dass er es schaffte, den Haufen Rüpel nahezu zu einer kleinen, kriminellen Familie zusammenzuschweißen. So unsinnig es auch war, aber Abby brach schon jetzt ein Stück das Herz, wenn sie daran dachte, sie alle einmal zurücklassen zu müssen.

Es stand nicht auf dem Schlachtplan für heute, doch sie sollte ja schließlich zeigen, was sie konnte, also würde sie das auch tun. Die Pferde der Männer, die auf den Zug gesprungen waren, liefen noch ein Stück weit mit und wurden schließlich langsamer. Sie würden hier zurückgelassen werden, denn es gab keine Möglichkeit, sie wieder aufzugreifen. Doch Abby peilte eines der Pferde vor sich an. Sie trieb ihr Pferd zu noch mehr Geschwindigkeit an und holte auf. Mit einem gekonnten Griff in halsbrecherischer Geschwindigkeit packte sie die Zügel des freien Pferdes und brachte es dazu, neben ihr mitzulaufen. Sie überlegte nicht lang, packte die Zügel beider Pferde mit der rechten Hand und sprang von ihrem Pferd auf das andere. So hatte sie das freie Pferd neben dem Zug und sobald die Männer wieder herauskamen, konnte einer von ihnen auf ein freies Pferd steigen.

Abby war wohl heute die mit dem höchsten Adrenalinspiegel. Die Männer waren bereits alle so abgebrüht, ja sogar routiniert, dass so ein Überfall wie heute sie nicht wirklich aus der Ruhe brachte. Und da sie es

durch ihre Technik schafften, den Zug nicht einmal zu verlangsamen und somit am Ankunftsort keine Skepsis aufkommen würde, war die einzige Gefahr, die ihnen drohte, ein bewaffneter Passagier.

Das Geräusch des ausgestoßenen Dampfes wirkte wie der gleichmäßige Herzschlag der Lokomotive. Die große, weiße Wolke stieg rasch auf, malte den Weg des Zuges waagerecht in die Luft und verblasste dann gemächlich. Dafür, wie mühelos sie über die Schienen zu gleiten schien, herrschte eine beinah ohrenbetäubende Geräuschkulisse, die Abbys Nervosität nur noch mehr steigerte. Es vergingen sicherlich nur wenige Minuten, doch ihr kam es vor als zögen Stunden hinüber, ehe der erste Mann mit vollgestopften Taschen aus dem Zug sprang und hinter Cody auf dem Pferd landete. Dieser wendete sofort ab und donnerte über die Fluchtroute davon.

Abby konzentrierte sich, denn jetzt ging alles sehr schnell. Francis landete hinter Jack, und Joe sah etwas weiter vorne aus dem Fenster. Sie holte alles aus den beiden Pferden heraus, was ging. Die Tiere schwitzten und schäumten bereits vom langen, schnellen Galopp.

Es schien ihr, als führe der Zug immer schneller, doch das bildete sie sich sicher nur ein. Es dauerte eine gefühlte Ewigkeit, bis sie endlich Joes Position erreichte. Er sprang auf das freie Pferd und sie beide, als Letzte des Trupps, wendeten ebenfalls links ab und folgten den anderen. Mit fliegenden Hufen und fliegendem Herzen holten sie diese schließlich ein.

Sie ritten einen langen, völlig unsinnigen Weg, um

mögliche Verfolger abzuschütteln und nicht mal annäh-
rend in Richtung ihres Versteckes zu locken. Erst spät in
der Nacht kamen sie Zuhause an, die Dämmerung hatte
ihnen wie erhofft auf den letzten Metern in der Nähe
von Johnstown Deckung verschafft. Es waren jedoch
weit und breit keine Gesetzeshüter zu sehen gewesen.

Durch den langen Heimweg hatten die Tiere sich erholen und trocknen können. Die Männer brachten sie
zurück in den Auslauf, nur Abby rieb ihres noch mit
einem alten Tuch ab. Ein schläfriger, genussvoller Blick
aus großen, dunklen Augen war das Dankeschön.
Schließlich gesellte auch sie sich zu den anderen, wo
langsam ein kleines Lagerfeuer erwachte, wie nahezu
jeden Abend. Emily, die immer schon auf ihre Rückkehr
zu warten schien, egal, wann sie zurückkamen, zauberte
ein kleines, deftiges Mitternachtsessen und schon bald
kehrte Stille ein.

Abby fühlte sich seltsam flau im Magen und zwang
sich, endlich damit aufzuhören, Jack verstohlen zu be-
obachten. Wenn das Spiel der Flammen dieses flackern-
de Leuchten in seinen Augen erzeugte, schien seine ganze Wildheit zum Ausdruck zu kommen. Wie schon ein
paar Mal zu oft begegnete er auch jetzt wieder ihrem
Blick und lächelte sie an, ehe sie wegsehen konnte. Er
stand auf und setzte sich zu ihr. Abby rügte sich innerlich für ihr Verhalten. So vermied sie sicher keine Gespräche!

„Das war nicht schlecht, was du heute gemacht hast.“

Seine tiefe Stimme vibrierte in ihr wider. *Gott, warum
kann mein Herzschlag nicht einmal ruhig bleiben, wenn es*

um ihn geht? Sie holte tief Luft: „Danke.“

„Du hattest Recht, du kannst wirklich reiten wie der Teufel. Wo hast du das gelernt?“

Da war es, Fragen über eine Vergangenheit, die sie nie gehabt hatte, da sie nicht der war, für den sie sich ausgab.

„Nirgends, ich hatte einfach immer schon ein Talent dafür. Bin als Kind viel geritten, hab es mir irgendwie selbst beigebracht.“ Witzigerweise war das nicht einmal gelogen, doch das spielte ohnehin keine Rolle.

„Männer“, rief er in die Runde, „was haltet ihr davon, wenn wir morgen zur Feier des Tages einen Ausflug in die Stadt machen?“

Zustimmendes Gegröle war die Antwort und Jack lächelte ihr vielsagend zu.

Der Morgen war stets die schwierigste Zeit für Abby. Hatte ihr Schnurbart die Nacht überlebt? Wo konnte sie ungestört auf die Toilette gehen? Sie hoffte, dass die Frage „Hast du Lonely John eigentlich schon einmal pinkeln gesehen?“ erst nach ihrem Verschwinden in ein paar Wochen oder Monaten aufkommen würde, sonst war sie geliefert. So quälte sie sich täglich möglichst früh aus dem Bett, um so wenigen Männern wie möglich zu begegnen. Nachdem sie sich sicher war, dass ihr Schnurbart noch an Ort und Stelle war, schlich sie mehr oder weniger aus der Hütte und um dieselbe herum. Als sie sich sicher war, dass sie allein war, öffnete sie ihre Hose.

Sie erstarrte, als sie plötzlich Stimmen hörte, denn ihr

wurde sofort klar, dass sie sich nicht ankleiden können würde, bis derjenige bei ihr war. Wer suchte sie denn auch schon so früh am Morgen, Herrgott? Ihr wurde schlagartig übel im Hinblick auf das, was gleich passieren würde.

Doch, was war das? Unterhielt sich die Stimme mit jemandem? So schnell sie konnte, zog Abby sich an. Langsam trat sie näher.

„Lonely John? Den hab ich da hinten gesehen, bei den Pferden." Emily stand vor Cody und deutete weg von Abby.

Half sie ihr? Oder sah sie Gespenster? Abby war heute definitiv noch nicht bei den Pferden gewesen.

„Dieser alte Pferdenarr...", schimpfte Cody und verschwand in Richtung des Auslaufs.

Emily schüttelte den Kopf und ging direkt auf Abby zu.

„Mädchen, du musst vorsichtiger sein, beim Teufel!"

„Ich dachte, ich wäre allein", sagte Abby überrascht. Ihr war bisher nicht bewusst gewesen, was für eine unglaubliche Schauspielerin Emily war. Sie hatte nicht mit der Wimper gezuckt!

„Warum hilfst du mir?" Auch wenn die Frage eventuell gefährlich war, konnte Abby sich nicht zurückhalten.

„Wenn Jack herausfindet, wer du bist, weiß ich nicht, was er mit dir macht. Mir ist lieber, du bringst dein Geschäft hier hinter dich und ihr trefft euch später einmal auf unverfänglichere Weise wieder."

Abby war sich nicht ganz sicher, ob sie das verstand.

„Und davon abgesehen, mag ich dich." Emily lächelte,

nahezu frech.

Abby konnte nicht anders, als zu lachen und Emilys Grinsen wurde noch breiter. Hiermit hatte sie offensichtlich die beste Verbündete, die sie überhaupt haben konnte. War ihr das Schicksal tatsächlich einmal gnädig?

„Ach, Jack tut doch nichts ohne Hintergedanken! Der will nur sein entlaufenes Weib wiederfinden!", grummelte Bill, während sie die Pferde für ihren Ritt in die Stadt sattelten.

„Und ein paar neue Gäule kaufen", fügte Joe hinzu.

Abby spitzte die Ohren und konnte sich nicht zurückhalten. Sie ließ es möglichst abfällig klingen: „Was denn für ein entlaufenes Weib?"

„Er hat so 'ne scharfe Braut vom Saloon mit ins Versteck gebracht, am nächsten Tag war sie verschwunden. War wohl nicht sonderlich begeistert von seiner Leistung als Liebhaber", lachte Joe.

„Vielleicht ist er ein wenig eingerostet nach der langen Zeit?", scherzte Bill.

„Er will doch nur das Versteck schützen", sagte Francis ernst.

„Das glaubst aber auch nur du, du alter Dummkopf!", lachte Bill.

„Ich glaub ja, dass sie 'ne Nutte war. Hat zu viel gesoffen und dann das Weite gesucht", mutmaßte Joe.

„Bereit?", fragte Jack, der plötzlich auftauchte, und das Gespräch verstummte augenblicklich.

„Jawohl!", erwiderten die Männer übertrieben folgsam, was Jack mit einer hochgezogenen Augenbraue

quittierte, und sie saßen auf.

Auf dem Ritt in die Stadt spukten allerlei Gedanken durch Abbys Kopf. Suchte Jack wirklich nach ihr? Es sah ihm nicht ähnlich, sowas seinen Männern zu erzählen. Das würde den Vorwand mit dem Versteck erklären, den Francis ins Spiel gebracht hatte. Doch ihr leuchtete nicht ein, wieso er sie sonst finden wollen würde? Womöglich war es das Beste, wenn er wie Joe glaubte, sie wäre eine Hure gewesen. Bedeutungslos. Schäbig. Doch dieser Gedanke versetzte ihr zugleich auch einen Stich. Ob er so etwas tatsächlich von ihr denken könnte?

Obwohl ihre Steckbriefe auch in Johnstown hingen, schienen die Banditen sich hier recht sicher zu fühlen. Diese Stadt war ein abgelegenes Nest, der Sheriff, in dessen Gebiet die kleine Stadt fiel, war bisher nicht wirklich gefährlich geworden. Die Einwohner teilten sich in zwei Gruppen auf: Die, die einfach nur ihre Ruhe wollten und die, die zu übertriebener Frommheit neigten. Letztere waren jedoch noch in der Unterzahl und somit nicht sonderlich erpicht darauf, sich mit einer Horde Banditen anzulegen.

So betraten sie wie vor einigen Wochen den Saloon, und Erinnerungen, bei denen Abby ein Schmunzeln nicht zurückhalten konnte, kamen ihr in den Sinn. Hier hatte alles angefangen - und jetzt stand sie hier, verkleidet als ein Mann und Mitglied der Cunningham-Bande. Von einer bettelarmen Geächteten hatte sie es so gesehen weit gebracht!

Sie ließen sich an einem der Tische nieder und Abby

wurde schlagartig klar, dass sie sich unbedingt vor Alkohol hüten müsste! Wenn sie betrunken war, konnte ihre Tarnung schnell auffliegen oder sie verplapperte sich. Was sollte sie nur tun?

Jack saß, zufrieden mit sich und der Welt, entspannt zurückgelehnt in einem großen Stuhl und feixte mit seinen Männern. Es schien ihm so leicht zu fallen, diesen Haufen Rüpel anzuführen, niemand stellte seine Position in Frage. Es glich beinahe einem Naturgesetz. Wie er dort lässig zurückgelehnt saß, lachte und scherzte, wurde ihr einmal mehr klar, was für ein gutaussehender Mann er doch war. Wäre er kein Bandit und hätte er nicht diese gewisse, beinah greifbare Portion Gefahr an sich haften, die sicherlich so manche Dame von ihm fernhielt, wäre er hier sowas wie ein seltenes Goldstück. Nur Abby hielt die Warnung in ihrem Inneren nicht von ihm ab. Unglücklicherweise…

Jack hatte bereits die erste Runde bestellt und sie suchte fieberhaft nach einer Lösung. Warum hatte sie daran nicht gedacht, dann hätte sie heute Morgen noch schnell krank werden können! Jetzt saß sie hier und…

„Für mich nichts, danke."

Verwunderte Blicke richteten sich auf sie.

„Was?", Jack sah sie stirnrunzelnd an und Abby wich seinem Blick aus.

„Ich trinke nicht."

„Warum, zur Hölle, sollte ein Mann nicht trinken? Los, stoß mit uns an, sonst helf' ich dir!", raunzte Tom durch seinen üppigen Bart hindurch.

„Ich trinke keinen Alkohol, tut mir leid."

73

Jack kniff die Augen zusammen: „Säufer?"

Abby nickte beschämt. Ihr wurde bewusst, dass jeder Tag länger mit diesen Männern ihr Versteckspiel schwieriger machte. Irgendwann würde sie auffliegen. Das war unvermeidbar.

„Nun gut, dann bitte noch ein Wasser für die Dame", rief Jack der Kellnerin zu, und auch wenn Abby wusste, dass er sie auf den Arm nahm, so erschrak sie doch beim Wort „Dame". Mit einem süffisanten Lächeln stellte die Kellnerin das Wasser vor ihr ab und Abby verzog missmutig den Mund. Wie lange das alles wohl noch gut ging...?

„Auf die Eisenbahn", hob Jack zum Toast an, „und auf unser neues Mitglied, den Säufer John Lonely, der sich gestern eindeutig als eine gute Investition erwiesen hat." Er grinste schief und Abby rutschte kurzzeitig das Herz in die Hose - wenn er nur wüsste, dass sie es war! Wieder verspürte sie den Drang, ihre Verkleidung von sich zu reißen, ihm alles zu erklären. Stattdessen hob sie mit einem stummen Lächeln ihr Wasserglas und stieß mit den anderen an. Wenn sie sich nicht versehentlich verriet, dann würde sie es wahrscheinlich irgendwann freiwillig tun, wenn das so weiter ging. *Gott, möge dieser Abend nur schnell vorbeigehen.*

Doch Gott, der war ihr mal wieder nicht gnädig. Stunde um Stunde zog vorbei und Abby wäre sicher längst müde geworden, wäre da nicht eine Kleinigkeit gewesen, die sie davon abhielt. Was hätte sie jetzt dafür gegeben, nicht John Lonely zu sein, sondern Abigail Henson! Sie umgriff ihr blödes Wasserglas so fest, dass

sie ihre Finger immer wieder strecken musste, aus Angst, es sonst zu zerbrechen.

Eine Kellnerin hatte ganz offensichtlich bereits den ein oder anderen über den Durst getrunken und hatte es auf Jack abgesehen. Dieser, ebenfalls alles andere als nüchtern, schien nicht mehr so abgeneigt wie zu Beginn des Abends. Und wäre Abby sie selbst gewesen, hätte sie dieser Dame kräftig eingeschenkt. Aber sie war John, John Lonely, und der hatte so zu tun, als interessiere es ihn nicht.

Krampfhaft zwang Abby sich, nicht die ganze Zeit hinzustarren, doch als die großbusige Kellnerin auf Jacks Schoß plumpste, verschluckte sie sich. Anstatt sich nun hinter ihrem Wasserglas zu verstecken, hustete sie und zog kurz alle Aufmerksamkeit auf sich. Francis klopfte ihr auf den Rücken und lächelte gutmütig, wenn auch etwas verschwommen.

Noch ehe Abby sich richtig erholt hatte, ging plötzlich Gegröle durch die Bande. „Heeeey!", rief Bill, „seht euch Jack an!" Abby ahnte, was sie erwartete, doch sie hoffte, dass es anders sein würde. Ein kurzer Blick in Jacks Richtung bestätigte ihr jedoch, was sie vermutet hatte. Er und die Kellnerin knutschten, was das Zeug hielt. Ihr wurde übel.

„Das sind ja ganz neue Seiten!", rief Joe lachend.

„Ich glaube, er will nur Abigail vergessen", sagte Francis in normalem Tonfall und wurde wie meistens von den anderen einfach überhört. Abby sah ihn erstaunt an - er hatte sich ihren Namen gemerkt? Er schien aufmerksamer als sie vielleicht zu Anfang gedacht hatte.

Womöglich wurde er von den anderen oft als Idiot hingestellt, weil er offensichtlich sensibler war als sie.

Sie zwang sich, noch einmal einen Blick auf Jack und die Kellnerin zu werfen. Weiß Gott, Jack war bei ihrer gemeinsamen Nacht auch betrunken gewesen, doch sie bildete sich ein, dass es anders gewesen war. Leidenschaftlicher. Ehrlicher. Dass er sie nicht so gleichgültig geküsst hatte. Jetzt sah es so aus, als ließe er es einfach nur mit sich geschehen. Wie auch immer - Abby hatte genug und jedes Herabspielen dessen, was sie sah, war womöglich nur reines Wunschdenken.

„Ich reite zurück", sagte sie zu Francis.

„Was, allein?"

„Wenn es sein muss."

Er sah nervös umher und Abby sah ihm zum ersten Mal an, dass ihm auch nichts lieber wäre, als die Flucht zu ergreifen. Als der Schwächling in der Gruppe konnte er es sich nicht leisten, als Erster oder Einziger zu gehen. Das würde das winzige bisschen Ansehen, das er hatte, auch noch zerstören.

„Ich... komme mit", sagte er zögernd.

„Männer", sagte Abby laut und ihre tiefe Männerstimme bebte, doch das würde niemand bemerken. Sie waren bereits alle mehr als angetrunken und nickten Abby und Francis nur beiläufig zu. Francis konnte kaum mit ihr Schritt halten, als sie hinauseilte. Die kalte Luft schlug ihr entgegen und die Schwingtüren schlugen hinter ihr auf und zu. Was würde sie jetzt dafür geben, einfach losheulen zu dürfen! Oder schreien!

Hastig schwang sie sich auf ihr Pferd und wartete un-

geduldig auf Francis.

„Du hast es aber besonders eilig, hm?“

„Los, komm.“

Hüllenlos

In der Nacht nach dem Saloonbesuch hatte Abby kein Auge zugetan. Sie konnte nicht ausdrücken, wie froh sie darüber war, als Jack am nächsten Morgen alleine aus seiner Hütte gekommen war. Sie wusste nicht, was sie getan hätte, wenn dem nicht so gewesen wäre. Sie weigerte sich, zu sagen, dass sie eifersüchtig war, doch gottverdammt, es gab eigentlich keine andere Erklärung dafür. Die Misere, in der sie sich befand, wurde zunehmend größer. Am liebsten wäre sie zu ihm gegangen und hätte ihn geohrfeigt, bis ihre Wut nachließ.

Sie hatte nichts dergleichen getan.

Stattdessen übte sie sich darin, sich auf ihre Atmung zu konzentrieren, während sie wartete, bis Jack aufs Pferd stieg. Er nahm sie und Francis heute mit, um neue Pferde zu kaufen. Seit dem Überfall auf den Zug fehlten ihnen zwei Pferde und es war immer besser, ein paar zu viel als zu wenig zu haben. Ihr war noch dazu äußerst übel, musste wohl am Chili liegen, das sie gestern im Saloon gegessen hatte. Da war Reiten nicht gerade das, was großen Spaß machte.

„Und los!", sagte Jack, als er im Sattel saß und sie ritten die verschlungenen Wege durch das massive Gestein hinaus zur Prärie. Mittlerweile kannte Abby den Weg im Schlaf und würde ihn mit Leichtigkeit auch bei Nacht finden.

„Dir ist klar, dass sich nie einer darum reißt, mit Jack Pferde kaufen zu gehen?", grinste Francis.

Abby schüttelte den Kopf: „Nein, wieso?"

„Weißt du, was das für Pferde sind?"

„Nicht wirklich."

„Na, dann lass dich mal überraschen. Hast du dich nicht gewundert, dass wir keine Waffen dabei haben?"

„Schon, ich dachte, zur Tarnung..."

„Oh nein, nicht zur Tarnung. Wir kommen in Frieden", lachte er und zwinkerte ihr zu. Abby zog eine Augenbraue hoch und fragte sich, was denn nun schon wieder für eine Überraschung auf sie wartete. Eins war sicher, das Leben als Gesetzesbrecher wurde nie langweilig!

Sie ritten eine Weile durch Niemandsland und Abbys Übelkeit ebbte mit jeder Minute, die sie der Mittagszeit näher kamen, ab. Die Pferde schritten durch das hohe, trockene Gras einer wilden Wiese, als wie aus dem Nichts drei Reiter am Waldrand vor ihnen standen. *Indianer!*, schoss es Abby durch den Kopf und ein Blick zu Francis, dem sein Grinsen nicht so gut gelang, wie er wollte, bestätigte ihr, dass er darauf zu Beginn ihres Rittes angespielt hatte.

Er kauft Pferde von Indianern?, fragte sich Abby und sah die Reiter mit großen Augen an. Ihre Oberkörper waren nackt und sie saßen selbstbewusst auf ihren bunten Pferden. Unter ihren gleißenden Blicken fühlte sie sich mehr als unwohl, doch Umkehren befand sich nicht auf der Liste ihrer Möglichkeiten.

„Seid gegrüßt", sprach Jack.

„Hallo, Jack", erwiderte einer von ihnen und lächelte schließlich, „knöpfst du uns schon wieder ein paar Gäu-

le ab?"

„So viel ich kriegen kann", lachte er.

Ein Schwarm Vögel verließ sein Versteck und flatterte über die Baumwipfel hinfort. Hinter den Indianern ritten sie in den Wald hinein und folgten ihnen auf kaum erkennbaren Pfaden.

Als der Wald sich zum zweiten Mal lichtete, näherten sie sich einer Ansammlung von Tipis und Abbys Beklommenheit nahm langsam wieder zu. Sie war Indianern noch nie wirklich nahe gekommen. Die einzigen, die sie kannte, waren versoffene, heruntergekommene Gestalten gewesen, die ihr letztes Geld für Whiskey und Huren verprassten.

Sobald sie mehr erkennen konnte, war sie erstaunt. Sie sah Kinder spielen und Frauen und Männer gingen ihren Beschäftigungen nach. Ein paar blickten auf, als sich der kleine Trupp näherte, doch sobald sie ihresgleichen erkannten, schenkten sie ihnen keine weitere Aufmerksamkeit mehr. Die Pferde schritten durch das Lager hindurch und Abby kam aus dem Staunen nicht mehr heraus.

„Hast wohl noch nicht viele Indianer gesehen, hm?", fragte Francis und Abby schüttelte geistesabwesend den Kopf. Francis lachte.

Felle und Häute waren auf große Rahmen aufgespannt, ein Lagerfeuer brannte und allerlei Tiere liefen zwischen den Tipis hin und her. Am anderen Ende der Siedlung waren große Pferche mit jeder Menge Pferde, die in der Mittagssonne dösten. Die drei Reiter führten sie zu einem kleineren Pferch.

„Die kannst du alle haben, bis auf den Bunten."

„Wollt ihr die Gescheckten für euch selbst?", lachte Jack.

„Nein, Mann, der ist irre. Unsere besten Reiter haben es nicht geschafft, ihn zu brechen."

„Gut, bringt sie rüber, ich nehme alle. Die sehen gut aus."

„Was passiert mit ihm?", fragte Abby.

„Mit wem?", fragte Jack verwirrt.

„Dem Schecken."

„Den werden sie aufessen", lachte Francis.

Bevor sie sich eingestand, dass das eine blöde Idee war, fragt sie an die Indianer gerichtet: „Kann ich ihn reiten?"

Gelächter brach aus. Keiner nahm sie ernst.

„Ich meine es ernst!", rief sie deshalb. Ihr grummelnder Magen schien da anderer Meinung zu sein. Der hatte wohl keine Lust auf ein bockendes Pferd.

Zuerst schien sie wieder keiner zu beachten, doch dann trat der größte der drei Indianer vor und sah sie streng an: „Du denkst, du bist besser als unsere Reiter, weißer Mann?"

Abbys Kehle wurde trocken und Jacks Blick nach würde er sie wohl am liebsten erwürgen. Doch sie ließ sich nicht beirren: „Ja!"

Jack schüttelte unmerklich den Kopf bei ihrer Antwort.

„Du Dummkopf!", zischte Francis, doch Abby reagierte nicht.

Die Indianer wechselten stille Blicke und nickten sich

unmerklich zu, daraufhin holten sie gemeinsam den Schecken, der davon nicht wirklich begeistert war. Es sah aus wie ein Kampf, als sie ihn in einen engen Stand zwängten und ihm einen Sattel aufschnallten. Schließlich lächelten die drei sie schadenfroh an, was so viel hieß als dass es jetzt losgehen konnte.

Abby hasste sich für diese aberwitzige Idee - nicht, weil sie nicht reiten konnte, sondern, weil sie vor allem um ihren Schnurbart fürchtete! Aber sie konnte nicht zulassen, dass dieses wunderschöne Tier als Fleischspieß endete. Und sie war schon immer der festen Überzeugung, dass die schwierigsten Pferde die besten waren, hatte man sie erst einmal für sich gewonnen. Sie musste jetzt all ihren Mut zusammennehmen und auf ihr Können - und die Festigkeit ihres Schnurbartes - vertrauen.

Abby ließ sich in den Sattel sinken und spürte die Muskeln des Hengstes unter sich bereits beben. In der Hoffnung, ein wenig von ihrer Ruhe auf ihn zu übertragen, streichelte sie seine Schulter. Ihr Verstand war jetzt glasklar und mit festem Griff nahm sie den Strick, der ihre einzige Verbindung zum Pferd sein würde, in die Hand und gab das Zeichen, dass sie bereit war.

Die Indianer brachten sich in Sicherheit und sofort brach das Donnergrollen los. Innerhalb von Sekunden war sie in eine Staubwolke gehüllt. Trommelnde, stampfende Hufe erfüllten die Luft mit ihren dumpfen Schlägen. Abby folgte mit ihrem Körper den Bewegungen des Tiers wie eine Welle. Ihre Hand hatte sie in die Luft gestreckt um sich besser ausbalancieren zu können. Wütendes Schnauben, wie das eines wildgewordenen Stiers,

blies Lücken in die Staubwolken. In ihnen flogen sie hoch und landeten hart. Er brachte Abby wahrlich an die Grenzen ihres Könnens. Man konnte getrost sagen, dass er alle Kniffe kannte. Und er war sehr wütend.

Es dauerte eine halbe Ewigkeit, doch schließlich wurde er langsamer und rannte wie der Blitz im Kreis. *Der ist verdammt schnell*, dachte Abby sich. Allmählich brachte sie ihn in einen Trab und letztendlich zum Stehen. Sie streichelte wieder seinen Hals, der jetzt schweißnass war und noch immer bebte wie zuvor.

Ehe sie zu den anderen blickte, überprüfte sie ihren Schnurbart. Er war etwas verrutscht und sie drückte ihn schnell wieder zurecht, in der Hoffnung, dass er dort bleiben würde. Zum Glück hatte sie in den Taschen ihres Reitpferdes immer etwas Klebstoff dabei, bis dahin musste er halten.

Zu ihrer Überraschung hatten sich einige Schaulustige angesammelt und sahen sie nun ungläubig an. Sie sprang ab und der Hengst folgte ihr artig. Vorsichtshalber ließ sie ihn jedoch nicht ganz aus den Augen.

„Ein gutes Pferd", sagte sie anerkennend und schwer atmend, lächelte und gab den Strick an den großen Indianer zurück.

Die drei braungebrannten Männer sahen sich an, dann nickte der Große und streckte ihr die Hand hin: „Du hast mich wirklich beeindruckt. Er hat es wohl so gewollt, er gehört jetzt dir."

„Ich zahle keinen Penny für den Teufel!", rief Jack nicht ohne eine Spur Belustigung.

„Er ist ein Geschenk. Wir hätten ihn sonst wieder frei

gelassen."

Abby warf einen bösen Blick zu Francis. Dieser wurde knallrot und vermied es, ihr in die Augen zu sehen. Na, der konnte was erleben! Sie riskierte hier ihr Leben, weil er gesagt hatte, der Hengst würde gegessen werden!

„Ich danke euch", sagte sie und Jack schüttelte den Kopf.

„Das ist deiner - und nur deiner. Und wenn er Ärger macht, kommt er weg." Das war keine Frage, das war eine Tatsache. Sie sagte nichts darauf, nahm dem Hengst den Sattel wieder ab und führte ihn hinaus. Sie brachten die Tiere zurück in den Paddock, wo sie sie in den nächsten Tagen abholen würden, wie Jack mit einem der Indianer abgesprochen hatte. Es waren zu viele, um sie sofort mitzunehmen.

Sie führten ihre Reitpferde durch das Lager und als sie in einiger Entfernung aufsitzen sollten, schnappte sie sich Francis. Mit mäßiger Wucht - es sollte ja nur eine kleine Lektion sein - schlug sie ihm ins Gesicht. Er taumelte, hielt sich die Wange und sah sie entgeistert an.

„Indianer essen Pferde, hm?", fragte sie ihn wütend, ehe Jack fragen konnte, was vor sich ging. Abby stieg auf und Jack lachte lauthals, während Francis mit hochrotem Kopf und fahrigen Bewegungen ebenfalls in den Sattel stieg.

„Wo hast du so Reiten gelernt? Erzähl mir nicht wieder, du konntest das schon immer gut, denn...", fragte Jack.

„Freddy, das sturste Pony der Welt!", unterbrach sie ihn lachend und galoppierte voran.

Wochen und Monate zogen vorbei.

Es lief ziemlich gut, Jack war mehr als zufrieden. Mit ihrer Beute konnten sie gut leben und die Gesetzeshüter machten ihnen nicht allzu viele Probleme. John Lonely war ein festes Mitglied in der Cunningham-Bande geworden. Die Hänseleien, denen sich zu Anfang jeder Neuling unterziehen musste, ebbten allmählich ab. Wenn man das bei einem Verbrecherpack so sagen konnte, so hatten sie momentan recht ruhige Zeiten und Jack genoss das - ein bisschen Ruhe tat immer gut in einem solch aufreibenden Leben.

Sie waren gerade zurück von einer kleinen Tour, bei der sie einen hochnäsigen, steinreichen Rancher um den Großteil seines Vermögens erleichtert hatten, und die Aussicht auf ein üppiges Abendessen winkte. Alle waren guter Dinge, selbst die Pferde schienen beschwingter als sonst dahinzuschreiten.

Ein dumpfes Geräusch zog plötzlich Jacks Aufmerksamkeit auf sich. Was war das? Er sah es nicht sofort, doch als er realisierte, dass John Lonelys Sattel leer war, dämmert es ihm.

„He, was ist denn mit dem los?", rief einer der Männer und die Pferde hielten an.

Jack trieb das seine an und fand John am Boden liegend. Sofort sprang er ab.

„Hat jemand gesehen, ob er getroffen wurde?", fragte er die Männer.

Er drehte ihn auf den Rücken und konnte keine Wunde erkennen. Die Männer verneinten. Ein wenig

Blut war auf seiner Stirn verschmiert, doch das kam sicherlich vom Sturz auf den Steinboden.

„Was hat er, Boss?"

Jack schüttelte den Kopf: „Ich hab keine Ahnung, ich kann nichts erkennen. Aber er atmet noch. Los, schnell, bringen wir ihn zu Emily. Helft mir, ihn vor mir in den Sattel zu setzen!"

Mit vereinten Kräften hievten die Männer John vor ihm in den Sattel und sein Schwarzer trabte sofort los. Johns Kopf hing leblos auf seiner Brust und Jack hatte Mühe, ihn aufrecht zu halten und gleichzeitig sein Pferd zu lenken.

So schnell er konnte, ritt er zum Versteck, schlängelte sich durch das Steinlabyrinth und rief sofort nach E-mily. Sie kam erschrocken herausgelaufen und er sah sofort die Erleichterung in ihren Augen, als sie erkannte, dass es ihm selbst gut ging. Ihr nächster Blick fiel auf John und ein Ausdruck trat in ihre Augen, den Jack nicht zu deuten vermochte. *Das muss der Schock sein*, dachte er.

„Um Himmels Willen, was ist passiert? Lebt er noch?"

„Er atmet noch, ich weiß nicht, was mit ihm ist."

Endlich hatten die Männer ihre Pferde angebunden und kamen, um John wieder vom Pferd zu heben.

„Los, schnell, legt ihn auf meine Pritsche", wies Emily sie an und wie immer gehorchten die Männer als wären sie alle ihre wohlgeratenen Söhne.

„Alle raus", ordnete Emily an, nachdem sie ihre Hütte als Letzte betreten hatte.

Fragende Gesichter waren die Antwort.

„Na los, raus, ich brauche Ruhe! Ich muss mich konzentrieren!"

Das schien als Argument zu wirken und murrend verließen die Männer den kleinen Raum. Emily wischte sich den Schweiß von der Stirn. Sie hatte bereits eine Vermutung, was geschehen war. Sie hoffte, dass keiner auf die Idee kam, noch einmal einen Blick herein zu werfen, denn sie würde John - Abby - zum Teil entkleiden müssen.

Sie fühlte Abbys Stirn - zum Glück kein Fieber. Ihr Puls war schwach, aber konstant.

„Das wird schon wieder", murmelte sie und öffnete Abbys Bluse, „du bist nur ohnmächtig geworden. Diese verdammte Verschnürung..."

Es war ein Kraftakt und schien ewig zu dauern, ehe sie den Verband komplett von ihrem Oberkörper entfernt hatte.

„Jetzt kannst du besser atmen", sprach sie zu der Ohnmächtigen und betrachtete schwermütig die feine, runde Kugel unterhalb Abbys Brüsten.

„Was hast du dir nur für ein Leben ausgesucht, kleiner Wurm." Emily schüttelte den Kopf und strich sanft über den Babybauch. Dieses Kind würde einen wahrlich schweren Start haben, das stand außer Frage. Und doch konnte sie nicht verleugnen, dass sie insgeheim hoffte, es wäre Jacks Kind, auch wenn das eine Katastrophe bedeuten würde. Sie legte ihren Kopf auf Abbys Bauch und war erleichtert, einen dumpfen, schnellen Herzschlag zu hören.

„Emily?" Sie fuhr beim Klang von Jacks Stimme zu-

sammen.

„Ja?", rief sie zurück.

„Weißt du schon was?"

Hastig knöpfte sie Abbys Bluse wieder zu. Jack erschien im Türrahmen.

„Kannst...", schimpfte sie los und beruhigte sich, um nicht zu auffällig zu sein, „...du nicht einmal tun was ich dir sage?"

Er grinste kurz, dann wurde er wieder ernst: „Was hat er? Ist es etwas Ernstes?"

„Nein, nein, alles gut. Ich denke, es war nur die Hitze."

Sie versuchte, Jack die Sicht zu versperren, denn die Hälfte der Knöpfe fehlte noch. Ihm schien es nicht aufzufallen und so trat er um sie herum und sie hoffte zutiefst, dass er die halb offene Bluse nicht bemerken oder zumindest nicht weiter beachten würde. Nachdenklich betrachtete er Abbys Gesicht. Dann, ganz langsam, bildete sich eine Falte auf seiner Stirn, die Emily nur zu gut kannte. Das war die „hier stimmt etwas nicht"-Falte.

Schnell sah sie zu Abby und versuchte zu erkennen, was ihn störte. Doch es war bereits zu spät. Langsam hob er seine Hand und berührte ihren Schnurbart. Schief! Er war schief! Wieso hatte sie das nicht bemerkt? Mit einem Ruck, dem mehr Wut innewohnte, als sie befürchtet hatte, riss er ihn ab. Fassungslos starrte er in Abbys Gesicht.

Ganz langsam, als hätte er einen Schock, glitt sein Blick tiefer und fiel auf die offene Bluse. Er schob sie ein Stück zur Seite und die Wölbung einer Brust war un-

verkennbar zu sehen. Mit einem weiteren festen Ruck sprengte er die geschlossenen Knöpfe und Abby lag in all ihrer Weiblichkeit vor ihm. Emily zuckte entgeistert zusammen. Stand ihm soeben noch der Schock ins Gesicht geschrieben, so wechselte sein Ausdruck beim Anblick des Babybauchs in etwas, das nicht einmal Emily definieren konnte.

Eine Weile starrte er nur auf Abby und alles, was verriet, dass er keine Statue war, war sein sich heftig hebend und senkender Brustkorb.

Schließlich fixierte er Emily und wie sie befürchtet hatte, war in seinem Blick nichts als blinde, nackte Wut: „Hast du das gewusst?"

Sie sah ihn erschrocken an. Sie würde wohl den ersten wütenden Ausbruch abbekommen.

„Ob du das gewusst hast?", brüllte er sie an.

Emily brachte kein Wort heraus. Die Antwort war ihm auch so klar. Er stieß einen wütenden Schrei aus und stürmte aus der Hütte. Ihr Herzschlag raste. Das hätte nicht passieren dürfen! Grundgütiger, was würde er jetzt nur tun? Hastig zog Emily Abby wieder an, um sie vor weiteren Blicken zu schützen und warf ihr eine Decke über.

Jack kam schneller wieder, als sie gedacht hätte. Mit wildem Blick sah er von Abby zu ihr und setzte sich auf einen Stuhl in der Ecke.

„Du kannst heute draußen schlafen, wenn sie vorher nicht aufwacht", murrte er und Emily wusste, dass dies nicht der Zeitpunkt für eine Widerrede war.

Sie wollte schon gehen, doch ihm schien noch etwas

auf der Zunge zu liegen.

„Ist mit dem Kind alles okay?", fragte er widerwillig.

„Ich denke schon. Ich hoffe es", sagte sie ehrlich, „was wirst du tun?"

Er sah sie aufgebracht an: „Was schon? Ich sitze hier und warte, bis sie aufwacht. Und dann wird sie sich wünschen, dass sie weiter bewusstlos geblieben wäre, das schwöre ich dir!"

Der Schmerz über den Verrat stand ihm so deutlich ins Gesicht geschrieben, dass es ihr im Herzen wehtat, ihn so zu sehen. Sie fragte sich, ob sie ihn irgendwie beschwichtigen konnte, spürte und wusste jedoch, dass es keine Rolle spielte. Sie würde nichts mehr für Abby tun können. Wortlos verließ sie die Hütte und betete stumm, dass Gott – Jack – dem armen Mädchen gnädig war.

Irgendwann war er vor Erschöpfung auf dem Stuhl eingeschlafen. So viel Fassungslosigkeit wie an diesem Tag hatte er noch nie in seinem Leben verspürt. Dieser Verrat war so groß, dass er es nicht wahrhaben wollte. Wieso hatte sie ihn so betrogen? Und wieso hatte er Idiot es nicht gemerkt?

Bis vor einigen Monaten hatte er John Lonely noch nicht ganz vertraut, seine stille Art und die Geschichte, die er zu Anfang erzählt hatte, hatten ihn misstrauisch gemacht. Es war dieses eine kleine Detail gewesen, das er bis heute noch nicht vergessen hatte. John – Abby - hatte erzählt, sie hätte damals bei dem Banküberfall in Lost Springs Schüsse gehört und wäre losgelaufen. Jack

jedoch war sich sicher gewesen, dass der erste Schuss so früh gefallen war, dass er nicht von seinen Männern hatte stammen können. Sie hatten den Sheriff zu diesem Zeitpunkt noch nicht sichten können. Im Laufe der Zeit jedoch hatte er dieses Detail vernachlässigt und es beinahe vergessen.

Doch was steckte hinter dieser ganzen Maskerade? Was waren ihre Absichten? Keine seiner Ideen ergab Sinn für ihn.

Als er erwachte, schmerzten alle seine Glieder von der ungemütlichen Schlafposition. Er erkannte auch sogleich, was ihn geweckt hatte. Emily war gekommen und sah nach Abby. Sie mied seinen Blick. Sofort überkam ihn das schlechte Gewissen, da er sie aus ihrer Hütte verbannt hatte. Er sah ihr nachdenklich zu.

„Wie lange wusstest du es schon?", fragte er schließlich.

Emily hielt kurz inne, sah ihn jedoch nicht an: „Es war mir klar, als sie am ersten Tag hinter Francis vom Pferd gestiegen ist. Ich frage mich bis heute, wie du so blind sein konntest." Da war sie, Emily, die ihm sogar noch die Leviten las, wenn sie eigentlich Angst vor ihm hatte.

„Das frage ich mich auch." Er rieb sein Gesicht in seinen Händen, lehnte sich zurück und wiegte den Kopf von links nach rechts, um sich zu dehnen. Emily warf ihm ein verstohlenes Lächeln zu.

„Wo hast du geschlafen?", fragte er reumütig. Sie hatte ihn zwar angelogen, doch das schlechte Gewissen, eine alte Frau aus ihrer warmen Unterkunft geworfen zu

haben, plagte ihn dennoch.

„In Jo... Abbys Hütte."

Er nickte.

„Wie geht es ihr?"

„Sie hat schon wieder mehr Gesichtsfarbe."

Er sah sie ernst an: „Was weißt du noch?"

Sie begegnete seinem Blick jetzt wieder ohne Furcht in ihren Augen: „Das wird sie dir schon selbst erzählen."

Er seufzte. Emily. Loyal wie kein anderer. Als sie ging war er wieder allein mit Abby. Er stand auf und betrachtete ihr friedliches Gesicht. Weiß Gott, sie war wunderschön. Er hasste sich selbst dafür, dass ihn viel mehr zu interessieren schien, wer der Vater des Kindes war und ob es da vielleicht einen Mann an ihrer Seite gab als die Tatsache, dass sie ihn belogen hatte.

Wäre er nicht so wütend gewesen, hätte der Anblick ihrer entblößten Brüste gestern sicher andere Gefühle als Entsetzen hervorgerufen. Doch allein die Erinnerung daran ließ ihn schwer schlucken. Zu gerne würde er ihre Wange berühren, doch er versagte es sich. Bevor er ihr auch nur einen Schritt zu nahe kam, musste er wissen, was hier vorging.

Er atmete lange und langsam aus. So lange hatte er gehofft sie wiederzusehen.

Er hatte nach ihr gesucht, während sie ihn schon längst gefunden hatte.

Doch so hatte er sich das nicht vorgestellt und selbst in seinen wildesten Träumen war diese Version nicht vorgekommen. Wieder und wieder fragte er sich, wie er sich so hatte täuschen lassen können? Er musste ihr

wohl zugestehen, dass sie eine hervorragende Schauspielerin war. Diese Partie hatte sie gewonnen.

Beim Frühstück herrschte betretenes Schweigen. Alle waren in Sorge, nur Emily schimpfte wie eh und je über halbvolle Teller und stehengelassenes Geschirr.

Noch während Jack sich eine eher spärliche Portion auflud, platzte es regelrecht aus Francis heraus: „Was ist los, Boss?"

Er hätte es vorgezogen, nicht darüber zu sprechen. Er wollte im Moment überhaupt nicht reden, jedoch machte ihm ein Blick in die Runde klar, dass seine Männer eine Erklärung verdienten. Sie waren besorgt, besorgt um John Lonely und Jack sah ihnen an, dass sie spürten, dass etwas ganz und gar nicht in Ordnung war.

„Wir wurden an der Nase herumgeführt", murrte er möglichst beherrscht und nickte mit vollem Mund in Richtung von Emilys Hütte. „Es gab nie einen John Lonely."

Die verständnislosen Gesichter schürten seine Wut erneut. Dieses verteufelte Weibsbild hatte sie alle getäuscht!

„Da drinnen liegt Abigail", presste er hinter zusammengebissenen Kiefern hervor und stellte sein Teller beiseite. Ohne ein weiteres Wort ging er zurück in Emilys Hütte und setzte sich wieder auf den Stuhl. Die anderen würden sich schneller erholen als er, so viel stand fest. Er würde hier noch fünf Tage lang sitzen, wenn es sein musste. *Weil du sicher sein willst, dass es ihr gut geht*, sagte eine unliebsame Stimme in ihm.

Gegen Mittag nahm er eine Bewegung wahr und

schließlich ein Seufzen. *Sie wird wach!* Am liebsten wäre er aufgesprungen und zu ihr gelaufen, doch er blieb regungslos sitzen und wartete darauf, bis sie ihre Lage ganz von selbst erkennen würde. Das war sein Moment und er würde ihn genießen! Ein paar Sekunden verstrichen, dann stützte sie sich langsam auf ihre Ellenbogen und ihr war anzusehen, dass sie ihn nicht sofort wahrnahm, obwohl er sozusagen die gesamte Hütte einnahm. Verwirrt fasste sie sich an die kleine Abschürfung auf ihrer Stirn. Mit Sicherheit hatte sie Kopfschmerzen. Es tat ihrer Schönheit keinen Abbruch, doch an die kurzen Haare anstelle ihrer wilden, dunkelbraunen Mähne, würde er sich erst gewöhnen müssen.

Ihre Augen wurden groß, als sie ihn wahrnahm. Im nächsten Moment wurde ihr bewusst, dass sie nur eine Bluse trug und ihr Verband am Boden lag. Geistesabwesend strich sie sich über die Oberlippe, wo ihr falscher Schnauzer hätte sein müssen. Es war unübersehbar, dass sie noch nach einer Notlüge suchte, ehe sie erkannte, dass sie schon verspielt hatte. Die Karten lagen offen.

Stille hüllte sie weiter ein. Sekunden verstrichen, in denen ihr Blick unruhig hin und her sprang. *Sie darf ruhig nervös sein,* dachte er wütend.

„Ich warte." Er verschränkte die Arme vor der Brust und sah sie durchdringend an.

„Ich kann das erklären." Ihre Stimme nach so langer Zeit wieder zu hören war eine Wohltat und er musste wirklich ihre Leistung würdigen, sie so lange verstellt haben zu können. Jetzt im Nachhinein fiel ihm eine Auffälligkeit nach der anderen wie Schuppen von den

Augen. Er Idiot hatte sie ja tatsächlich noch gefragt, ob sie – er, John Lonely – eine Schwester hätte!

Er sagte nichts, zog nur bedeutungsvoll die Augenbrauen nach oben.

„Ich hatte keine andere Wahl."

„Als was? Mich an der Nase herumzuführen?"

„Ich habe meinen Job verloren-"

Er unterbrach sie: „Welchen Job? Ich will jetzt alles ganz genau wissen, sonst..."

„Im Bordell."

Jetzt war er es, der große Augen bekam. Also doch?

„Ich hab dort als Küchenhilfe gearbeitet. Das hat dem Chef irgendwann nicht mehr genügt und so landete ich vor der Tür. Mein Geld war alle, meine Möglichkeiten waren erschöpft und dann... hab ich dich in diesem Saloon getroffen."

Er runzelte die Stirn: „Und da dachtest du, du verkleidest dich mal schnell als Mann und schließt dich einer Verbrecherbande an? *Schwanger*?"

Sie schlug den Blick nieder: „Da wusste ich noch nicht, dass ich schwanger war. Aber davon abgesehen - ja."

„Das nehm' ich dir nicht ab."

Sie lachte: „Ich würde mir vermutlich auch nicht glauben, diese Geschichte ist wie aus einem schlechten Roman. Aber ja, so war es. Ich hatte nichts zu verlieren. Ich hab alles auf eine Karte gesetzt, wie schon so oft, und das Beste gehofft."

Auch wenn er sich beinah schon wünschte, es wäre anders, so las er in ihrem Blick trotzdem nichts als Auf-

richtigkeit und Verzweiflung. Konnte sie nicht einfach die skrupellose Betrügerin oder Prostituierte sein, als die sie schien? Dann wäre es so viel einfacher für ihn.

„Und wie sollte das enden?"

„Das Ende wäre gewesen, dass ich mit einem Sack voll Geld das Weite suche. Um irgendwo neu anzufangen."

„Die Cunningham-Bande war also nur Mittel zum Zweck."

„Ja", sagte sie und er ärgerte sich, dass ihre Stimme verhältnismäßig ruhig war, während seine bereits vor Wut bebte. Doch Abby war wieder einmal in ihrem Leben an dem Punkt, wo sie sich ihrem Schicksal ergeben musste, was auch immer es bereithielt.

Jack stand auf. Er musste sich sammeln, um die eine Frage zu stellen, die ihm keine Ruhe ließ. Es fiel ihm mächtig schwer, sie über die Lippen zu bringen. „Wer ist der Vater des Kindes?"

Wieder glitt ihr Blick nervös umher. Schließlich sah sie ihn scheu an: „Was interessiert es dich?"

Wie ein Raubtier schoss er nach vorn und schlug mit einer Wucht auf den Nachttisch, dass es einem Pistolenschuss glich. Sie fuhr zusammen und sog erschrocken die Luft ein. „*Du* hast nicht zu entscheiden was *mich* interessiert und was nicht, verstanden?", brüllte er.

Abby schluckte trocken und auch wenn sie wusste, dass Jack ein gefährlicher Mann sein konnte, war es etwas ganz Anderes, dies am eigenen Leib zu erfahren - am ganz eigenen, nicht nur an dem von John Lonely.

„Los, raus jetzt mit der Sprache!"

„Ich weiß es nicht!" Natürlich wusste sie es. Es gab

nur eine Antwort auf diese Frage. Doch im Augenblick war sie sich nicht sicher, ob jetzt der richtige Zeitpunkt war, diese preiszugeben. Im Augenblick, da hatte sie vorwiegend Angst. Das Flackern in Jacks Augen verhieß nichts Gutes. Schließlich wich es kühler Akzeptanz, als hätte sie ihm soeben etwas bestätigt, das er bereits vermutet hatte. Und doch war es für ihn nur der rettende Strohhalm, an den er sich klammerte, um etwas zu haben, das gegen sie sprach, auch wenn er ihr tief im Inneren nicht glaubte.

„Also doch", sagte er.

Sie hob nur das Kinn an, antwortete nichts. Was auch immer jetzt kam, sie war in seiner Hand. Und sie würde das durchstehen. Irgendwie. Wie immer. Ihr war klar, dass sie mit diesen vier Worten eventuell mehr zerstört hatte als ihr im ersten Moment bewusst gewesen war. Für Jack hieß das, dass auch ihre gemeinsame Nacht nichts bedeutet hatte. Sie war eine Hure, wenn auch nicht für Geld. Sie trug ein Kind von irgendjemandem. Und doch war da so etwas wie Erleichterung in seinem Gesicht. War er froh, dass es so war? Hatte er Angst gehabt, sie hätte Gefühle für ihn? Was ging in ihm vor?

Jack wandte sich zur Tür. Ehe er hinaustreten konnte, hielt Abby ihn auf.

„Was wird jetzt aus mir?"

„Das weiß ich noch nicht", sagte er emotionslos und ging, ohne sich umzusehen. Er war sauer. Unendlich sauer, das wusste sie. Und sie wusste nicht, ob er ihr je verzeihen würde. Zugleich fragte sie sich, warum ihr das überhaupt wichtig war.

Abby blieb allein in der kleinen Hütte zurück. Die Last, die von ihren Schultern fiel, jetzt, da sie endlich keine Maskerade mehr vorgaukeln musste, wurde sofort durch neues Gewicht ersetzt. Ihre Zukunft war wieder genauso ungewiss wie zu Beginn ihres Banditenexkurses. Sie stand wieder am Anfang - oder womöglich war es sogar noch schlimmer.

Emily erschien im Türrahmen. „Jack hat gesagt, du seist wach."

Abby konnte nicht anders, statt Worten brachen nur Tränen aus ihr heraus und Emily nahm sie so lange in den Arm, bis sie versiegten.

„Ich hab's dir gesagt, Mädchen. Ich hab's dir gesagt."

Verraten

Abby brachte es nicht übers Herz, an diesem Tag aus der Hütte zu kommen. Wenigstens diese paar Stunden wollte sie das Unausweichliche noch vor sich herschieben. Sie hatte den Karren an die Wand gefahren, und zwar gehörig. *Das wäre alles nicht passiert,* sagte sie sich, *wenn ich nicht schwanger geworden wäre.* Ein Fehler und solche Folgen... Wieso hatte sie nur mit Jack geschlafen? Wäre das nicht passiert, hätte sie es vielleicht geschafft. Sie wäre nicht ohnmächtig geworden, nicht vom Pferd gefallen und ihr Schnurbart wäre nicht verrutscht.

„Du solltest langsam mal raus gehen, sonst zündet er die Hütte an und räuchert dich aus." Emily versuchte ein schwaches Lächeln.

Abby nickte: „Einen Moment noch."

Das Frühstück hatte sie erfolgreich geschwänzt, doch jetzt sollte sie allmählich wirklich ihrem Schicksal ins Auge sehen. Sie seufzte schwer und schälte sich aus dem Bett. In dem kleinen Spiegel, den Emily an die Wand gehängt hatte, betrachtete sie sich. Sie fuhr sich durch ihr kurzes Haar und wunderte sich zum ersten Mal über die kaputten Knöpfe an der unteren Hälfte ihrer Bluse. Fragend sah sie Emily an, die auf sie wartete.

„Nach der Sache mit dem Schnurrbart wollte er sichergehen, dass...", sie schluckte, „er hatte es wohl nicht wahrhaben wollen."

Abby nickte und wandte sich wieder ab. Er hatte sie also nackt gesehen. *Was soll's,* dachte sie, *ist ja nicht das*

erste Mal. Und es ändert ohnehin nichts mehr. Und doch war sie erstaunt über die Wucht, mit der er an ihrer Bluse gerissen haben musste. Sie mochte sich nicht ausmalen, wie er sich in diesem Moment gefühlt hatte und was ihm durch den Kopf gegangen war.

„Komm jetzt", drängte Emily abermals.

Abby holte tief Luft und drehte sich um. Mit Emily hinter sich schritt sie nach draußen und blickte ihrem sicheren Untergang entgegen. Die Männer saßen grimmig vereint am Feuer und Jack musterte sie mit der Intensität eines wütenden, lauernden Bären. Eine Vielzahl anklagender Blicke erwarteten sie.

„Ich... möchte mich bei euch entschuldigen", presste sie mit bebender Stimme hervor und konnte kaum jemandem in die Augen sehen - Jack schon gar nicht.

„Ich wüsste nicht, warum wir diese Entschuldigung annehmen sollten", sagte Bill trocken.

„Es gibt auch keinen Grund, der für mich spricht. Aber lasst mich eins sagen - ich hätte nicht so gehandelt, wenn ich nicht am Rande der Verzweiflung gewesen wäre."

„Und ich hab mich schon gewundert, warum John wie eine Frau geschlagen hat!", rief Francis und schien die Situation auflockern zu wollen, erntete jedoch nur geringschätzige Blicke. Abby war ihm trotzdem für den Versuch dankbar, auch wenn sie nicht wusste, weshalb er nach allem noch Sympathie für sie zu hegen schien.

„Es erklärt zumindest, warum sie wie vom Erdboden verschluckt war", grummelte Tom mit seiner tiefen Stimme.

„Es gab nur noch euch, verhungern oder das Bordell", sagte sie schulterzuckend.

„Und da hast du es lieber auf unehrlichem Weg versucht als auf ehrlichem." Jack sah sie mit solch einer Durchdringlichkeit an, dass ihr übel wurde. Als wollte er damit in die tiefste Region ihrer Seele vordringen und all die Antworten auf die nicht gestellten Fragen herauslesen.

Nichtsdestotrotz versuchte sie seinem Blick standzuhalten: „Ihr hättet sicher keine Frau in euren Reihen aufgenommen."

„Das konntest du nicht wissen."

„Eben."

Seine Stirn legte sich in Falten: „Wie dem auch sei - du hast uns allesamt belogen und betrogen und so jemanden will ich nicht in meiner Bande haben. Du verlässt unverzüglich das Versteck!"

Abby senkte den Kopf. Von der bettelarmen Geächteten zur bettelarmen, *schwangeren* Geächteten. *Ja, ist eindeutig gut gelaufen.*

„Bekomme ich ein Pferd?"

Jack lachte: „Träum weiter. Vielleicht schaffst du es ja zu Fuß zurück zur Stadt."

Sie sah ihn fassungslos an, suchte nach einem Hauch von Sympathie oder Mitgefühl in seinem Gesicht, doch er war eiskalt. In der Menge suchte sie verzweifelt nach Francis, doch er vermied es, sie anzusehen. Abbys Miene versteinerte sich - an Stolz war sie Jack sicher nicht unterlegen! Entschlossen stapfte sie um die Runde herum und ging zum Ausgang des Versteckes.

„Jack Cunningham", durchbrach eine autoritäre Stimme die Stille.

Abby sah sich um. Emily taxierte Jack.

„Du sturer, alter Idiot! Du kannst so gekränkt sein, wie du willst, aber ich werde nicht zulassen, dass du eine schwangere Frau zu Fuß in die Prärie hinausschickst, Verräterin oder nicht!"

Überrascht sahen alle Abbys Bauch an. Noch eine Neuigkeit!

„Sie kann ja ihren unreitbaren Gaul nehmen", lachte er, „dann können sie gemeinsam vor die Hunde gehen da draußen!"

Emily hatte die Hände in die Hüften gestemmt und sah aus, als würde sie sich im Zweifelsfall mit ihrem lächerlichen Kampfgewicht auf ihn stürzen. Diese Frau war eine Löwin und nicht zum ersten Mal war Abby dankbar, dass es sie gab.

„Du musst das nicht tun, Emily. Ich..."

„Was, ich?", schimpfte sie, „du kommst klar, hm? Das haben wir ja gesehen! Vielleicht finden dich ein paar andere Banditen. Die lassen dich wahrscheinlich ein Weilchen am Leben, bis sie keinen Spaß mehr an dir finden. Oder Indianer, die halten sich gerne weiße Gefangene, die ihnen zu Diensten sind. Wenn du Glück hast, findet dich niemand, und du stirbst einfach." Knallhart war noch zu sanft ausgedrückt für diese Frau. Abigail schluckte. Emily hatte Recht, ihre Aussichten waren miserabel, doch das waren sie nicht zum ersten Mal.

„Soweit ich weiß", fuhr sie auffordernd an Jack und

den Rest gewandt fort, „haben wir seit gestern eine Hütte frei."

Die Männer starrten alle betreten zu Boden. Keiner wagte es, etwas zu sagen. Abby traf Francis' Blick abermals. Er sah nervös zwischen ihr und Jack hin und her. Als er auch noch auf Emilys Blick traf, räusperte er sich.

„Ich finde, sie sollte bleiben", murmelte er.

„Herrgott", brummte Tom, „ich auch. Sie ist nett anzusehen."

Jack sah seine Männer entgeistert an: „Ernsthaft, Männer? Habt ihr vergessen, wer sie gestern noch war? Was ist los mit euch?"

„Sie war verzweifelt."

„Ja, sie hatte doch keine andere Wahl."

„Hätte sie denn eine gottverdammte Hure werden sollen?"

„Viel zu schade."

„Ja, sie hat was Besseres verdient."

Nahezu einstimmig - nur Bill enthielt sich - verschworen sich die Männer und standen für sie ein. Abby hatte keine Ahnung, womit sie das verdient hatte oder weshalb sie ihr halfen, doch sie war so gerührt, dass ihr Tränen die Wangen hinabkullerten. Jack jedoch schien bei Weitem noch nicht überzeugt.

„Sie kann schießen, Boss", sagte Cody.

„Und sie kann reiten wie der Teufel", warf Francis nach.

„Verdammt, ja", sagte jetzt Bill, „sie schießt besser als unser Francis hier."

Ausnahmsweise wehrte dieser sich nicht gegen die An-

klage, sondern zuckte mit den Schultern: „Und sie hat echt einen guten Schlag drauf."

Langsam wandten sich alle Blicke wieder Jack zu. Er sah zu Boden und auch als er zuerst seine Männer kurz und dann Abby ausgiebig gemustert hatte, schien kein Stück seiner Wut verraucht zu sein.

„Ich weiß nicht, warum sie dich so sehr mögen - zur Hölle, ich kann es beim besten Willen nicht verstehen - aber es ist dein Glück. Du kannst bleiben, bis ich entschieden habe, was wir mit dir tun. Aber du wirst hier Emily helfen und dich nützlich machen. Und sollte mir die kleinste Kleinigkeit zu Ohren kommen, mache ich meinen Entschluss wahr und du kannst dich zu Fuß durch die Prärie schlagen, hast du mich verstanden?"

Der nächste Tag versprach nicht angenehmer zu werden als der zuvor.

Abby kroch aus ihrem Bett in der Hütte, die früher John Lonely bewohnt hatte. Trotzdem fühlte sich am heutigen Morgen alles fremd an. Kaum hatte sie sich aufgesetzt, wurde ihr übel. Sie wusste, dass sie nicht lange Zeit haben würde. So schnell sie konnte hastete sie aus der Hütte nach hinten, wo sie keiner sehen konnte, und übergab sich. Wenn das nicht bald aufhörte, würde sie noch verzweifeln! Nur gut, dass sie es jetzt wenigstens nicht mehr im Geheimen machen musste - das war erst eine Herausforderung gewesen!

Nachdem sie sich etwas Passenderes angezogen hatte, machte sie sich mit leichtem Schwindel und flauem Magen auf den Weg zum Brunnen, wusch sich das Ge-

sicht und die Hände. Es war seltsam, wieder Abigail zu sein. Es war, als würde sie jeden hier neu kennenlernen. Und genauso war es auch - die Männer kannten sie nicht, sie musste ihren Platz in der Runde zum zweiten Mal finden und das war wohl die größte Herausforderung. Eine schwangere Frau inmitten von rauen Banditen, die sie bis vor ein paar Tagen noch alle an der Nase herumgeführt hatte. Sie konnte sich gut vorstellen, dass sie es ihr nicht leicht machen würden, auch wenn sie ihr vermutlich das Leben gerettet hatten.

Noch immer nicht ganz erholt von ihrem morgendlichen Ritual setzte Abby sich in höflichem Abstand ans Feuer und frühstückte mit den anderen. Niemand sagte ein Wort zu ihr, generell waren sie heute stiller als sonst. *Das wird schon wieder*, dachte sie sich und ignorierte es so gut sie konnte.

„Es gibt keinen Grund, weshalb du in unserer Mitte sitzen solltest." Eine eisige Stimme erklang plötzlich wie aus dem Nichts und Abby stellte fest, dass sie nicht bemerkt hatte, dass Jack zu ihnen gestoßen war. Er stand in einigem Abstand und starrte sie an wie ein Raubtier, das jede Sekunde zum Todessprung ansetzen würde.

Emily, die nicht weit von Abby entfernt stand, holte bereits Luft, um ihn in die Schranken zu weisen, doch Abigail hob abwehrend die Hand. Das hier, das musste sie allein mit Jack regeln. Dabei würde Emily ihr nicht helfen können. Sie warf Jack einen kurzen Blick zu, nahm ihren Teller und schleppte sich zu einer abgelegenen Bank bei einer der Hütten. *Wie ein verstoßenes Tier*, dachte sie, *und wie ein Wildpferd werde ich mich am*

Rande halten, bis sie mich in ihrer Herde wieder akzeptie-
ren. Nichts anderes blieb ihr übrig.

Emily warf ihr einen zugleich zornigen und besorgten
Blick zu, doch Abby ignorierte sie. Das hier war ab jetzt
eine Sache zwischen Jack und ihr, und in diesem Fall
würde sie keine Hilfe annehmen. Dafür war sie zu stolz.
Wenn er sie nicht bei den anderen haben wollte, dann
ging sie eben. Sie würde nicht vor ihm kriechen. Und
irgendwo in ihrem Inneren war sie mehr als verletzt,
fühlte sich wie ein getretener Hund. *Irgendwann wird er
mir verzeihen*, hoffte sie bei sich, während sie noch lust-
loser als zuvor in ihrem Teller herumstocherte, *irgendwann...*

Nach dem Frühstück wartete schon die nächste Atta-
cke auf sie. Jack baute sich vor ihr auf und bedachte sie
abermals mit einem kühlen, abgebrühten Blick.

„Du wirst künftig die Pferde versorgen. Und wir haben hier ein spezielles Aufnahmeritual für hinterlistige,
verräterische Biester wie dich: Du wirst alle Stiefel putzen, die du finden kannst. Und - ach ja – egal, worum
Emily dich bittet, wirst du es tun. Hast du mich verstanden?"

Wunderbare Aussichten für die nächsten Wochen:
Stiefel schrubben, die sicher noch mehr stanken als der
Pferdemist, den sie nun täglich schaufeln durfte.

„Ja...", murmelte sie.

„Ich hab dich nicht verstanden."

Sie sah zu Jack auf, Trotz stieg in ihr hoch, doch sein
weiterhin harter Blick ließ nicht zu, dass ihr etwas über
die Lippen kam. Er wollte diese Nummer wirklich

durchziehen, daran ließ er nicht den geringsten Zweifel.

Sie räusperte sich: „Ja, *Sir.*"

„Schön, dann an die Arbeit."

Wenn das jetzt immer so sein würde, fragte sich Abby, ob es nicht besser gewesen wäre, er hätte sie doch in die Prärie hinausgeschickt. Doch natürlich wäre es nicht besser gewesen. Noch zog sie ein schlechtes Leben dem Tod vor. Hoffnung auf bessere Tage hatte sie allerdings nicht, denn Jacks Laune wurde weder in den nächsten Tagen besser, noch war da irgendwo ein Fünkchen Zuneigung übrig, falls er je welche für sie gehabt haben sollte.

Er fand immer neue, niedere Aufgaben für sie und da ihr in den letzten Wochen ohnehin dauerhaft übel war, fielen ihr diese noch schwerer als ohnehin schon, und nicht nur einmal musste sie sich zusätzlich übergeben. Aber Abby hatte Biss, und sie war stur. Jeden Morgen plagte sie sich beim Füttern, Tränken und Misten der Pferde und hätte danach am liebsten drei Stunden Pause gemacht, so erschöpft war sie. Stattdessen wandte sie sich ohne Umschweife ihren anderen, quälenden Aufgaben zu und gab Jack nicht den leisesten Grund, ihr zu misstrauen oder sie zu verstoßen.

Es war eine Genugtuung, zu wissen, dass sie ihn damit sicherlich wahnsinnig machte.

Abby war froh um jede Sekunde, die sie sich davonstehlen konnte. So beglich sie all ihre Schulden in der Stadt, die sie für ihre Verkleidung hatte machen müssen.

Beinahe jeder warf ihr dabei einen zweiten Blick zu, mit Sicherheit wegen der Ähnlichkeit, die sie wohl mit ihrem männlichen Doppelgänger aufwies.

Wenn sie sich Zeit stehlen konnte, ohne Ärger zu riskieren, verbrachte sie diese mit dem Schecken, den die Indianer ihr geschenkt hatten. In der Zwischenzeit hatte sie ihn „Joker" getauft, denn das beschrieb gewissermaßen ihr ganzes Leben. Nicht nur war sie der Joker für ihn, auf eine Chance als Reitpferd bei ihr statt von anderen erneut eingefangen zu werden, sondern es passte allgemein gesehen auf Abbys Leben: Irgendwie schlug sie sich immer durch - als hätte das Leben stets noch einen Joker für sie in der Tasche.

Am heutigen Nachmittag war sie ebenfalls wieder mit dem Pferd am Arbeiten und allmählich wollte Joker sie nicht mehr dauerhaft umbringen. Es hatte lange gedauert, bis er darüber hinweggekommen war, dass auch sie ihn damals geritten und ihm Angst und Schmerzen bereitet hatte. Abigail folgte einfach ihrem Gefühl und gab ihm so viel Zeit, wie er brauchte - es eilte ja nichts.

In der kleinen, einen beinah perfekten Kreis bildenden Steinformation, die sie für ihre Übungen nutzte, knallte im Moment die Sonne herein. Den einzigen Ausgang hatte sie mit ein paar alten Brettern versperrt und konnte so frei mit dem Tier agieren. Seit einigen Tagen folgte es ihr auf Schritt und Tritt und so lange sie nicht mehr von ihm verlangte, waren sie ein Herz und eine Seele. Das Halfter akzeptierte Joker mittlerweile notgedrungen, denn damit musste sie ihn ja vom Stall stets bis hierher führen.

Ausrüstungsgegenstände jeder Art waren Joker ein Graus, die raue Art der Indianer hatte ihm einen bleibenden Schrecken eingejagt. Seltsamerweise verstand sie dieses Pferd. Sie verstand es so gut als hätte sie es selbst erlebt. Zu sehen, wie Joker ihr mehr und mehr vertraute, war Balsam nicht nur für seine, sondern auch für ihre Seele. Ihr war, als wäre er das einzige Wesen auf diesem Planeten, dem wirklich etwas an ihr lag.

Da Joker beim Anblick - oder nur beim Geräusch - eines Sattels in völlige Panik ausbrach und sich im Zweifelsfall mit seinem Leben vor diesem Monster verteidigte, hatte Abby diesen Part der Ausbildung erst einmal weit nach hinten gestellt. Stattdessen hatte sie beschlossen, ihn einfach ohne Sattel ans Reiten zu gewöhnen und ihm zu zeigen, dass dies etwas Schönes sein konnte und nicht Angst und Schmerzen verursachen musste. Seit Tagen schon hatte sie in allen erdenklichen Positionen mehr und weniger Gewicht auf Jokers Rücken gegeben, sich über ihn gelegt, sich an ihn gelehnt, und er akzeptierte es.

Heute wollte sie es zum ersten Mal wagen, ein Bein über seinen Rücken zu schwingen und den Felsvorsprung, auf dem sie immer noch sicherheitshalber den Großteil ihres Gewichtes gehalten hatte, hinter sich lassen. Joker schien völlig entspannt und auch Abby war die Ruhe selbst - alles andere hätte in einer Katastrophe geendet.

Abby kletterte auf den Felsvorsprung und sah auf den breiten Pferderücken hinab. Ganz langsam, jede Regung des Pferdes wahrnehmend, ließ sie sich auf seinen Rü-

cken gleiten. Alles geschah wie in Zeitlupe, Joker hatte ihr die Ohren zugewandt. Und dann saß sie zum ersten Mal auf ihm! So richtig! Am liebsten hätte sie vor Freude gekreischt, doch sie schluckte es hinunter und zwang sich, ruhig zu bleiben und ihren Herzschlag nicht zu sehr aufflammen zu lassen.

Sie wollte ihr Glück nicht zu lange ausreizen, strich Joker belobigend über die Schulter und trat den Rückzug an. Wieder ganz langsam.

„Was zur...", brüllte eine Stimme und noch ehe Abby, die ihre Umwelt in ihrer Konzentration völlig ausgeblendet hatte, reagieren konnte, stob Joker los. Hier war noch nie jemand vorbei gekommen, sie war hier immer alleine gewesen! Damit hatte sie wirklich nicht gerechnet!

In einer unbedachten Kurzschlussentscheidung klammerte sie sich an Jokers Mähne. Sie war schon fast von seinem Rücken gewesen, doch seine plötzliche Reaktion hatte sie so aus dem Gleichgewicht gebracht, dass sie andernfalls zu Boden gestürzt wäre. So hatte sie sich an ihn geklammert, jedoch brauchte es nur zwei mächtige Bocksprünge und sie schlug hart am Boden auf. Es wurde schwarz um sie herum, die Luft entwich aus ihren Lungen. Sie rang nach Atem, dann nahm sie langsam wieder verschwommene Umrisse wahr.

„Abigail! Abby, geht es dir gut? Abby, sag etwas! Hast du dich verletzt?"

Sie brachte keinen Ton heraus und ihr wurde nur langsam klar, dass Jack es war, dessen besorgte Stimme sie da hörte. Er kniete neben ihr im Staub.

„Du hast Joker erschreckt", stammelte sie, da ihr nichts Besseres einfiel.

„Dieser Teufel ist brandgefährlich! Was treibst du hier?"

„Ich trainiere ihn." Langsam kehrten ihre Sinne zurück und ihr wurde klar, dass dies das ausgiebigste Gespräch war, das sie seit langem mit Jack geführt hatte. Ihre üblichen Unterhaltungen beliefen sich ihrerseits meist auf ein „Ja, Sir."

Sie gluckste.

„Was gibt es da jetzt zu lachen?"

„Wir hatten schon lange keine solch ausgiebige Unterredung mehr."

Er sah sie entgeistert an: „Ist das dein Ernst? Das fällt dir jetzt dazu ein? Ist dir klar, dass du hier mit einem aggressiven Gaul *trainierst*, obwohl du schwanger bist?"

Sein Blick quoll über vor Anschuldigung und Abby bekam ein schlechtes Gewissen.

„Er ist kein aggressives Monster", schimpfte sie, um sich zu verteidigen.

Als wäre das sein Schlagwort gewesen, kam Joker mit angelegten Ohren auf sie zu.

„Los, raus hier", riet sie Jack eindringlich.

„Das hättest du wohl gerne, wir sind noch nicht fertig!"

„Red' keinen Unsinn, raus hier!"

Jack verstand in letzter Sekunde, was sie ihm mitzuteilen versuchte. Während Abby sich schwankend auf die Beine kämpfte, schoss Joker los und Jack konnte sich gerade noch über den behelfsmäßigen Zaun retten. Der

111

Hengst wandte den Kopf zu Abby, spitzte die Ohren und sah sie ganz so an, als fragte er, ob er das so gut gemacht hätte.

„Bleib bloß weg von ihm, ich hol meine Flinte!", rief Jack, doch ehe er los eilen konnte, war Joker schon zu Abby getrabt und vergrub seine Nüstern in ihren Händen.

Sie lachte: „Sag das lieber nicht zu laut."

„Du bist komplett verrückt, weißt du das? Was zur Hölle ist *das hier*?", fragte er und deutete vage auf Joker und sie.

„Ich weiß es nicht", sagte sie, „ich fürchte, wir verstehen uns einfach."

Er betrachtete sie noch einen Augenblick lang ungläubig, dann sagte er in seinem ganz speziellen Abby-Befehlston: „Ich will, dass du zukünftig nicht mehr in seine Nähe kommst, bis... also... bis das Kind auf der Welt ist."

„Aber..."

„Kein Aber!"

Weitere Wochen der Schikanen und des Abrackerns vergingen. Zwar legte Jack es nicht mehr so sehr wie am Anfang darauf an, ihr das Leben schwer zu machen, doch mit ihr fertig war er sicher noch lange nicht. Sie wusste, dass das widersinnig war, doch trotz allem war sie irgendwie glücklich. Sie lebte. Und sie war hier, an dem einzigen Ort, an dem sie sich auf dieser Welt wohlfühlte. Womöglich waren es die Hormone, die alles völlig durcheinander brachten.

In eine warme Wolldecke gehüllt – langsam wurden die Nächte kühler, saß Abby am Lagerfeuer. Sie hatte noch immer den „Aussätzigen-Platz", abseits von den anderen, die heute einmal wieder in Feierstimmung waren. Alle, außer Jack natürlich. Jack feierte nicht. Jack war in seiner Hütte. Jack markierte ja seit Wochen den Miesepeter.

„Hey, Abby", rief Joe und konzentrierte sich offensichtlich, jede Silbe korrekt auszusprechen, „wann kommst du auf den ersten Überfall mit uns? Das wäre so viel schöner mit einer Frau im Bunde."

„Wann warst du denn zuletzt mit einer Frau im Bunde, hm?", stichelte Cody und ersparte Abby die Antwort.

„Das geht dich einen Scheißdreck an", gab Joe gereizt zurück und fixierte wieder Abby, „aber ich wäre jederzeit bereit dazu." Ein anzügliches Grinsen machte sich in seinem Gesicht breit.

Abigail beschloss, dass sie sich besser zurückzog, die Stimmung hier war eindeutig zu ausgelassen für eine schwangere Frau. Joe war zwar harmlos, und solange die anderen da waren, machte sie sich keine Sorgen, doch sie musste wahrlich keinen Aufruhr provozieren.

„Mach dir lieber 'nen Knoten rein", sagte sie mit einem Zwinkern, als sie an Joe vorbeiging und seine Schulter beschwichtigend berührte. Morgen würde er ohnehin vergessen haben, was er heute gesagt hatte.

Abby ging ein Stück weit von ihrer Hütte zu einer Leine, auf der sie zwei Pferdedecken zum Trocknen aufgehängt hatte. Eigentlich hatte sie sie über Nacht

trocknen lassen wollen, doch der Kälte nach zu urteilen würde es heute Nacht womöglich gefrieren. In der Hütte beim Ofen würden sie schneller trocknen.

Sie zog die erste Decke herunter. Plötzlich berührte sie etwas an der Taille und sie fuhr herum. Vor Schreck ließ sie das Stück schweren Stoff fallen. Sie erkannte Joes Umrisse trotz der Dunkelheit sofort. Und was sie noch erkannte, war die Begierde in seinen Augen.

„Bist du vollkommen übergeschnappt?", schimpfte sie den Trunkenbold und bückte sich, um ihre Decke wieder aufheben und sich so schnell wie möglich aus dem Staub machen zu können.

„Pssst", sagte Joe und hielt ihr seinen Zeigefinger an die Lippen.

„Lass das!", fuhr sie ihn abermals an und schlug seine Hand weg.

Sein Grinsen wurde nur noch breiter und ihr wurde schlagartig bewusst, dass sie ihn wohl unterschätzt hatte. Es war ihm anzusehen, dass er frei von jeglicher Hemmung war. Entweder sie setzte ihn außer Gefecht, oder er würde Schlimmeres mit ihr machen. Doch womit sollte sie sich verteidigen?

„Ich mag es, wenn du dich zierst. Du bist so feurig", er sog genüsslich die Luft ein und musterte sie ausgiebig von oben bis unten, „eine Schande, dass du damals zu Jack gegangen bist. Du wärst sowas von gut bei mir aufgehoben gewesen, aber es ist ja noch nicht zu spät."

Abby zog ihre warme Decke enger um sich und ließ ihn nicht aus den Augen. Waffenlos würde sie mit einem Mann nicht fertig werden, selbst dann nicht, wenn

er betrunken war. In dem Moment, in dem ihr bewusst wurde, dass nur Schreien sie retten konnte, erkannte er ihren Gedanken und presste seine raue Hand auf ihren Mund.

Joe drängte sie rückwärts bis an den Schuppen, der ihrer Hütte am nächsten gelegen war. Mit seiner Hand an ihren Lippen erstickte er nicht nur beinahe jeden Ton, er fixierte sie auch an der Holzwand. Er kam ihr so nah, dass sie seinen alkoholgetränkten Atem mehr als deutlich wahrnehmen konnte und begann, sich an der Decke, in die sie sich gehüllt hatte, zu schaffen zu machen.

Abby würde nur eine Chance bekommen, und das wusste sie. Entweder es klappte, oder sie war verloren. Mit einem gekonnten Griff befreite sie sich von seiner Hand und stieß ihm ihr Knie zwischen die Beine. Schnell wie ein Wiesel stahl sie sich unter ihm weg und warf ihre Decke über ihn.

Er wand sich, taumelte einen Moment blind gegen die Wand und entledigte sich blitzschnell aufgebracht seines unfreiwilligen Mantels. Wie ein Krokodil, das seine Beute ins Visier nahm, taxierte er sie wieder. Hätte sie irgendeine Idee gehabt, was sie als nächstes tun sollte, wären ihre Augen wohl nicht so groß gewesen vor Angst. Doch sie hatte nichts gegen ihn in der Hand.

„Du willst kämpfen? Dann lass uns kämpfen, ich könnte mir kein besseres Vorspiel vorstellen." Joes Blick war nahezu wahnsinnig.

Er kam wieder auf Abby zu. Abermals packte er sie, zerrte sie herum und presste sie erneut gegen die Holzwand des Schuppens. Sie schlug wie wild um sich, doch

der Alkohol schien seinen Schmerz eindeutig zu dämpfen. Es gelang ihr ein weiteres Mal, seine Hand von ihrem Mund zu entfernen, doch es war nur ein kurzer, erstickter Schrei, den sie herauspressen konnte.

Sie fühlte seine Hand an ihrer Hüfte, die fahrig ihren Weg unter ihre Bluse suchte, und es machte sie schier wahnsinnig. Dies steigerte noch einmal ihren Widerstand, doch sie musste schon bald feststellen, dass ihre Kräfte schneller schwinden würden als die seinen.

Dann ging alles furchtbar schnell. Eine dunkle Gestalt baute sich hinter Joe auf und zerrte ihn weg als hätte er kein Gewicht. Abby rang nach Luft. *Gottseidank!* Jack machte kurzen Prozess mit Joe, der wenige Sekunden später bewusstlos auf dem Boden lag.

„Geht es dir gut? Hat er dich angefasst?", fragte er und es versetzte ihr einen Stich, zu sehen, wie viel Angst und unterdrückte Fürsorge sich in seinem Blick spiegelte, während er die Kiefer fest aufeinander presste. Er war aufgestanden und hielt unnatürlich viel Abstand zu ihr.

Sie nickte: „Alles okay."

„Sicher?", hakte er nach und musterte ihr Gesicht eindringlich in der Dunkelheit.

„War nicht das erste Mal. Aber normalerweise hab ich ein Messer dabei." Wenn ihr das Bordell auch sonst nichts Gutes gebracht hatte – abgesehen von ein paar Groschen - es hatte sie sehr wohl gelehrt, wie man aufdringliche Männer fernhielt. Ein Messer war da stets ein verdammt gutes Argument gewesen.

Jacks Blick verdunkelte sich, ehe er nickte und ging. Sie fühlte sich mit einem Mal so einsam wie schon lange

nicht mehr. Allein mit sich im Dunkeln beruhigte sie ihre Atmung und blickte auf Joe hinab. Sie konnte ihre Abscheu nicht verbergen. Aber was geschah jetzt mit ihm? Wollte er ihn so liegen lassen?

Schnell sammelte Abby ihre Decke und die beiden Pferdedecken ein, ehe Bill und Tom sich ihr näherten. Bill warf ihr einen abfälligen Blick zu und Tom schien die Situation unangenehm zu sein. Sie packten Joe jeweils an einem Arm und schleiften ihn in Richtung Feuerstelle.

„Was passiert mit ihm?", fragte sie und hastete hinterher.

„Er kann heute Nacht bei den Kojoten schlafen", zischte Tom mürrisch.

Sie wusste, was das hieß. Joe wurde rausgeschmissen. Und wenn er klug war, kehrte er nie zurück, sonst würde Jack sicher keine Gnade mehr walten lassen. Und das galt auch bei Verrat.

Er kam ihnen entgegen und nickte den Männern zu. Dann erblickte er Abby.

„Wie hast du es bemerkt?", fragte sie.

„Ich hab merkwürdige Geräusche gehört und euch sofort erblickt, als ich aus meiner Hütte gesehen habe. Mistkerl, dreckiger. Er hat Glück, dass ich ihm nicht den Schädel eingeschlagen habe…", er stoppte mitten im Satz und sah sie erneut an, „sicher, dass es dir gut geht?"

Nein! hätte sie am liebsten gesagt, in der Hoffnung, dass er ihr etwas Zuwendung zukommen lassen würde, doch sie wusste, dass er sich sofort zurückziehen und

Emily damit beauftragen würde, sich um sie zu kümmern. Also verabschiedete sie sich mit einem leisen „Ja" in ihre Hütte und bedauerte all die unausgesprochenen Worte zwischen Jack und ihr.

„Bill ist hier auch gerade vorbei gekommen, seid ihr nicht gemeinsam unterwegs?" Geoffrey, der Schmied der Stadt, sah Jack fragend an. Er stand in der Tür seines kleinen Ladens und musterte Jack aus seinem faltigen Gesicht.

„Der ist Futter holen bei John."

„Achso... Na dann, guten Ritt... verflixt, was würde ich darum geben zu wissen, für wen das Kettchen ist."

Jack lachte nur geheimnisvoll.

„Für ein Weib ist es viel zu kurz..."

Jack saß auf sein großes, schwarzes Pferd auf, bereit zum Abritt. Die Sonne brannte unbarmherzig auf sie herab und er musste die Augen zusammenkneifen, um den Schmied noch erkennen zu können.

Wieder lachte er: „Gib's auf, Geoffrey, manche Dinge sollen ein Geheimnis bleiben!"

„Mpf... das werd ich dir nachtragen, du alter Geheimniskrämer! Jetzt sieh zu, dass du Land gewinnst!"

Jack tippte an seinen Hut, wendete sein Pferd und ritt aus der Stadt hinaus in Richtung der Farm von John und Anne, die ein gutes Stück außerhalb lag. In seiner Satteltasche befand sich ein kleines Kettchen. Es wirkte wie eine Miniaturanfertigung und wie Geoffrey schon ganz recht bemerkt hatte, passte es nicht um den Hals einer Frau. Jack wusste nicht, was ihn geritten hatte,

doch er rechtfertigte es damit, dass Abbys Kind ja nichts für die Verfehlungen seiner Mutter konnte und es keinen Grund gab, es ebenso zu behandeln. Er wusste, dass die Geburt näher rückte, denn Abigail wurde jeden Tag schwerfälliger und er musste sich hart am Riemen reißen, sie nicht von ihren täglichen Aufgaben zu entbinden. Sie kämpfte sich durch als hinge ihr Leben davon ab, und er konnte es kaum noch mitansehen.

Jedenfalls war er vor einer Woche, nach dem Zwischenfall mit Joe, zu den Indianern geritten. Er hatte nach harter Feilscherei einen kleinen Türkis erstanden. Diesen hatte er vor einigen Tagen zum Schmied in die Stadt gebracht, damit er ihn einfassen und eine kleine Kette dafür gestalten konnte. Jetzt fragte er sich, wann und wie er ihn Abigail überhaupt geben sollte und ob es angebracht war. Doch darüber würde er sich Gedanken machen, wenn es so weit war.

Beim Gedanken daran, was Joe im Begriff gewesen war zu tun, brandete noch immer Wut in ihm auf. Viel mehr Wut, als da vermutlich sein sollte. Als sie mit ihren Decken bepackt vor ihm gestanden hatte, war ihm gewesen, als könne er sie jeden Moment verlieren. Vielleicht war auch das der Grund, warum er dem Kind etwas schenken wollte. Etwas Dauerhaftes, Bindendes.

In lockerem Trab ritten er und sein Pferd über den staubtrockenen Boden, und wie so oft in letzter Zeit hing er seinen Gedanken nach. Es fiel ihm schwer, so hart zu Abby zu sein, doch durch ihren Trotz, mit dem sie sich entgegen aller Widrigkeiten durch ihre Arbeiten quälte, fühlte Jack sich in seinem Stolz angegriffen. Ge-

wissermaßen ging es darum, wer länger durchhielt. Doch er kannte diese Frau und ihm war klar, dass sie schuften würde, bis sie zusammenbrach. Ihm blieb wohl nichts anderes übrig, als demnächst den Klügeren zu geben und das Ganze zu beenden.

Je mehr Zeit verging, desto schwerer fiel es ihm böse auf sie zu sein, und seine anderen Gefühle für sie drangen an die Oberfläche. Was sie getan hatte, drohte immer mehr in Vergessenheit zu geraten und widerwillig musste er sich eingestehen, dass ihm das nur allzu recht wäre. Doch wenn er sich wieder an den Grund für ihre Auseinandersetzung erinnerte, war es mittlerweile nicht mehr Wut, die in ihm aufkochte, übrig geblieben war nur noch Kränkung und Verletztheit.

Und er traute ihr nicht mehr.

Tief in sich wusste er, dass sie eine ehrliche Seele war, doch an Tücke mangelte es ihr ganz sicher ebenfalls nicht. Für Dinge, die ihr wichtig waren, ging dieses Weib durchs Feuer wenn es sein musste.

In all den Monaten, die vergangen waren, hatte er sie nicht nur einmal bewundert für ihren Mut und ihren Einfallsreichtum, da sie ja mit ihrer Maskerade ihr Leben aufs Spiel gesetzt hatte. Doch genau das war es, was sie gefährlich machte: Sie hatte nichts zu verlieren. Und nicht zum ersten Mal schalt er sich dafür, dass er ihr so blind vertraut hatte - viel mehr noch der Abigail, die er zu Anfang kennengelernt hatte, als John Lonely. Denn genau das war es, was ihn so sehr getroffen hatte: Dieser Verrat. Ausgerechnet sie.

Jack spuckte in den Sand und richtete seinen Blick

starr geradeaus; ein Versuch, die unwillkommenen Gedanken zu verdrängen. Ihm war vollkommen bewusst, dass er, seit er Abby zum ersten Mal gesehen hatte, eindeutig zu viel über sie nachdachte und das Schlimme war - es schien täglich mehr zu werden.

So unwillig er es im Moment auch zugab, es war offensichtlich, dass sie ihn eiskalt um den Finger gewickelt hatte, und er fragte sich, wie lange er es noch schaffen würde, sich mit Händen und Füßen dagegen zu wehren. Er vermied jedes Zusammentreffen mit ihr und wenn er ihr etwas zu sagen hatte, verdrängte er jeden Hauch von Emotion aus seinem Körper, um nur ja nicht weich zu werden. Es war nahezu erbärmlich! Mit ihrer stoischen Art machte sie es ihm zum Glück etwas leichter, doch in Anbetracht ihres Zustandes würde es so nicht mehr lange weitergehen können.

Allmählich war die Farm von John und Anne in Sicht und als er ein Stück näher kam, wunderte Jack sich, dass der Wagen für das Heu der Pferde noch immer unbeladen vor der Scheune stand. Bill war ja bereits heute Morgen losgezogen und jetzt war es nahezu Mittag. Ob etwas vorgefallen war? Jack trieb seinen Schwarzen in den Galopp und überquerte das letzte Stück Distanz in wenigen Minuten. Angekommen stieg er ab und band sein Pferd an, als er auch bereits seltsame Geräusche aus dem Scheuneninneren hörte.

Eine Hand an seinem Revolver, näherte er sich vorsichtig der Scheune und konnte das, was er hörte, noch immer keinem Szenario zuordnen. Schließlich stand er im Durchgang der großen Scheune und seine Sicht auf

das Innere war frei. Das Licht der gegenüberliegenden Toröffnung strahlte nahezu weiß. Was er sah, löste unaussprechliche Gefühle in ihm aus.

Ihm stockte der Atem.

In einer Blutlache lag John am Boden, seine Kehle war aufgeschlitzt. Er war an seinem eigenen Blut erstickt. Er hatte die Augen erschrocken aufgerissen und ein Arm war offensichtlich in Richtung seiner Frau ausgestreckt. Bill trat soeben zur Seite, knöpfte seine Hose zu und ein Jack unbekannter Mann torkelte, eine halbleere Flasche in der Hand, auf Anne zu. Joe lümmelte in einer Ecke, ebenfalls eine halbleere Flasche in der Hand, und starrte mit leerem Blick vor sich hin.

In diesem Moment registrierte Bill Jack, sein Gesichtsausdruck zeigte zuerst Überraschung, vielleicht sogar Furcht, dann nahm der Alkohol wieder Überhand.

„Jack!", rief er erfreut, „was für ein Zufall, wir haben das Buffet soeben eröffnet..."

„Was zur Hölle macht ihr hier, Bill?", zischte Jack, der Mühe hatte, nicht Amok zu laufen.

Der Fremde hatte den beiden kurze Zeit seine Aufmerksamkeit geschenkt - falls sein Alkoholpegel so etwas wie Aufmerksamkeit überhaupt noch zuließ - und verging sich nun in aller Seelenruhe an Anne. Diese wimmerte hilflos.

„Wir haben Spaß. Weißt du, was das ist, Jack, Spaß? Ich befürchte es ist einige Zeit her, seit du das letzte Mal solchen *Spaß* hattest, nicht wahr? Die kleine Abigail hat sich ja von einem anderen schwängern lassen. Oh, bist du dir da überhaupt so sicher? Vielleicht ist es ja doch

von dir? Ich bin mir sicher, Abby hätte nicht so furchtbar gewimmert wie die gute Anne hier..."

Jack konnte nicht mehr an sich halten und schlug wild drauf los. Er verpasste Bill einige gnadenlose Schläge, ehe dieser sich gesammelt hatte, Das Klicken eines Abzuges ließ ihn innehalten. Joe stand schwankend da und Jack hatte Sorge, dass er am Ende nicht vor lauter Betrunkenheit versehentlich abfeuern würde.

Bill sammelte sich wieder und taxierte ihn. Zum ersten Mal wurde Jack richtig klar, wie kalt Bills Blick war. Wie der eines Killers.

„Überleg' dir gut, was du jetzt tust, Cunningham", zischte Bill und wischte sich Blut von der Lippe.

„Du brauchst dich im Versteck nicht mehr blicken zu lassen", presste Jack vor Wut bebend hervor.

„Oh keine Sorge, das hatten wir ohnehin nicht vor. Wir haben ja ein wunderschönes, neues Heim", lachte er und wies in einer ausladenden Geste auf die Scheune und die gesamte Ranch hin.

„Ihr seid Abschaum. Mieser, dreckiger Abschaum."

„Und du, Cunningham, gehst jetzt besser", sagte Joe hinter seinem Rücken.

Jack wog seine Möglichkeiten ab.

„Gerne, aber ich nehme Anne mit."

Die drei lachten: „Ist dir Abigails Wanst zu fett geworden?"

Jack beschwor sich krampfhaft, ruhig zu atmen. Er würde sonst etwas Unüberlegtes tun und hier sicher nicht lebend rauskommen.

„Lasst sie mich einfach mitnehmen, bitte."

„Ha - Hast du das gehört, Joe? Er hat *bitte* gesagt. Und weißt du, was ich sage, Cunningham? *Nein.*"

Jack holte tief Luft: „Du wirst sie mir jetzt geben, Bill. Sofort."

„Du bist nicht mehr mein *Boss*, kriegst du das in deinen dummen Schädel rein? Anne ist jetzt eine von uns. Es gefällt ihr ganz vorzüglich, nicht wahr, Schätzchen?" Zur Antwort wimmerte diese nur, als der Fremde sich an ihren Brüsten zu schaffen machte. Jack wandte den Blick ab. Bill lächelte dreckig. Übelkeit stieg in Jack auf und er wusste, dass er jetzt gehen musste, sonst könnte er für nichts mehr garantieren. Und damit wäre Anne ebenso wenig geholfen.

„Ich werde jetzt gehen."

„Ja, richtig. Und falls du hier nochmal aufkreuzt, sind wir sicher nicht mehr so gnädig."

Rückwärts, um keinen aus den Augen zu lassen, verließ Jack die Scheune. Sein ganzer Körper bebte und mit fahrigen Bewegungen schwang er sich in den Sattel. Es brach ihm das Herz zu gehen, und Anne zurückzulassen. Sie war eine gute Frau, ebenso wie John ein guter Mann gewesen war. Herrgott nochmal! Er blickte zurück, der Zorn stand ihm ins Gesicht geschrieben. Ein letztes Mal wägte er ab, suchte nach einem Ausweg.

„Nun mach schon, dass du wegkommst!", brüllte Bill und kurz darauf fiel ein Schuss.

Jack gab seinem Pferd die Sporen und flog in der Mittagssonne über die Prärie hinweg auf dem schnellsten Weg zurück ins Versteck.

Bereits an seiner bleichen Miene konnten die Männer im Versteck erkennen, dass etwas nicht stimmte. Wortlos und völlig aufgewühlt drückte er Emily die schweißnassen Zügel des Rappen in die Hand und ging zu seinen Männern auf die Veranda von Emilys Hütte, wo ein großer Tisch mit zwei Bänken stand, den sie bei Regen zum Essen nutzten.

„Was ist passiert, Boss?", fragte Francis mit weit aufgerissenen Augen.

„Bill", presste er hervor, „Joe und irgendein Fremder, ich hab Bill heute Futterholen geschickt. Sie..." Er konnte es nicht aussprechen.

Abigail trat soeben an den Tisch, ihre Miene versteinert.

Er schluckte und versuchte, die Worte möglichst emotionslos auszusprechen: „Sie haben John die Kehle aufgeschlitzt und Anne... nun ja, sie ist noch am Leben."

Die Männer sahen sich an, sie verstanden sofort.

„Was können wir tun?", sprach Cody für sie alle.

Jack sah in die Runde und in diesem Augenblick überkam ihn pure Dankbarkeit für seine treuen Männer, die im Gegensatz zu den abtrünnigen Mordgesellen ihr Herz definitiv am rechten Fleck hatten.

„Nichts. *Ich* konnte nichts tun. Ich musste sie zurücklassen. Sie haben die Ranch zu ihrem Hoheitsgebiet erklärt. Ich wüsste nicht, was wir ausrichten könnten."

Verbissen

Oh, natürlich war das dumm. Furchtbar dumm. Das war vermutlich jedoch nichts Neues.

Abigail war kaum noch in der Lage zu reiten in ihrem Zustand, doch sie biss die Zähne zusammen. Es war mal wieder Nacht und sie stahl sich mal wieder aus dem Versteck. Das wurde beinahe zur Regel! Doch heute hatte sie nicht vor, die Flucht zu ergreifen, sondern zurückzukommen. Und das nicht allein. Sie würde Anne holen. Wie, wusste sie noch nicht. Dass es furchtbar naiv und dämlich war, wusste sie schon. Doch sie konnte reiten - nun ja, einigermaßen - und sie konnte schießen, doch vor allem konnte sie es nicht vergessen. Wenn sie daran dachte, was Anne vermutlich in jeder Minute, die verging, durchmachte, zerriss es ihr das Herz. Sie kannte die Frau nicht wirklich, hatte sie einmal kurz begrüßt, als sie die Männer begleitet hatte um Erledigungen in der Stadt zu machen, doch solch eine Ungerechtigkeit weckte in ihr Kampfes- und Loyalitätsgefühle sondergleichen.

Natürlich hatte sie sich einen kleinen Plan überlegt und befunden, dass jetzt der eindeutig beste Zeitpunkt war, um zuzuschlagen. Die drei Dreckskerle würden irgendwo im Suff umgefallen und eingeschlafen sein und rechneten sicherlich nicht damit, wenn überhaupt, so schnell Besuch zu bekommen. Zugegeben, das war kein richtiger Plan in dem Sinne, aber es gab ihr Zuversicht.

Der Ritt durch die Nacht schien ewig zu dauern und dank ihres guten geografischen Gedächtnisses fand sie das Anwesen auf Anhieb. Sie band ihr Pferd in der Nähe der anderen Pferde der Ranch an, wodurch es im ersten Moment nicht sofort auffallen würde. Ihre Sporen hatte sie zu Hause gelassen und schlich somit geräuschlos auf die Scheune zu.

Sie konnten auch im Haus sein, doch das Scheunentor stand weit offen. Dieses Gebäude würde sie zuerst überprüfen. Mit gezogener, entsicherter Waffe glitt sie in die Dunkelheit hinein. Ihr langer, dunkler Mantel verbarg ihre Gestalt nahezu ausnahmslos vor dem fahlen Mondlicht in der Schwärze und ihr Hut warf ihr Gesicht in Schatten. Sie durchkämmte jeden Winkel, das Gebäude war jedoch menschenleer.

Sie trat wieder hinaus und bewegte sich nahe der Wand fort. Als sie sich dem Haus näherte, hörte sie ein Geräusch. Dieses kam jedoch nicht aus dem Hausinneren. Beinahe hätte sie aufgeschrien, als sie etwas am Boden liegen sah. *Einer der Mörder!*, schoss es ihr durch den Kopf. Er war sicher hier draußen eingeschlafen!

Doch nach dem ersten Schreckmoment, erkannte sie, dass es Anne war, auf die sie um ein Haar getreten wäre. Schnell beugte sie sich zu ihr hinunter und bedeutete ihr, leise zu sein. Sie fragte sich, ob diese sie überhaupt erkennen konnte unter den zugeschwollenen Augen, die Abigail desorientiert entgegenblickten. Sie hatten sie angebunden wie einen Hund. Geschändet und gefesselt. Das Seil war an einer Hundehütte befestigt und Abby wollte lieber nicht wissen, was mit dem Hund von John

und Anne geschehen war.

Schnell schnitt sie die Fesseln durch und stützte Anne, die sehr schwach auf den Füßen war. Sobald sie ein paar Schritte gelaufen waren, spürte sie, wie Leben in die andere Frau kam. Plötzlich sah sie einen Ausweg aus ihrer Misere und Abby konnte ihren erwachenden Kampfgeist regelrecht fühlen, indem ihre Tritte fester und größer wurden. Schritt um Schritt näherten sie sich Abbys Pferd und sie half ihr, aufzusteigen, ehe sie sich hinter Anne in den Sattel schwang. Ohne Zeit zu verschwenden trieb sie das Tier in einen fliegenden Galopp. Nichts wie weg hier!

Abby konnte nicht anders, als ihren Triumpf mitzuteilen. Als sie weit genug weg waren, um sicher nicht mehr eingeholt werden zu können, zog sie ihren Revolver hervor und schoss dreimal in die Luft. Verloren hallten die Schüsse in der sonst völlig stillen Nacht wider und das Trommeln der Hufe gab ihr wie so oft ein beruhigendes Gefühl. Sie spürte, wie die Anspannung allmählich von ihr abfiel und ihr wurde bewusst, dass sie es tatsächlich geschafft hatte! Jetzt musste sie nur noch eine Hürde schaffen: Jack.

„Bist du vollkommen übergeschnappt?"

Selbst in der Dunkelheit konnte sie Jack's eisigen Blick auf sich spüren. Er war wie immer ruppig und hart zu ihr, damit hatte sie sich mittlerweile abgefunden. Das machte es in diesem Augenblick leichter, sich einzureden, dass in seiner Stimme lediglich nackte Wut zu finden war und nichts sonst. Emily hatte Anne soeben

weggebracht und kümmerte sich um sie.

„Ich fürchte, ja, Sir."

„Spar dir die Förmlichkeit", zischte er und Abby wusste, dass dieser Tonfall gefährlich war, „was hast du dir dabei gedacht?"

„Nichts", sprach sie hastig aus, und ehe Jack wegen der nichtssagenden Antwort explodieren konnte, warf sie schnell hinterher, „ich konnte sie da nicht ihrem Schicksal überlassen."

Jacks Augen waren so groß wie die eines wütenden Stieres und Abigail war sich nicht ganz sicher, ob er vor lauter Wut nicht in der nächsten Sekunde seinen Kopf senken und sie rammen würde.

„Abigail, verflucht nochmal, du bist hochschwanger! Denkst du eigentlich nur immer an dich?"

Sie zog die Augenbrauen hoch und sah ihn mehrdeutig an. Ganz offensichtlich hatte sie hierbei nicht an sich, sondern an Anne gedacht.

„Ich... Du... Uargh! Du machst mich wahnsinnig, vollkommen wahnsinnig, weißt du das? Ab morgen will ich dich nicht mehr in der Nähe irgendeines Pferdes sehen und auch sonst wirst du dich zurückhalten, verstanden?"

„Aber meine Arbeiten..."

„Zum Teufel mit deinen Arbeiten, ich will, dass du dich schonst. Das ist ein Befehl."

„Okay", willigte sie versöhnlich ein.

„Himmelherrgott, manchmal möchte ich wirklich wissen, was in deinem Kopf vorgeht."

„Sie ist eine Frau wie ich und keine Frau auf dieser

gottverdammten Welt hat es verdient, dass ihr so etwas widerfährt und jeder, der so etwas tut, hat weitaus Schlimmeres verdient und dafür werde ich sorgen, wann immer ich kann!"

Jack runzelte die Stirn: „Du wirst in nächster Zeit für überhaupt nichts sorgen, hast du mich verstanden? Anne ist in Sicherheit und damit ist das Thema für dich erledigt. Wenn ich irgendetwas erfahre, dann gnade dir Gott... Als hätte ich im Moment nicht schon genug Sorgen!" Er atmete tief ein und aus, dann sah er sie ernst an: „Hat dich jemand von denen gesehen?"

Sie schüttelte den Kopf: „Gesehen nicht."

„Sondern?"

„Als wir weit genug weg waren, hab ich dreimal in die Luft geschossen." Ihr war völlig klar, dass ihn das restlos aus der Haut fahren lassen würde, doch ihr Vorrat an Lügen gegenüber diesem Mann gegenüber war definitiv endgültig ausgeschöpft worden.

Seine Schimpftirade endete mit: „...am besten ich binde dich hier drinnen irgendwo an, damit du keine solch unermesslichen Dummheiten mehr begehen kannst."

Sie verzog nur den Mund und sah ihn nahezu schuldbewusst an.

„Ist dir klar, was dir alles hätte passieren können? Ich will es mir gar nicht ausmalen, sonst... Der Tod wäre sicher eine der schöneren Versionen gewesen!" War da ein Hauch von Emotion in seinem Blick gewesen? War da Sorge gewesen? Echte Sorge?

„Verschwinde jetzt, ich will dich nicht mehr sehen!" Warum nur hörte es sich so ganz nach dem Gegenteil

an?

Abigail ging an ihm vorbei und über den Lagerfeuer-platz zu ihrer Hütte. Der Aufregung und Erschöpfung nach müsste sie diese Nacht gut schlafen, doch es waren andere Gedanken, die sie wach hielten...

Es zogen weitere Monate ins Land und der Winter hielt in vollem Maße Einzug. Abigail war froh um die kühleren Temperaturen, Jack hingegen war meist etwas besorgt auf Grund der Spuren, die sie beim Verlassen oder Betreten des Verstecks im Schnee zurückließen. Die Gefahr entdeckt zu werden, war in den Wintermonaten weitaus höher als im Sommer.

All die Vorfälle der letzten Monate nagten noch immer hart an ihm. Seine raue Umgangsweise Abby gegenüber konnte er mittlerweile nicht mehr aufrecht-erhalten, stattdessen ging er ihr so gut es ging aus dem Weg. Vermeidung lautete die Taktik.

Ihr Bauch war immens gewachsen und er fragte sich ernsthaft, wie so etwas offensichtlich so Riesiges im Körper einer so zierlichen Frau je unbeschadet seinen Weg ins Leben finden sollte. Betrachtete man sie von der Rückseite, sah man kaum etwas von ihrer Schwan-gerschaft - außer vielleicht einer Hand, die sie in letzter Zeit immer öfter stützend an ihren Rücken hielt. Er wusste, dass sie sich plagte, doch er hatte keine Ahnung von Schwangerschaften und außer sie auf die „Ersatz-bank" zu schicken und ihr zu verbieten, auch nur einen Handgriff zu tun, wusste er nicht, wie er ihr helfen soll-te. Er wusste noch nicht einmal, ob er ihr eine baldige

Geburt wünschen sollte oder nicht, denn diese stellte er sich alles andere als spaßig vor.

Oft vertrieb Abby sich die Zeit damit, Anne das Schießen beizubringen, was neben Annes Kontakt zu Emily wohl eine ihrer wenigen sozialen Aktivitäten war. Jack fragte sich wirklich, ob sie je völlig darüber hinwegkommen würde, was ihr angetan worden war. Es tat weh, sich an die glückliche, energiegeladene Frau von damals zu erinnern, die mit ihrer roten Mähne den Männern den Kopf verdreht hatte.

Warm angezogen, mit Felljacke und warmen Hosen, schlug er Feuerholz auf einem Hackstock. Um ehrlich zu sein, hatten sie dieses Jahr wahrscheinlich so viel Feuerholz wie noch nie zuvor, was daran lag, dass Jack sich seit Längerem gerne etwas abreagierte. Davon abgesehen wusste er sonst nicht viel mit sich anzufangen. Er vermied es, ins Nachdenken zu geraten und konzentrierte sich stattdessen lieber auf primitive, rohe Arbeiten.

Seine Hoffnung war eine andere gewesen, doch er hatte bereits befürchtet, dass es mit Bill und seinen Konsorten nicht besser werden würde, und so war es auch gekommen. Immer wieder drangen Geschichten an sein Ohr, die ihn schaudern ließen. Es schien, als hatte dieser Mörder jeden grausamen, hirnlosen Bastard, der sich im Land finden ließ, um sich geschart und es waren regelrechte Raubzüge, die er unternahm. Er löschte ganze Familien aus, verwüstete Farmen und Ranches und schreckte vor rein gar nichts zurück. Frauen wie Anne gab es in der Zwischenzeit vermutlich Hunderte.

Davon abgesehen brachte das auch harte Zeiten für

die Cunningham-Bande, denn was das Stehlen betraf, war immer weniger zu holen - entweder war Bill schon vor ihnen dort gewesen oder es lag daran, dass die Menschen ihr Geld noch sorgsamer versteckten als früher.

Doch das war nicht das, was Jack am meisten aufwühlte - das taten vielmehr die vielen grausamen Geschichten. Wie hatte er Bill nur vertrauen und ihn in ihrer Mitte sein lassen können, ebenso wie Joe?

Offensichtlich hatte er sich in kürzester Zeit in einigen Menschen fatal getäuscht - dazu zählte auch Abigail - aber mehr denn je sehnte er sich jetzt danach, wieder normal mit ihr umgehen und alles vergessen zu können. Nein, in Wahrheit sehnte er sich nach viel mehr, doch er zweifelte stark daran, dass es dazu in diesem Leben noch kommen würde.

Ein Schrei riss ihn aus seinen Gedanken. Erschrocken suchte er mit seinem Blick das Versteck ab und sah Abigail, die sich zusammenkrümmte. Sie tastete mit der Hand ins Nichts um sich abzustützen, fand jedoch keinen Halt und stürzte auf die Knie.

„Abigail!", rief er entsetzt, ließ die Axt fallen und lief durch den Schnee zu ihr.

Sie hatte eine Hand an der Unterseite ihres riesigen Bauches und lehnte sich mit schmerzverzerrter Miene nach vorne.

„Was ist los? Was soll ich tun?"

„Wehen... ich... denke... es ist so weit."

Jack riss die Augen auf. Er hatte Emily mit Francis in die Stadt geschickt, um frisches Brot und andere Lebensmittel zu kaufen. Um Himmels willen, was sollte er

tun?

„Emily ist nicht da", sagte er, mehr zu sich selbst.

„Das weiß ich auch!", presste Abby hervor, krümmte sich sogleich wieder und stieß einen Ton aus, der Jacks Magen dreißig Zentimeter tiefer sinken ließ.

Mittlerweile waren Tom und Cody ebenfalls aus ihren Hütten gekommen und sammelten sich um sie. Wenn er so in ihre Gesichter blickte, wurde ihm klar, dass er offensichtlich noch der Sachlichste und Ruhigste von ihnen war - und das war kaum möglich. *Okay, du musst das jetzt irgendwie hinkriegen*, sagte er zu sich selbst und versuchte, Ruhe zu bewahren.

„Was machen wir jetzt, Boss?", Cody sah ihn an, als hätte er einen Geist gesehen.

„Hat jemand von euch schon einmal eine Geburt erlebt?", fragte er in die Runde.

Kopfschütteln.

„Ich hab mal eine Kälbchengeburt gesehen...", murmelte Tom.

Jack seufzte. Na großartig. Ihm wurde bewusst, dass das Wohl von Abby und dem Kind gewissermaßen in Gottes Händen lag und er konnte nur hoffen, dass Emily rechtzeitig zurückkam.

„Los, helft mir, sie in ihre Hütte zu tragen!"

Tom griff unter Abbys linken Arm, Jack unter ihren rechten, sie hoben sie auf die Füße und brachten sie in ihre Hütte.

„Cody, schau zu, dass das Feuer nicht ausgeht", wies er an und wandte sich schließlich an Abby, „was brauchst du? Was kann ich tun?"

Sie kniff die Augen zusammen, erstickte ein Stöhnen, dann riss sie die Augen wieder auf: „Schick die Männer raus!"

Er nickte, scheuchte alle folgsam hinaus und wandte sich selbst zum Gehen.

„Was zur Hölle tust du?", schrie sie.

„Alle Männer... raus...", stammelte er, unsicher.

Hätte sie nicht solche Schmerzen gehabt, hätte Abby in diesem Moment sicher lachen müssen. So hatte sie ihn noch nie gesehen.

„Du bleibst schön hier!", befahl sie und scherte sich im Augenblick herzlich wenig um ihre verworrene Beziehung oder irgendwelche Höflichkeitsgebaren.

Jack schluckte und trat zurück an das Bett. Sein Gesichtsausdruck glich dem eines großen Hundes, der sich nicht wohl in seiner Haut fühlte. Ohne groß Gedanken darauf zu verschwenden, griff sie nach seiner Hand und klammerte sich an sie. Jacks Herz machte einen Satz und zerbarst sogleich wieder, als Abby sich in einem schmerzerfüllten Schrei verzehrte.

Oh Himmel, steh uns bei.

Es kam nicht oft vor, dass der liebe Gott es Abigail leicht machte, doch heute schien er einen spendablen Tag zu haben. Es waren Stunden vergangen, doch das Kind wollte nicht kommen. Sie war erschöpft, schweißgebadet - und sie war sich sicher, dass sie noch nie so ein Glück empfunden hatte wie in dem Moment, in dem Emily mit einem Wirbel aus Schneeflocken in der Hüttentür stand. Und Jack war in seinem ganzen Leben

noch nie so erleichtert gewesen. Sofort sprang er auf und schob Emily regelrecht zu Abbys Bett.

„Es geht ihr schlecht, ich weiß nicht...", stammelte er.

„Hol Wasser. Und Tücher. So viele du finden kannst. Und setzt eine große Menge Wasser aufs Feuer, damit wir das Kind baden können!", wies die alte Frau an. Jack ließ sich nicht zweimal bitten und war heilfroh, eine Aufgabe zu haben. Das Kind baden, das hörte sich doch wirklich so an als würde in jedem Fall alles gut werden!

„Was ist denn mit dem los", sagte sie, nahezu belustigt, denn wie immer war sie die Ruhe selbst, wenn alle anderen die Nerven verloren. „Wie lange geht das schon so?", fragte sie an Abby gewandt.

„Es war noch hell, als es angefangen hat. Früher Abend. Ich bin...", sie stöhnte, „vor der Hütte zusammengesunken."

Emily nickte.

„Hast du so etwas schon einmal gemacht?", fragte Abigail besorgt.

„Oft genug, um auch dein Kind sicher auf die Welt zu bringen", lächelte sie, machte sich an Abigails Röcken zu schaffen und Abigail ahnte, dass die vergangenen Stunden nur der Anfang von etwas noch weitaus Schmerzhafterem gewesen waren.

Entdeckt

Er sah so glücklich aus. Und entspannt, im Gegensatz zu den letzten Monaten. Die Sorgenfalte auf seiner Stirn war verschwunden und ein Lächeln lag auf seinen Lippen. Im fahlen Schein des Feuers aus dem Ofen leuchtete sein Gesicht in einem warmen Rot und wurde vom Flackern der Flammen immer wieder sanft erhellt. Sein Blick war auf ein kleines Bündel in seinen Armen gesenkt, das er nahezu verträumt hin und her wiegte.

So sollte es sein, dachte Abby, *es sieht so richtig aus.* Sie war soeben aus einem Schlaf erwacht, der ihr einerseits vorkam, als hätte er Jahrhunderte angedauert und andererseits als wären es nur wenige Minuten gewesen. Sie fühlte sich weitaus besser, etwas ausgeruht und erholt, doch es würde noch einige Tage dauern, bis sie wieder voll bei Kräften war.

Unbemerkt betrachtete sie Jack, wie er ihr Kind in seinen großen, starken Armen hielt, in denen das Knäuel noch winziger wirkte als ohnehin schon. In diesem Augenblick wurde ihr klar, dass der Zeitpunkt gekommen war, um die Wahrheit zu sagen. Davon abgesehen, dass er ihr eine weitere, schwerwiegende Lüge sicher nie verzeihen würde, sah dieses Bild, das sich da vor ihr darbot, einfach so perfekt aus, so richtig. Er war der Vater und er hatte ein Recht, es zu wissen. Jetzt, wo er sie vielleicht nicht mehr ganz so sehr hasste, gab es keinen Grund mehr, es ihm zu verheimlichen. Und jetzt war der perfekte Zeitpunkt.

„Oh, du bist wach."

Abigail lächelte und streckte sich. Natürlich hatte er sie wieder dabei ertappt, wie sie ihn beobachtete, so, wie er es immer tat.

„Wie geht es dir?"

Er setzte sich neben sie auf den Holzstuhl und betrachtete sie versonnen.

„Besser", antwortete sie und setzte sich halb auf. „Lass ihn mich halten."

Er sah erneut auf das Baby in seinen Armen hinab, stand auf und legte es ihr auf den Bauch. Abigail schloss ihre Arme um den kleinen Packen aus Stoffwickeln und konnte nicht fassen, dass sie tatsächlich ihren Sohn in den Armen hielt. Er war so wunderschön! Die kleine Stupsnase, der winzige Mund und die vielen Haare auf seiner Stirn. Er schlief friedlich, mindestens so erschöpft von den Strapazen der Geburt wie seine Mutter. Doch all das war nicht mehr wichtig, Abby war von solch einer Glückseligkeit erfüllt, dass all die Ängste und Schmerzen in den Hintergrund rückten.

Sie lugte verstohlen zu Jack, der sie beide betrachtete. Der Moment war gekommen, Abigail holte tief Luft um ihm die frohe Botschaft zu verkünden. Je eher sie es hinter sich brachte, desto besser.

„Ah, vor lauter... beinahe hätte ich es vergessen." Jack kramte in seiner Jackentasche und unterbrach ihr Vorhaben jäh. „Ich... hab das vor einiger Zeit machen lassen."

Er zauberte eine kleine, silberne Kette mit einem eingefassten Türkis hervor und drückte sie Abby nahezu

scheu in die Hand. Sie hob sie hoch, betrachtete sie und wusste nicht, was sie sagen sollte. Sie konnte diese Geste nicht ganz nachvollziehen, doch es wurde ihr warm ums Herz. Warum tat er das? Der Stein hatte natürlich kein Vermögen gekostet, doch es war sicherlich eine beachtliche Summe gewesen. Womit hatten sie das verdient? Sie beschloss, noch einmal ihren Mut zusammen zu nehmen und ihm die Wahrheit zu offenbaren.

„Auch wenn du es nicht verstehen wirst, aber ich habe beschlossen, für dieses Kind da zu sein. Mir ist egal, wer der wahre Vater ist, aber ich vermute, dass er seine Rolle nicht einnehmen wird." Jack sah ihr in die Augen und seit langem war sein Blick einmal weder starr, noch eisern, noch zornig.

„Aber warum..."

Ein verschmitztes Grinsen, wie man es beinahe nie bei ihm sah, breitete sich auf seinen Lippen aus, als er sie frech ansah: „Na, das erste und bisher einzige Bandenkind kann doch nicht ohne Vater aufwachsen. Wir brauchen ja schließlich Nachwuchs!"

Ihr war klar, dass er damit vom eigentlichen Grund ablenkte und etwas überspielte, das sie nicht zu deuten vermochte. Doch sie beließ es dabei, schließlich hatte sie ihm etwas mitzuteilen. Wieder hatte er sie unterbrochen, doch jetzt schien ihr die Gelegenheit noch besser als zuvor.

„Jack, ich muss dir etwas sagen..."

„Na, Mädchen, wie fühlst du dich?" Emily betrat den Raum und beendete nicht nur ihre traute Zweisamkeit, sondern auch jede weitere Möglichkeit für Abigail, der

Lüge um die Vaterschaft ein Ende zu bereiten. *Ein andermal*, dachte sie mit einem nahezu wehmütigen Blick zu Jack, *das läuft mir nicht davon.* Zumindest hoffte sie das...

„Gut", lächelte sie, um auf Emilys Frage zu antworten.

Jack räusperte sich und erhob sich. „Na, ich werde dann allmählich mal Schlafen gehen."

Er verließ die Hütte und Emily nahm an seiner statt Platz auf dem Stuhl neben Abbys Bett. „Weißt du, wie lange er hier war?"

Abby schüttelte den Kopf. „Ich fürchte, ich habe geschlafen."

„Er war die ganze Zeit hier. Er hat draußen beim Feuer gewartet und kaum hatte das Baby seinen ersten Schrei getan, hat er schon den Kopf zur Hütte hereingesteckt und gefragt, wie es euch geht. Ich hab ihn wieder hinaus geschickt. Die ersten Minuten gehören immer ganz der Mutter und ihrem Kind, wenn es nach mir geht. Und hier geht es nach mir." Sie zwinkerte ihr zu. „Es hat aber nicht lange gedauert, da bist du eingeschlafen und seitdem hat er das Kind nicht mehr hergegeben", sie gluckste, „ich hätte nicht gedacht, dass er der Baby-Typ ist."

Abby lachte ebenfalls, leise, um das schlafende Baby nicht zu wecken. „Er kann so sanft sein", seufzte sie und kam nicht umhin, an die Nacht zu denken, in der dieses kleine Wunder hier in ihren Armen entstanden war.

Emily schwieg einige Augenblicke lang, dann kniff sie die Augen zusammen: „Wann willst du es ihm sagen?"

Abby schüttelte den Kopf und verzog den Mund. „Ich

habe es gerade mehrmals versucht, doch anscheinend soll es heute nicht sein, denn ständig kam etwas dazwischen."

„Aber du wirst es ihm bald sagen, nicht wahr?", hakte Emily nach und Abby war klar, dass das mehr eine Forderung denn eine Frage war.

Sie sah Emily ins Gesicht und lächelte: „Sobald der liebe Gott es zulässt."

Mit einem ausgiebigen Gähnen streckte Jack sich vor seiner Hüttentür. Er sog die kalte Winterluft tief ein und genoss einen Moment lang die Stille und Ruhe. Er fühlte sich so gut wie schon lange nicht mehr und das obwohl er kaum geschlafen hatte. Er trug nicht mehr als sein Unterhemd und eine einfache Hose, doch er konnte nicht mehr länger warten, er wollte sofort nach Abigail und dem Kleinen sehen. Erfüllt von Vorfreude huschte er durch den Schnee zu Abbys Hütte und trat in den warmen Innenraum.

Bevor er zu ihr ging, legte er schnell etwas Feuer im Ofen nach, ehe die Glut gänzlich erlöschen würde. Abigail und das Kind schliefen noch und so betrachtete er sie eine Weile nur. Er wollte sie keinesfalls wecken. Als er das kleine Gesichtchen musterte, ging ihm sein Herz auf, wie schon am ersten Tag. Dieses Kind löste etwas in ihm aus, was er so noch nie gekannt hatte. Wenn er die beiden jetzt sah, stiegen unaussprechliche Gefühle, die er selbst noch überhaupt nicht einordnen konnte, in ihm auf. Doch sie rissen ihn so mit, dass er überhaupt keine Möglichkeit hatte, darüber nachzuden-

ken. Er ließ es einfach geschehen.

Wenn er ehrlich war, war ein kleiner, egoistischer Teil in ihm froh, dass der eigentliche Vater sich nicht um das Kind scherte. Und nicht zum ersten Mal wurde ihm klar, dass es ihm am liebsten wäre, wenn er selbst der Vater wäre. Das war völlig unmöglich, das war ihm klar, doch so lange und so gut er konnte würde er den Vater spielen als wäre es sein eigenes Kind.

Zufrieden und zuversichtlich verließ er die Hütte wieder - und blieb wie angewurzelt stehen. Plötzlich fühlte er die Kälte des Winters so beißend, als wäre sie zuvor nicht da gewesen. Er schauderte und war sich sicher, dass alle Farbe aus seinem Gesicht gewichen sein musste. Falls sein Herz noch schlug, so spürte er es nicht mehr.

„Seid gegrüßt, Mr Cunningham."

Vor ihm stand eine Horde Reiter. Genau genommen schienen sie das ganze Versteck auszufüllen. Es waren gut fünfundzwanzig oder dreißig Mann. Sie standen da wie Statuen, reglos und schicksalhaft. Allen voran der Sheriff, der ihn mit undurchdringlicher, selbstzufriedener Miene fixierte.

„Sheriff", grüßte Jack angespannt zurück.

Nach und nach kamen seine Männer aus den Hütten und machten alle so ziemlich das gleiche Gesicht wie Jack Minuten zuvor. Einem jeden von ihnen war klar, dass sie geliefert waren. Gegen solch eine Horde hatten sie keine Chance und noch dazu hatte der Feind den Überraschungseffekt auf seiner Seite. Sie waren alle unbewaffnet und unvorbereitet. Ein Besuch in ihrem Versteck war mehr als unerwartet. Wie hatten sie sie aufge-

spürt?

„Ich verurteile Sie und alle Bandenmitglieder, die sich in diesem Versteck befinden, zum Tod am Galgen."

Jack wurde es heiß und kalt. Er sah keinen Ausweg. Fieberhaft überlegte er, wie er die Situation retten konnte. Er hatte nie geglaubt, dass dieser Moment wirklich einmal kommen würde.

„Oder aber", fuhr der Sheriff fort, „ihr lasst euch auf folgenden Handel ein."

Was hatte der Gesetzeshüter vor? Was für eine Übereinkunft? Jack näherte sich dem Sheriff bis auf einige Schritte und die beiden Männer blickten sich von Angesicht zu Angesicht in die Augen. Konzentriert versuchte Jack zu erkennen, ob dieser Mann ihn hasste oder nicht - oft genug überlistet hatten sie ihn. Er hätte jeden Grund, wütend zu sein. Doch es war keine Regung zu sehen, wie bei einem Pokerspieler.

„Ich bin ganz Ohr", sagte Jack.

„Soweit ich weiß, hat sich vor einigen Monaten ein Teil eurer Männer von euch getrennt. Darf ich den Grund dafür erfahren?"

Schnell überlegte Jack, wie er antworten sollte, doch er sah keinen Grund zu lügen. Wofür jetzt noch?

„Bill und Joe und ein paar andere Männer hatten andere Vorstellungen von Moral und der Zukunft, Sir."

„Ein Verbrecher hat Vorstellungen von Moral!", lachte der Mann zur Linken des Sheriffs, der Marshall von Lost Springs. Dieser fühlte sich offensichtlich überlegen in seiner Position. Nachdem die Bande ihm so oft auf der Nase herumgetanzt war und ihm die Hände gebun-

den gewesen waren, weil Jack über seine heimliche Liebschaft wusste, war dies ein göttlicher Moment für ihn. Sie waren ihm schon lange ein Dorn im Auge gewesen.

„Seid still, Mr Franklin", gebot ihm der Sheriff und ließ Jack nicht aus den Augen, „Bill verbreitet Angst und Schrecken im ganzen County. Er ermordet Männer, Frauen, Kinder, oder macht Schlimmeres mit ihnen. Dieser Abschaum kennt keinen Skrupel. Mittlerweile hat er so viele Straßenköter um sich geschart, dass wir es alleine nicht schaffen, sie auszuschalten."

„Und da kommen wir ins Spiel", schlussfolgerte Jack mit einem knappen Lächeln, dem nichts Warmes innewohnte.

Gerade als der Sheriff antworten wollte, wurde sein Blick von etwas hinter Jack angezogen. Dieser wandte sich um. Abigail war, mit dem Kind auf ihren Armen, aus der Hütte gekommen. Sofort sah Jack, dass der Sheriff dies innerlich notierte um es gegebenenfalls später auszuspielen. Ganz bestimmt dachte der Gesetzesmann, Abigail wäre Jacks Frau, was er wohl aus dem Blickwechsel der beiden zu erkennen glaubte.

„Seit wann haltet ihr euch *Bedienstete*?", bellte der Marshall und lachte dreckig. Ein paar der Männer stimmten mit ein. Sein Blick auf Abigail war unverkennbar lasziv und ohne es kontrollieren zu können, brandete Wut in Jack auf.

Abigail selbst hingegen änderte nichts an ihrer Körperhaltung und sah dem Marshall mit eisigem Blick entgegen. Ihre Stimme war so kalt wie der Winterwind, der zu dieser Zeit so oft die Prärie heimsuchte: „Ihr

werdet es kaum glauben, doch bei echten Männern bleiben die Frauen freiwillig."

Dem Marshall stieg die Zornesröte ins Gesicht und trotz der dramatischen Situation konnte sich Jack ein kurzes Lächeln nicht verkneifen. Er blickte kurz zu Boden, um es zu verbergen. An Schlagfertigkeit hatte es ihr nun wirklich noch nie gefehlt!

„Du mieses Weibsstück...", schimpfte der Marshall los, doch der Sheriff gebot ihm mit einem Fingerzeig abermals zu schweigen.

Er ließ eine kurze Pause verstreichen, wie, um dem Marshall Zeit zu geben, sich zu beruhigen, ehe er wieder Jack seine Aufmerksamkeit schenkte: „Also?"

Erwartungsvolle Stille kehrte ein. Alle Blicke waren auf Jack gerichtet. Dieser wog seine Möglichkeiten ab. Doch was hatte er überhaupt für eine Wahl? Er sah seine Männer an, die ihm stoisch entgegensahen - er wusste, dass sie mit ihm bis in den Tod gehen würden. Und das mussten sie womöglich auch. Emily war klug und war zur Sicherheit mit Anne in Emilys Hütte geblieben wie es schien.

Schließlich sah er Abigail an, die immer noch mit ihrem Sohn im Arm, der den kleinen Türkis am Hals trug, vor der Tür ihrer Hütte stand. Und sie sah nicht weniger kämpferisch drein als der Rest der Bande.

So unpassend der Moment war, doch einem fallenden Groschen gleich wurde Jack mit einem Mal bewusst, dass er sie liebte. Nein, nicht, dass er sie liebte, sondern, dass er es nicht länger vor sich selbst verleugnen konnte. Trotz all der Widrigkeiten, trotz all der Schwierigkeiten,

Liebe war die einzige Erklärung für alles. Und er würde für sie bis ans Ende der Welt gehen, wenn es sein musste - oder Bill und seiner Meute von räudigen Kötern den Garaus machen, damit sie in Sicherheit war.

Er riss sich von ihrem Anblick los und sah den Sheriff an: „Wenn wir einwilligen, sind all unsere Vergehen vergessen und wir sind freie Männer?"

Der Sheriff nickte: „So ist es. Ihr habt mein Wort, vor all diesen Zeugen."

Jack warf seinen Männern einen letzten, sich vergewissernden Blick zu, auf den er vereinzeltes Nicken erntete, dann ging er auf den Sheriff zu und streckte ihm seine Hand entgegen: „Dann kommen wir ins Geschäft."

Gewaltsam

„Ich bin gleich bei euch, Tom", rief Jack über die Schulter.

Wo war Abby? Sie waren im Begriff aufzubrechen. Vor dem Versteck wartete der Sheriff mit gut zwanzig Männern, die Cunningham-Männer saßen ebenfalls bereits auf den Pferden. Der Sheriff hatte keine zwei Tage seit seinem überraschenden Aufmarsch im Versteck verstreichen lassen und heute war der Tag des Angriffs. Doch Jack konnte nicht gehen, ohne Abby Lebwohl zu sagen. Nur, wo zur Hölle war sie?

Er machte sich lautstark bemerkbar, doch ihre Hütte war leer. Sie musste irgendwo draußen sein, nur wo? Er lief an der Feuerstelle und seiner eigenen Hütte vorbei, als ihre Stimme ihn plötzlich herumfahren ließ.

„Jack!"

Sie saß, eingehüllt in ein dickes Bisonfell, das Baby in den Armen, auf der kleinen Bank vor seiner Hütte. Trotz der Idylle sah sie unruhig aus. Es schneite nur sehr wenig, doch über Nacht war genug Schnee gefallen um den Boden, da, wo noch niemand gelaufen war, makellos weiß erscheinen zu lassen. Jack hinterließ frische Abdrücke in der unberührten Oberfläche, als er zu ihr eilte.

„Ich hab auf dich gewartet."

„Und ich hab dich gesucht", sagte er.

Obwohl er in Eile war, zwang ihn etwas, sich zu ihr zu setzen. Als er in ihre Augen blickte, kehrte zum ersten

Mal, seit der Sheriff aufgekreuzt war, Ruhe in ihm ein. Ruhe und Gewissheit. Er würde Bill ausschalten, koste es, was es wolle. Für sie. Und ihren Sohn.

„Bitte pass auf dich auf", sagte sie mit flehendem Blick.

Als sie ihre Hand auf seinen Unterarm legte, war es als brannte eine Zündschnur zischend über seinen Körper hinweg ab.

„Du solltest dir lieber um Bill Sorgen machen", sagte er mit einem Lächeln, mit dem er ihre Angst wegzufegen gedachte.

Er drehte seine Handfläche nach oben und ergriff fest ihren Unterarm. Erneut entfachte dies ein Prickeln auf seiner Haut.

„Nicht im Geringsten", sagte sie abfällig und ihre Augen fanden erneut seinen Blick.

„Abby…"

„Komm mir ja lebend zurück, hörst du? Ich… Jack Cunningham, wehe, du lässt dir ein Haar krümmen, dann wirst du dir wünschen, Bill hätte den schnelleren Abzug gehabt…"

Er konnte nicht anders. In diesem Moment war ihm völlig egal, ob es falsch oder richtig war, ob sie gefährlich war oder nicht und was das für sie beide bedeutete. Er presste seine Lippen auf die ihren und küsste sie heftiger als er wollte. Er hatte so lange darauf gewartet - wie ihm nun schlagartig bewusst wurde - dass er nicht mehr an sich halten konnte.

Ihm war überhaupt nicht klar gewesen, *wie sehr* er sich selbst an der Kandare gehalten hatte. Mit einer gekonn-

ten Bewegung teilte er ihre Lippen und seine Zunge drang gierig vor. Doch noch viel mehr als seine eigene Begierde überraschte ihn die Leidenschaft, mit der sie all seine Küsse erwiderte. All die Gefühle, die er so lange zurückgehalten hatte, drohten ihn zu überwältigen. *Gott, fühlt sich das gut an, lass es nicht das letzte Mal sein,* betete er im Stillen.

Die Erkenntnis darüber, wie sehr sie ihn zu begehren schien, stach wie ein Messer in sein Herz und zeigte ihm unmissverständlich auf, dass er an der Wunde sterben würde, zöge er es je wieder dort heraus. Dies war einer jener Augenblicke die nie enden sollten. Es war eine bittersüße Mischung aus Lust, Begierde und Angst vor dem Kommenden, vor dem Ungewissen, die diesen Kuss ausmachte.

Widerwillig zog er sich von Abbys zitternden Lippen zurück. Alle warteten auf ihn, er durfte sich nicht länger Zeit nehmen, auch wenn es ihn seine gesamte Selbstbeherrschung kostete. Ein sanfter Wind spielte mit Abbys kurzem Haar und ihr Anblick prägte sich in sein Gedächtnis ein.

Mit wildem, aufgelöstem und herrischem Blick sah sie ihn an, als er aufstand und sie sich zaghaft voneinander lösten: „Das war kein verdammter Abschiedskuss, Jack Cunningham."

„Verlass dich drauf."

Sie fand keine Ruhe. Gott im Himmel, und das weniger wegen des Kusses als vielmehr wegen der verdammten Ungewissheit. Sie mochte sich nicht ausmalen, was

149

passieren konnte. *Wenn er...* Sie konnte den Gedanken nicht zu Ende denken. Er musste einfach zurückkehren. Er musste.

„Setz dich doch hin, Liebes", flehte Emily.

Im Gegensatz zu Abbys wildem Blick war der von Emily von Angst erfüllt. Sie hatte sie noch nie so gesehen. Beide Frauen wussten, dass dies heute etwas anderes war als die Raubüberfälle, die die Bande sonst abhielt. Natürlich konnte immer etwas passieren, doch das heute, das war etwas anderes. Heute waren sicher auch die anderen bewaffnet, nicht nur sie.

Emily hatte die Hände im Schoß verkrampft und es war nicht mehr viel ihrer sonstigen Stärke und Zuversicht übrig. Mehr um ihr einen Gefallen zu tun als sich selbst zu beruhigen, setzte Abby sich auf einen der Holzstämme an der Feuerstelle und blickte auf ihren Sohn hinab. In all der Aufregung hatte sie noch nicht einmal Zeit gehabt, sich für einen Namen zu entscheiden. Genau genommen konnte sie sich generell auf keinen Favoriten festlegen und in Anbetracht der Umstände würde sie das demnächst auch nicht tun. *Wenn Jack in ein paar Stunden nach Hause kommt und Bill Geschichte ist, suche ich dir den schönsten Namen aus, den je ein Kind hatte*, dachte sie, *Und ich werde Jack sagen, dass er dein Vater ist.*

Sie wagte nicht daran zu denken, dass es dazu nie mehr kommen würde, wenn Jack nicht heimkehrte...

Anne saß ihnen gegenüber. Die junge Frau hatte sich noch nicht wirklich von ihrer schrecklichen Erfahrung erholt, weder innerlich noch äußerlich. Sie war äußerst

still und zurückgezogen, verbrachte viel Zeit alleine. Noch immer verrieten unzählige blaue Flecken und andere Blessuren in ihrem Gesicht und auf ihrem Körper, was ihr Inneres nicht deutlicher hätte widerspiegeln können. Abby zerbrach es nach wie vor das Herz, sie anzusehen, doch Anne war stark und Abby wusste, dass sie es schaffen konnte, die schlimmen Erlebnisse aufzuarbeiten. Aber es würde sehr, sehr viel Zeit brauchen.

„Soll ich ihn wickeln?", fragte Anne. Für den Kleinen hatte sie von Anfang an etwas übrig gehabt und mit keinem anderen Menschen hier ging sie so offen und freudig um. Kinder waren oftmals kleine Engel.

Abby seufzte: „Ich kann mich auf nichts konzentrieren... gerne, wenn du möchtest."

Anne lächelte nur, stand auf und nahm das Kind entgegen. Sogar der Junge war, nachdem es den Morgen über geweint hatte, vollkommen still. Kinder spüren alles und Abby konnte nicht vermeiden, dass auch das Kind ihre Angst und die Anspannung spürte. Die beiden gingen in Emilys Hütte und es kehrte wieder Stille an der Feuerstelle ein. Der Schneefall begann wieder stärker zu werden und Abby zog das Bisonfell enger um sich. Doch sie fror nicht wegen der Kälte, es war die Angst, die ihr innerlich die Kehle zuschnürte.

Wie lange würden sie hier sitzen müssen, bis es endlich vorbei war? Wie lange sollte sie das aushalten? Es waren sicher erst wenige Minuten vergangen, doch es fühlte sich an als wären es Stunden gewesen.

„Wie bist du zu Jack gekommen?", fragte sie Emily um das unerträgliche Schweigen zu durchbrechen.

Ein Lächeln huschte über das Gesicht der älteren Frau: „Mein Mann war ein furchtbares Ekel gewesen, weißt du. Er hat mich wie seine Bedienstete behandelt und nicht zu selten einen über den Durst getrunken."

„Das tut mir leid, Emily. Hört sich an wie mein Vater."

Emily schenkte ihr ein solidarisches Lächeln, dann zog sie die Augenbrauen hoch und fuhr fort: „Jedenfalls hat er irgendwann all unsere Ersparnisse für Whiskey verprasst und alles, was er noch nicht verkauft hatte, war ich. Also hat er die lausigsten Banditen aufgespürt, die er finden konnte und mich an sie verkauft. Wir waren keine fünf Meilen von der Stadt entfernt, da trafen wir auf die Cunningham-Bande. Und seitdem bin ich bei Jack."

„Und seitdem hältst du es mit diesen rauen Kerlen aus, als einzige Frau?", grinste Abby.

Langsam hellte sich Emilys Gesicht auf. Sie erwiderte Abbys Grinsen: „Man muss sie nur erziehen. Und die einzige Frau hier bin ich schon lange nicht mehr."

Ihr kurzes Gespräch versiegte und Abbys Gedanken kreisten um ihr erstes Treffen mit Jack, ihre gemeinsame Nacht, all die Momente während ihrer Maskerade, in denen sie sich ihm so nahe gefühlt hatte und es ihm doch nie gewesen war. So viel war passiert, es wäre nicht gerecht, wenn es hier enden sollte.

In der vollkommenen Stille vernahm Abby ein Geräusch. Es kam vom Eingang. Es dauerte nicht lange, da entpuppte es sich als das Knirschen von Pferdehufen im Schnee. Was war passiert, dass sie so schnell zurück

waren? Hatte der Sheriff die Aktion aus irgendeinem Grund abgeblasen? Gott, es wäre ihr nur allzu Recht! Auch Emily hatte es mittlerweile gehört und beide blickten sie erwartungsvoll zum Eingang des Verstecks. Abby war klar, dass sie Jack vor Erleichterung umrennen würde, sobald er vom Pferd gestiegen war.

Doch was sich ihr zeigte, ließ ihr Herz nicht in Freude aufgehen, sondern ihr das Blut in den Adern gefrieren. Plötzlich wurde ihr so kalt als säße sie nackt hier draußen im Schnee. Jede Farbe wich aus ihrem Gesicht. Ein Gefühl breitete sich in ihrem Magen aus, das sie in dieser Intensität bisher noch nicht verspürt hatte: Todesangst.

Vom Pferd aus lächelte ihr das schmierige Gesicht von Bill entgegen. Er war mit Joe und sieben seiner miesen Kumpanen gekommen, von denen einer schäbiger aussah als der andere. Sie brauchte nicht lange zu überlegen – sie hatten keine Chance, falls es zum Kampf kommen sollte. Fragte sich nur, was er hier wollte?

„Na, wen haben wir denn da?", grinste er bösartig.

Abby war ebenso wie Emily aufgestanden und sah ihm wütend entgegen. Der Dreckskerl höchstpersönlich…

„Die wunderschöne Abigail und die gute, alte Emily. Wie schön, dass wir uns endlich einmal wiedersehen. Habt ihr mich vermisst?"

Wenn das hier ihr Untergang war, dann würde sie ihm nicht jammernd und bettelnd entgegentreten. „Nicht mehr als die Masern, die mich in meiner Jungend beinahe umgebracht hätten."

„Noch immer ein Luder wie eh und je", lachte er, „an-

scheinend kann dich nicht mal der große Jack zähmen, hm? Aber wir werden dir schon Manieren beibringen, sei unbesorgt."

Abby atmete tief ein und hob das Kinn. Sie würde kämpfen wie der Teufel und Gott, sie hoffte, dass Anne sich mit ihrem Sohn ruhig hielt und sie sie nicht entdeckten.

„Ahhh, wo wir bei Jack sind. Ich glaube, er sucht mich gerade, oder? Der arme Kerl wird mich nur leider nicht finden. Sowas Blödes aber auch..."

„Wer hat uns verraten?", fragte sie mit bebender Stimme.

„Ach, der gute alte Marshall hat nicht viel übrig für Cunningham, weißt du? Er meinte, dass er und der Sheriff auf dem Weg zu unserer Ranch seien und dass wir uns besser aus dem Staub machen sollten...", er lächelte aalglatt.

„Eure Ranch? Ich fürchte, ihr habt da ein kleines Detail vergessen..."

„Ah, stimmt, wie dumm von mir. Natürlich, Johns und Annes Ranch. Aber warte, ich habe gehört, dass John kürzlich verstorben und Anne spurlos verschwunden ist... Also ist es wohl *unsere* Ranch. Wo wir gerade dabei sind – weißt du zufällig, wo die liebe Anne ist? Meine Männer und ich vermissen sie ganz schrecklich..."

Abby wurde übel. Dieser Mann war eiskalt. Er war skrupellos. Wenn er Anne hier fand... Sie mochte es sich gar nicht ausmalen.

„Ihr hättet sie besser anhängen sollen", zischte Abby

154

und hätte dabei nicht mehr Abfälligkeit in ihre Stimme legen können.

„Das warst also du, du mieses Biest! Das ist nun schon das zweite Mal, dass du mir in die Quere kommst. Damals, beim Banküberfall in Lost Springs, hätte der Marshall Jack und seine Lakaien gehabt. Der Plan war perfekt, wir hätten uns im letzten Moment auf die andere Seite geschlagen und sie gemeinsam mit dem Marshall und seinen Männern überwältigt, doch du hast den ganzen Plan ruiniert, indem du sie so früh auf ihn aufmerksam gemacht hast!" Eine Zornesfalte bildete sich auf seiner Stirn.

„Damals schon wolltest du... du intrigantes Drecksstück...!", schimpfte Abby wutentbrannt los. Das war Monate her!

„Männer, bringt sie her und schmeißt sie aufs Pferd!", bellte er knapp.

Sie würde nicht wegrennen. Es hätte keinen Sinn und womöglich würde sie sie damit nur zu Anne und ihrem Sohn führen. Das musste sie auf jeden Fall vermeiden.

„Was machen wir mit der Alten, Boss?", fragte einer der Männer Bill.

Bill wandte den Blick nicht von Abby ab: „Macht mit ihr, was ihr wollt. Aber sie rührt ihr nicht an."

Zwei der Männer packten Abby bei den Armen, die anderen näherten sich Emily. Das durfte sie nicht zulassen! Nicht Emily!

„Nein!", schrie sie und wehrte sich mit all ihren Kräften, „hört auf!"

„Stopp!", schrie Bill und gebot dem Wahnsinn Ein-

halt. „Womit sollen wir aufhören, Abigail?"

„Hört auf sie zu belästigen. Lasst sie in Ruhe!", rief sie panisch.

„Okay", sagte er schulterzuckend, zog seine Pistole und schoss.

Es war still. Zu still. Er wusste schon, dass etwas nicht stimmte, als er sich den Felsen des Verstecks näherte. Seine Unruhe stieg, als sie die verschlungenen Gänge entlang ritten. Der Sheriff und seine Männer waren abgezogen, ihr Unternehmen war erfolglos gewesen. Die Ranch von John und Anne war menschenleer gewesen. Bill war weitergezogen - oder irgendwer hatte ihn gewarnt…

Das dumpfe Getrappel der Hufe hinter ihm rückte immer mehr in den Hintergrund, je näher sie dem Versteck kamen. Ein Geruch stieg ihm in die Nase und ihm war sofort klar, dass es Rauch war. Pure Angst überkam ihn und wie von Sinnen trieb er sein Pferd so schnell die Gänge entlang wie möglich.

Ihm bot sich ein Bild der Zerstörung. Jedes einzelne Gebäude brannte lichterloh. Hitze schlug ihm entgegen. Er fragte sich, wieso er die Rauchwolke nicht schon von weitem gesehen hatte, sie war immens.

„Abigail?", rief er und Panik machte sich in seiner Stimme breit, „Emily? Anne?"

Er bekam keine Antwort.

„Wo zur Hölle sind die?", fragte Cody ratlos, als er neben ihn ritt.

Jack entdeckte etwas, das ihn schaudern ließ. So

schnell er konnte stieg er von seinem Pferd und rannte zur Feuerstelle. *Nein!* Er fiel auf die Knie und sah auf den leblosen Körper hinab. Es war zu spät, um sie noch zu retten. Ein unbeschreibliches Gefühl der Leere machte sich in ihm breit. Er spürte weder den kalten Boden unter seinen Knien noch fürchtete er das Feuer, das um ihn herum wütete. Emily lag tot vor ihm, erschossen. Tränen stiegen ihm in die Augen, während er seinen Blick nicht von ihrem reglosen Gesicht losreißen konnte.

„Was für ein verdammter Mistkerl war das?", fluchte Tom erschüttert.

Alle Männer standen um die Tote und ihn herum und nicht nur Jack kämpfte mit den Tränen. Er schloss die Augen und fuhr Emily über das kalte Gesicht, um ihre Lider zu schließen. Er würde den Blick aus ihren toten Augen sicher nie wieder vergessen. Ihr gewelltes, graues Haar tanzte im Rauch, als hätte es ein Eigenleben.

„Bill", gab er Tom zur Antwort und sein Atem gefror in der eisigen Luft, als er plötzlich etwas unter Emilys Hand entdeckte. Er zog ein Stück Papier hervor. Ihm graute vor dem, was er darauf lesen würde.

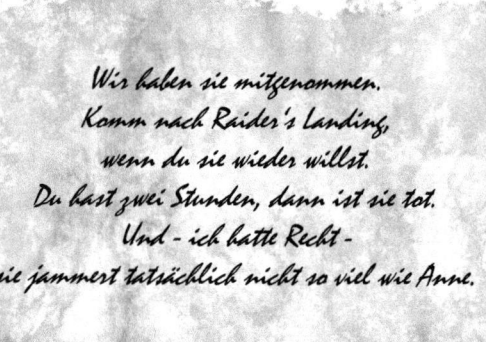

Wir haben sie mitgenommen.
Komm nach Raider's Landing,
wenn du sie wieder willst.
Du hast zwei Stunden, dann ist sie tot.
Und - ich hatte Recht -
sie jammert tatsächlich nicht so viel wie Anne.

Jack zerknüllte das Papier in seiner Hand und schrie auf.

„Gottverdammt, ich bringe diesen Mistkerl um!", brüllte er, drückte Francis den Zettel in die Hand und stapfte entschlossen zu seinem Pferd zurück.

Es dauerte nicht lange, da saßen alle wieder auf ihren Pferden. Jeder von ihnen machte ein grimmiges Gesicht und war entschlossen, die Mission, für die sie heute Morgen losgeritten waren, zu Ende zu bringen. Koste es, was es wolle. Sie trieben ihre Pferde so schnell sie konnten die Gänge hindurch.

„Jack!"

Er veranlasste seinen Rappen zu einer Vollbremsung. Die Männer hinter ihm stoppten ihre Pferde ebenso abrupt, um nicht an ihm vorbei zu stürmen.

„Anne! Was tust… was ist passiert?"

Sie kam aus einem der Gänge gelaufen, das Kind in den Händen. Sie war völlig aufgelöst. Jack stieg ab.

„Oh Gott, Jack, ich dachte, er bringt sie auch noch um!", schluchzte sie und fiel ihm in die Arme.

Jack hatte keine Zeit überrascht zu sein über diese Geste, da Anne so etwas noch nie getan hatte und sich mit Körperlichkeiten bisher immer sehr stark zurückgehalten hatte.

„Anne, was ist passiert?" Er drückte sie sanft an den Schultern von sich und sah sie an. Er konnte nicht ausdrücken, wie froh er war, sie und das Kind zu sehen.

„Bill", stieß sie den Namen aus, als wäre er etwas Giftiges, „er kam mit einer guten Handvoll seiner Männer. Sie haben Abigail mitgenommen. Ich war gegangen um das Kind zu wickeln und habe mich versteckt, sie haben mich nicht gesehen. Und er hat Emily umgebracht! Oh Gott, Jack, er hat sie umgebracht! Sie ist tot!"

Wieder erschütterte sie ein Schluchzen, doch sie riss sich mühsam zusammen: „Sie haben alles angezündet und sind abgeritten. Mit Abigail. Sobald ich mir sicher war, dass sie weg waren, bin ich hinausgerannt und hab mich hier versteckt, bis ihr gekommen seid. Jack, wenn er mit Abigail macht, was er mit..." Unaussprechliche Angst trat in ihre Augen. Sie sah aus als wäre sie kurz vor einer Ohnmacht.

„Schon gut, Anne. Beruhige dich. Wir holen sie."

Das steigerte ihre Angst nur noch mehr. „Nein, Jack, das dürft ihr nicht machen. Sie sind viel mehr als ihr. Sie werden euch alle töten."

„Das werden wir ja sehen."

Entrissen

Sie hatten Anne mit einem der Pferde, dem Kind und einem großen Beutel Geld nach Johnstown geschickt. Dort war sie sicher und würde eine Grundlage haben um weiterzumachen, sollten sie tatsächlich nicht mehr zurückkehren.

Erfüllt von Sorge und Wut hetzten sie über die schneebedeckte Landschaft Richtung Raider's Landing. Jack musste da sein, bevor man ihr etwas antat! Sein Pferd hatte heute bereits genug getan, trotzdem trieb er es unbarmherzig voran. Er spürte, wie die Galoppsprünge mit jeder Meile härter und mühsamer wurden, doch es war blinde Angst, die ihn antrieb. Er ließ nicht zu, dass er darüber nachdachte, was bereits passiert sein oder noch passieren könnte, sonst würde er sich völlig vergessen und alle noch mehr in Gefahr bringen.

Raider's Landing war eine gottverlassene Ruine an einem gottverlassenen Ort. Es bestand aus ein paar zerfallenen Holzhäusern, die kaum mehr bewohnbar waren, und wurde auf Grund seiner günstigen Lage seit Jahren immer wieder von verschiedenen Verbrecherbanden genutzt. Kein Wunder, dass auch Bill dort früher oder später abgestiegen war. Nur menschlicher Abschaum hielt sich dort auf. Inmitten eines Canyons, es war fast wie ein kleines Tal, lagen die verfallenen Häuser, zugänglich nur auf zwei schmalen Wegen. Von außen war nicht zu erahnen, was sich dort drinnen verbarg.

Dieser Ort barg leider nur Vorteile für die, die dort

waren – für die, die hinein wollten, hielt es nur Nachteile bereit. Bill und seine Horde würden sie sofort sehen, sobald sie einen der Wege ins Innere eingeschlagen hätten. Es gab keine Möglichkeit, ungesehen hinein zu gelangen. Egal, wie sie es machten, sie würden den Kürzeren ziehen.

„Wie sollen wir das anstellen, Boss?", fragte Tom und er und Francis sahen ihn grimmig an, als sie vor dem Eingang Halt machten.

Jack blickte entschlossen geradeaus – er würde dort alleine einreiten, wenn es sein müsste. Er konnte das von seinen Männern nicht verlangen, und er würde es auch nicht tun.

„Ich bitte niemanden von euch, mich zu begleiten, doch falls ihr es tut, haltet eure Gewehre bereit." Damit stellte er klar, dass es für diese Mission keinen Plan geben würde.

Er stieg von seinem Rappen, klopfte ihm den schweißnassen Hals. Es war als würde Dampf aus seinen Nüstern quellen, als Jack ihn an einem abgestorbenen Baum festband. Anschließend zog er sein Gewehr aus dem Lederholster am Sattel und marschierte los. Er sah sich nicht um. Entweder sie kamen mit ihm, oder sie kamen nicht. Es kümmerte ihn nicht. Er würde tun, was nötig war. Für Abigail.

Er passierte die großen Gesteinsmassen. Schritte im Hintergrund versicherten ihm, dass er nicht allein war. Sie waren alle hinter ihm. Erleichterung überkam ihn – auch wenn sie gemeinsam sicherlich ebenso keine Chance haben würden. Ihm war klar, dass ihre Aussichten

alles andere als gut waren und dass sie nicht nur ein wenig Glück brauchen würden, sondern alles Glück, das sie kriegen konnten.

Ein Schuss fiel. Sie sprangen in Deckung. Jack duckte sich hinter einem großen Gesteinsbrocken und versuchte sogleich etwas zu erkennen.

„Hey Jack", rief eine Stimme und hallte zwischen den Wänden wieder, „wir sind gerade fertig mit ihr, wenn du schnell genug bist, bekommst du sie vielleicht noch zu Gesicht, bevor der Stuhl unter ihr wegkippt."

Er kannte die Stimme, es war Joe. *Dieser gottlose Bastard*, dachte er und konnte nicht anders als wild drauf loszufeuern. Panik überkam ihn. Er wollte sofort zu Abigail! Er wollte sie sofort da rausholen!

„Ich seh ihn", knurrte Tom, legte ihm die Hand auf die Schulter und schoss. Kurz darauf ertönte ein erstickter Schrei, gefolgt von einem dumpfen Aufprall.

„Geschieht dem Mistkerl recht", knurrte Tom.

Die Genugtuung, die Jack erfüllte, hielt nur einen Augenblick an. Durch den Schusswechsel waren mittlerweile alle im Versteck darüber informiert, dass sie da waren. Langsam, vorsichtig, drangen sie weiter vor. Jacks Herz donnerte, doch das Adrenalin ließ ihn immer weiter und weiter an der Wand entlang gehen. Vor einer Biegung blieb er stehen und blickte, eng ans kalte Gestein gedrückt, um die Kurve. Dort standen zwei von Bills Männern, ihr Eintreffen erwartend.

„Sie haben uns noch nicht gesehen", flüsterte er Tom zu, „sie warten auf uns, aber wenn wir schnell genug sind, erwischen wir sie eiskalt."

Tom nickte zustimmend. Auf Jacks Zeichen sprangen sie kurz darauf gemeinsam hinter der Wand hervor und feuerten. Blut rauschte durch seine Ohren, als er zu dem Felsen hastete, hinter dem die beiden Männer gelauert hatten, und sich dort duckte. Sie hatten sie erwischt. Er und Tom nickten sich erleichtert zu. Er sah zurück zu den anderen – Francis stand jetzt dort, wo er mit Tom zuvor gewesen war.

„Francis", rief er im Flüsterton, „geh zurück und bring in einigem Abstand die Pferde hinterher!"

Jack ging zwar davon aus, dass dort drinnen genügend gesattelte Pferde auf sie warten würden, doch es würde nicht schaden, auf der sicheren Seite zu sein – sollten sie es überhaupt zu einer Flucht schaffen.

Francis war einer seiner treuesten Gefährten und auch wenn er mit Herzblut bei der Sache war, er wäre bei den heftigen Schießereien, die sicherlich folgten, dem Untergang geweiht. Er konnte einfach nicht sonderlich gut schießen. Francis nickte – er wusste, dass Jack ihm damit vermutlich das Leben rettete – und rannte zurück.

Der restliche Trupp stieß weiter vor. Plötzlich fiel wieder ein Schuss irgendwo aus dem Hinterhalt. Sie befanden sich in einem schmalen Gang, hier gab es keine Versteckmöglichkeit für einen Angreifer. Die anderen wirbelten herum, Jack hob den Blick zum Himmel. Die Sonne blendete ihn und Schnee fiel ihm ins Gesicht.

Wieder ein Schuss. Angestrengt kniff er die Augen zusammen. Langsam klärte sich sein Blick. Dort oben auf dem Plateau stand ein Mann. Jack zielte und schoss

daneben. Der Angreifer duckte sich. Nun hatten die anderen ihn auch gesehen. Es dauerte nicht lange, da ertönte ein Aufschrei. Einer von ihnen hatte ihn erwischt. Sogleich fiel ein weiterer Schuss. Und noch einer. Ein Angreifer erschien auf der anderen Seite des Plateaus und einer kam den Gang entlanggelaufen. Blitzschnell schossen Jack und seine Männer auf ihre Gegner und ihr Weg war wieder frei.

Sie liefen weiter. Ihr Kampfgeist war vollends erwacht, ihre Sinne geschärft. Schneller als erhofft standen sie mitten in Raider's Landing. So schnell sie konnten hechtete jeder von ihnen hinter eine Gebäudewand. Jacks Schulter schlug dabei hart gegen eine Holzwand. Er ignorierte den stechenden Schmerz und beugte sich sogleich vor um die genaue Lage zu erfassen.

Schneeflocken fielen gemächlich vom Himmel und schienen nicht in das hektische Bild zu passen, das sich ihm bot. Überall waren Bewaffnete zu sehen, die aus ihren Verstecken hervorlugten. Ununterbrochen fielen Schüsse auf beiden Seiten. Die Kugeln schlugen in die ohnehin schon klapprigen, trockenen Latten der Gebäude ein und ließen das Holz splittern. Vereinzelte Aufschreie mischten sich unter den Lärm der Pistolen- und Gewehrschüsse.

Sie waren mehr als in der Unterzahl.

Langsam aber stetig drangen sie weiter vor, schoben sich von Gebäuderücken zu Gebäuderücken. *Wo war Abby?*, fragte er sich immer wieder. Er hatte sie bisher nicht gesehen. *Womöglich laufen wir direkt in eine Falle.* Doch was blieb ihnen anderes übrig?

Als Jack zwischen zwei engstehenden Gebäuden hindurch lief, tauchte plötzlich ein riesiger Schatten vor ihm auf. Er näherte sich rasend schnell und ragte schließlich übermächtig vor ihm auf. Als ihn das überlegene Grinsen und eine Reihe fauliger Zähne aus einem schmutzigen, eingefallenen Gesicht aufrüttelten, hob Jack sein Gewehr. Er schoss, bevor der gegnerische Reiter den Abzug betätigen konnte. Panisch drängte das Pferd an ihm vorbei und verlor seinen Reiter einige Meter weiter wie einen nassen Sack. Jack stieß sich erleichtert von der Hauswand ab, gegen die ihn das Pferd gepresst hatte. Sein Brustkorb hob und senkte sich schnell. *Das ging gerade nochmal gut,* dachte er.

Er lief bis ans Ende der beiden Gebäude und hechtete hinter eine Kutsche, die schon seit einigen Jahren nicht mehr fahrtüchtig war. Ein verbeulter Metallreifen lag einige Meter entfernt von ihm, es waren jedoch noch genügend Bretter an dem Gefährt um ihm ausreichend Deckung zu geben.

Beinahe im selben Augenblick, als er sich dort fallen ließ, entdeckte er Cody, der auf der gegenüberliegenden Seite ebenfalls Schutz hinter einer kleineren Hütte suchte. Jacks Blick schweifte weiter auf der Suche nach seinem nächsten potentiellen Opfer. Fast hätte er es übersehen, doch im letzten Moment fiel ihm die Flinte, die aus einem der Fenster im zweiten Stock eines Gebäudes ragte, noch auf. Ihr Besitzer stieß soeben einen der klapprigen Läden halb auf und der Lauf schwenkte auf ein neues Ziel.

Cody! Der Fremde zielte auf Jacks Gefolgsmann, und

dieser ahnte noch nicht einmal etwas davon! Ohne zu zögern richtete Jack seine Flinte auf der Kutsche aus, zielte auf den Kopf des Mannes, der sich halb aus dem Fenster lehnte, und drückte ab. Er hörte nichts außer seinem Schuss, doch der Mann war verschwunden. Das Fenster war leer. Jack ließ sein Gewehr im Anschlag, ehe er sich sicher war, dass dies auch so blieb. Cody nickte ihm anschließend zu und Jack lief weiter geduckt durch das Lager.

Ein Schuss schrammte haarscharf an ihm vorbei. Gerade noch rechtzeitig schlitterte er neben einer Verandatreppe in Deckung. Als er wieder auf die Beine kam, blieb sein Herz stehen. Er sah Abby! Er hatte sie gefunden! Endlich! Doch was er erblickte, brach ihm regelrecht das Herz. Sie stand tatsächlich am Galgen, die Hände auf den Rücken gebunden, eine Schlinge um ihren Hals. Doch viel schlimmer als das war der Ausdruck von Resignation in ihren Augen. Er erkannte sofort, dass sie nicht im Geringsten damit rechnete, lebend aus dieser Situation herauszukommen. Sie hatte ihr Schicksal akzeptiert. Doch anstatt vor Angst zu zittern, stand sie dort mit hocherhobenem Kopf. Natürlich fürchtete sie sich, doch vermutlich konnte nur er das aus ihren stoischen Zügen herauslesen. Sie würde den Teufel tun und ihre Peiniger wissen lassen, dass sie Angst hatte, wie er vermutete.

Plötzlich zerschellte ein Bein des Stuhles, auf dem Abby stand. Das war sicher Bill, das Drecksschwein! Sie kam ins Wanken, doch ehe sie ihre Balance wiederfinden konnte, fiel ein weiterer Schuss und der Stuhl gab

unter ihr nach.

„Nein!", schrie er und wollte im ersten Moment loslaufen, doch ihm war klar, dass er sie nie erreichen würde, bevor es zu spät war. Er hatte nur eine einzige Möglichkeit, ihr Leben zu retten. Hastig legte er seine Flinte auf der Verandatreppe an und zielte auf das Seil, das vom Balken zu Abby führte, und schoss.

Daneben. Das Seil schwankte zu sehr durch ihren Todeskampf. Schweißperlen standen ihm auf der Stirn. Er würde nicht zulassen, dass sie starb. Nicht hier. Nicht so. Er feuerte ein weiteres Mal. Das Seil franste aus. Fast. Er schoss noch zweimal, dann fiel sie zu Boden. Er stieß die Luft aus, Erleichterung durchflutete ihn.

„Tom!", rief er durch das Getöse zum gegenüberliegenden Gebäude, „gib mir Deckung!"

Tom nickte und Jack spurtete ohne eine Sekunde zu verschwenden los. Er wusste, dass er jeden Moment getroffen werden könnte. Schnell sprang er auf den kleinen Vorbau des Galgens und packte Abby. Mit all seiner Kraft zerrte er sie aus dem offenen Schussfeld. Er lehnte sie gegen die nächstgelegene Holzwand. Sie waren in Sicherheit. Für einen Moment.

Abby krümmte sich und hustete. Er sah sie besorgt an.

Schließlich hob sie den Kopf und lächelte: „Ich dachte schon, du kommst nie, Cunningham."

Ihre Stimme war rau. Sie war schmutzig, ihre Klamotten zerrissen. Ihre Bluse war über ihre Schulter gerutscht, Schrammen und blaue Flecken waren an den entblößten Hautstellen zu sehen. Er verkniff sich die Frage, was sie mit ihr getan hatten – wenn Gott es woll-

te, würde er sie später noch dazu befragen können.

„Ich war so schnell hier wie ich konnte", raunte er ihr zu, zog sein Messer aus der Scheide an seinem Gürtel und schnitt ihre Fesseln durch, „los, lass uns hier verschwinden." Abby rieb sich die Handgelenke und nickte entschlossen.

Wenn zuvor bereits die Hölle losgebrochen war, glich Raider's Landing jetzt einem Inferno. Jetzt, wo Jack sich Abby geholt hatte, versuchten Bill und seine Männer mit allen Mitteln zu verhindern, dass die Eindringlinge hier wieder lebend herauskamen. Jack und Abby kämpften sich Meter um Meter voran. So gut er konnte stützte er sie und zog sie mit sich. Mit seiner freien Hand wehrte er Angriffe ab und schoss auf alles, was sich bewegte.

Er konnte den Anfang des Ganges nach draußen bereits sehen. Dorthin mussten sie es schaffen. Sie brauchten Feuerschutz. Mit Abby im Schlepptau konnte er sie beide nicht ausreichend verteidigen. Ein Blick zu Tom genügte, und der wusste, was zu tun war. Mit einem Stoßgebet rannte Jack los. Tom würde auch den anderen Feuerschutz geben, ehe er selbst das Weite suchen würde. Sie konnten es schaffen. Zum ersten Mal, seit er vom Versteck losgeritten war, dachte er, dass sie es tatsächlich schaffen könnten.

Abigail zuckte zusammen. Sie schrie und griff sich an den Arm. Sofort färbte sich der zerfetzte Stoff rot. Sie war getroffen.

„Los, weiter!", brüllte Jack und zog sie noch drängender als zuvor vorwärts. Egal was geschah, das Allerwichtigste war, dass sie hier rauskamen. Sonst war ihr Schick-

sal besiegelt. Hinter der nächsten Wendung stand Francis mit den Pferden. Erleichterung machte sich in seinen Gesichtszügen breit, als er sie erblickte.

„Los, los, schnell, rauf auf die Pferde!" schrie Francis und drückte jedem der Männer eines der nervös tänzelnden Pferde in die Hand.

Jack warf Abby auf seinen Rappen und schwang sich hinter ihr in den Sattel. Mit der linken Hand umschlang er ihren Bauch, um sie zu stützen, mit der rechten lenkte er. Sie waren kaum auf dem Pferderücken, da trieb er das Tier auch schon an. Mit einem Heidentempo raste es über den verschneiten Boden, eng an den steinernen Wänden entlang. Jacks Griff um Abby war stark und bei den engen Wendungen musste er eine Menge Kraft aufwenden, um sie beide aufrecht zu halten.

Der Weg in die Freiheit schien schier endlos, doch schließlich tat sich die blendende Weite der Prärie vor ihnen auf und der Rappe streckte seinen Hals weit nach vorne. Er nahm noch mehr Tempo auf, flog mit wehendem Schweif dahin. Hufgetrappel ertönte hinter ihnen. Jack wandte sich um. Er konnte nicht erkennen, ob all seine Männer da waren, doch er konnte mit Sicherheit sagen, dass keiner von Bills Männern ihnen folgte.

„Ich würde sagen, das war mit Sicherheit die größte Aktion, die wir je gemacht haben!", stellte Cody fest, als sie an einem Waldrand zum Stehen kamen.

Jack wusste, dass sie mehr als von Glück reden konnten, dass sie alle noch hier zusammen standen und niemand ernsthaft verletzt war. Zumindest nicht äußerlich.

Doch ihm stand jetzt nicht der Sinn danach, mit seinen Männern in Freudeshymnen auszubrechen und stolze Reden zu schwingen.

Er hob Abby vom Pferd und Francis kümmerte sich um den Rappen. Sie fror. Schnell warf er ihr ein warmes Fell um die Schultern und setzte sie auf einen abgestorbenen Baumstumpf, den die Männer herbeigetragen hatten. Sie waren bereits dabei, ein Feuer im Schnee zu entfachen. *Sie sind wirklich ein eingespieltes Team*, dachte Jack.

„Was ist mit meinem Sohn?", fragte sie ihn mit angsterfülltem Blick. Ihre Stimme zu hören war wie Balsam für seine Seele.

„Es geht ihm gut. Ich hab Anne mit ihm in die Stadt geschickt. Sie haben Geld. Sie wird sich um ihn kümmern, bis du zurück bist", erklärte er.

„Oh, Gott sei Dank", entfuhr es ihr und man konnte förmlich sehen, wie eine Last von ihren Schultern fiel.

„Zeig mir deine Schulter!", forderte Jack sie auf.

Sie ließ das Fell ein Stück weit ihren Arm hinabgleiten und nebst einigen blauen Flecken offenbarte sich ihm ein blutender Streifschuss.

„Okay, Abby, es ist nicht schlimm, aber wir müssen die Wunde schließen, sonst könnte sie sich entzünden."

Sie nickte wortlos.

„Francis", er warf ihm sein Jagdmesser mit der Scheide zu, „mach die Klinge heiß, sobald das Feuer richtig brennt."

Er ging vor Abby in die Hocke und forschte in ihrem Gesicht: „Wie geht es dir?"

Zu seinem Erstaunen lächelte sie: „Ich lebe."

„Was...", setzte er an, doch Francis unterbrach ihn.

„Hier, Boss." Er reichte ihm die glühende Klinge.

„Okay, das wird jetzt wehtun. Ich mache es schnell."

Sie schloss die Augen und Jack hasste jetzt schon, dass er ihr wehtun musste. Er presste die glühende Klinge auf die eine und dann auf die andere Seite der offenen Wunde. Abbys Finger krallten sich in das Fell, die Knöchel traten weiß hervor. Außer einem schmerzerfüllten Stöhnen entwich ihr kein Laut. Der Blutfluss versiegte, der Gestank von verbrannter Haut verflog nach wenigen Sekunden.

„Geschafft", sagte er und ließ seinen Handrücken über ihre Wange gleiten. Sie war so unglaublich stark.

Abby blickte ihm in die Augen: „Bill hatte euch schon damals verraten. Beim Banküberfall in Lost Springs. Er wollte gemeinsame Sache mit dem Marshall machen. Wäre ich nicht gewesen..."

Sie sah die Erkenntnis in seinen Augen aufflackern, ehe er seine Emotionen wieder hinter einer strengen Miene verbarg. Da war er wie so oft, Jack der Anführer, der stets einen kühlen Kopf bewahren musste und sich keine Gefühle erlauben konnte.

Er räusperte sich: „Abigail, erzähl mir, was..."

„Ich möchte schlafen", sagte sie und sah ihn an. Er nickte und verstand.

Er packte sie in alle Felle, die er herbeischaffen konnte und hoffte, dass sie bald aufhören würde zu frieren. Gemeinsam mit seinen Männern bauten sie ein kleines, provisorisches Lager auf und teilten Wachen ein. Sie

hatten nicht viel, da beinahe alles im Versteck verbrannt war, und so würde es eine lange, kalte Nacht werden, in der Jack einen Mann namens Bill Portman jeden einzelnen Augenblick verfluchen würde.

Sie saßen am Lagerfeuer zusammen, nachdem sie sich alle Schlafplätze am Feuer vorbereitet hatten. Er hoffte, dass niemandem eine Zehe abfror, sobald die Temperaturen noch weiter sanken.

„Mann, beinahe hätte ich gesagt, jetzt sitzen wir hier wie früher, dabei war es noch heute Morgen, dass wir beim Frühstück im Versteck am Feuer gesessen haben", ertönte Toms tiefe Stimme wehmütig.

„Wie lieb man so einen verfluchten Ort gewinnen kann", stimme Francis in die Wehmut ein.

Cody lachte bitter: „Merkt man aber immer erst, wenn etwas weg ist."

Francis zuckte die Schultern: „Ist doch immer so."

Eine kurze Stille kehrte ein, in der nur die eisig kalte Luft an ihnen vorbeizog und das Feuer wärmend knisterte.

„Wie geht es jetzt weiter, Boss?", fragte Tom und alle sahen Jack an.

Dieser hatte entgegen ihrer Erwartungen bereits einen Plan gefasst, von dem er sich auch nicht mehr abbringen lassen würde. „Ich werde euch für einige Zeit verlassen. Es gibt ein paar Dinge, die ich erledigen muss. Am besten, ihr zerstreut euch so lange, damit Bills Männer euch nicht so leicht finden können, sollten sie nach Rache sinnen. Ich werde euch alle finden, sobald ich zurückkehre."

„Was hast du denn vor?", fragte Francis mit großen Augen.

Jack schüttelte leicht den Kopf: „Überlasst das mir. Aber keine Sorge, ich mache nichts Unüberlegtes."

„Was ist mit Bill?", fragte Cody.

Jacks Stimme gefror: „Bill, dieser gottlose Bastard, wird seine gerechte Strafe bekommen, seid euch dessen sicher."

Schweigen kehrte ein. Sie hatten Abbys Rettung überlebt, eine Schlacht, doch der Krieg war noch nicht zu Ende. Es würde noch einiges auf sie zukommen und Jack würde nicht ruhen, bis Gerechtigkeit herrschte. Wer ihm nahm, was er liebte...

„Noch etwas", sagte er bedeutungsvoll in die Stille hinein, „passt mir auf Abigail auf! Wenn ich zurückkomme, will ich, dass sie in unversehrtem Zustand ist, verstanden? Ihr werdet sie mit eurem Leben beschützen, wenn das ihre jemand bedroht."

Zustimmendes Gemurmel. Jack wusste bis heute nicht wirklich wie, doch die vorlaute, mutige junge Frau hatte sich einen Weg in die Herzen der Männer gebahnt. Sie waren ihr alle verfallen und er war sich sicher, dass tatsächlich ein jeder sein Leben für sie geben würde, auch ohne, dass er es ihnen befahl. Sie hatten es heute mehr als bewiesen. Die Nacht ließ nicht lange auf sich warten und während Abigail längst schlief, ließen die Gedanken daran, was ihr zugestoßen war oder nicht, ihn bis tief in die Nacht hinein wach bleiben und ihr schlafendes Gesicht rätselnd betrachten.

Betrogen

Am nächsten Morgen war Jack als Erster auf den Beinen. Es dämmerte und die Kälte der Nacht steckte ihm in den Knochen. Seine Männer würden ohnehin bald wach werden, doch Abigail wollte er keinesfalls wecken, während er packte. Er sah zu ihrem Turm aus Fellen hinüber und musste zugeben, dass es ihm nicht leicht fiel, sie zurückzulassen. Er wusste, dass es das Beste für sie war, doch es würde ihn verrückt machen, nicht zu wissen, wie es ihr erging.

Er sattelte sein Pferd und zurrte das Wenige, was er an Gepäck hatte, hinter dem Sattel fest. Mit einem Seufzer tätschelte er den Hals des schwarzen Tieres. Es half nichts, sie mussten los, auch wenn es ihm schwerfiel. Er zäumte das Tier, wandte sich um und blieb erstaunt stehen.

„Jack Cunningham, denk gar nicht daran, dich ohne mich aus dem Staub zu machen. Ich komme mit. Keine Widerrede."

Abigail stand mit in die Hüften gestemmten Händen vor ihm. Die zerfetzten Klamotten an ihrem geschundenen Körper flatterten sanft im kühlen Morgenwind.

„Du erfrierst ja!", war das Einzige, was er sagen konnte. Schnell zog er seine Jacke aus und legte sie ihr um die Schultern.

Ihr stählerner Blick veränderte sich keine Sekunde.

„Wir haben kein übriges Pferd", sagte er und wusste doch, dass sie dieses Detail nicht abbringen würde.

„Die anderen können sich aufteilen. Einer kann in die Stadt reiten und zwei frische Pferde bringen. Dann sollen sie sich ohnehin zerstreuen, oder nicht?"

Offensichtlich hatte sie gestern nicht geschlafen und die ganze Unterhaltung gehört. Seine Erkenntnis erzeugte ein warnendes Blitzen in ihren Augen.

Durch ihr Gespräch geweckt, blinzelte Francis verschlafen und runzelte benommen die Stirn, als er sie erblickte. Jack legte die Stirn ebenfalls in Falten und sein Kumpane nickte nur wissentlich, ehe er sich wieder in die Decken schmiegte um weiterzuschlafen. Einfühlsam wie Francis war, verstand er, was vor sich ging, auch ohne Worte und konnte die Männer später über Abbys Abwesenheit aufklären, damit niemand noch vor dem Frühstück einen Herzinfarkt erlitt.

„Du weißt noch nicht einmal, wo ich hinreite. Es wäre wirklich weitaus besser für dich... und vernünftiger..."

„Ich diskutiere nicht mit dir", schimpfte sie und ging zu einem der anderen Pferde. Sie zerrte am Sattel und hievte ihn mehr schlecht als recht auf den Pferderücken. Sie war schwach und entkräftet. Es war unverantwortlich, sie mitzunehmen.

Jack trat zu ihr, nahm den Sattel und richtete ihn auf dem Pferd aus. Forschend sah er sie an, doch sie ignorierte ihn und zurrte den Sattelgurt fest. Anschließend zäumte sie das Tier und erwiderte seinen Blick schließlich unverwandt, als sie ihm abreisebereit gegenüberstand. *Nein*, sagte sein Blick, während ihrer ein trotziges, stures *Doch* entgegenhielt. Schließlich schüttelte er mit gerunzelter Stirn den Kopf.

„Mach deine Jacke zu", sagte er resigniert, führte sein Pferd ein paar Schritte und schwang sich in den Sattel, ehe sie noch den Rest des Lagers weckten.

Den ganzen langen, kalten Tag waren sie durch den Schnee geritten. Sie hatten nicht viel gesprochen. Abigail hatte tausende Fragen an Jack und er hatte ebenso viele an sie, doch er spürte, wann sie reden wollte und wann nicht. Und Abby war so mitgenommen, dass sie nicht die Kraft hatte sich großartig zu unterhalten. Mit jeder Stunde fror sie mehr und allmählich fragte sie sich, ob er sie nicht doch besser bei den Männern hätte lassen sollen. Auch wenn der einzige Weg, das zu erreichen, gewesen wäre, sie dort anzubinden.

Es dämmerte bereits, als Jack eine Baumgruppe ansteuerte: „Lass uns dort unser Lager aufschlagen."

Wieder eine Nacht in der Kälte, dachte sie wenig erfreut. Sie banden die Tiere an den Bäumen fest und nahmen ihnen die Sättel ab. Jack sammelte Holz und kümmerte sich zuallererst um ein Feuer. Abigail machte ihnen währenddessen zwei Schlafstätten. *Lang und kalt*, dachte sie beim Anblick der Felle im Schnee, *was gäbe ich um meine Hütte und den schönen, warmen Ofen*. Nach einiger Zeit brannte das Lagerfeuer zuverlässig und Abigail mummelte sich in die Decken so gut sie konnte. Es war trotzdem noch eisig.

„Morgen besorgen wir uns etwas zu essen", sagte Jack und sah sie mitleidig an. Ihr war so kalt, dass ihr knurrender Magen ihr geringstes Problem war.

„Ich kann nicht glauben, dass es die Cunningham-

Bande ohne dich womöglich gar nicht mehr geben würde."

„Womöglich? Höchstwahrscheinlich!", grinste sie mit
bibbernden Lippen, „ich hab euch sozusagen den Arsch
gerettet. Rückblickend macht das einiges wett."

Sie spielte darauf an, dass die Bande, hätte sie nicht
den Entschluss gefasst sich als Mann unterzumogeln,
nicht mehr existieren würde und ihre Schwindelei somit
sozusagen aufgewogen war. Verrückt, wie das Leben
manchmal spielte. Jack schüttelte nachdenklich den
Kopf, ehe Stille sie einhüllte und Abby krampfhaft versuchte, sich zu erwärmen.

Nach einer Weile, die sie ins Feuer gestarrt und sich
darauf konzentriert hatte, sich irgendwie zu erwärmen,
bemerkte sie, dass Jack sie immer noch ansah.

„Was?"

„Ich, ähm... Also, dir ist kalt... Zu zweit wäre es...
wärmer."

Kurz dachte sie darüber nach, dann nickte sie. Jack
erhob sich und wirkte aus ihrer Position gesehen noch
größer. Sie musste schmunzeln, wie zögerlich er sie gefragt hatte, wo er doch bei seinen rauen Männern kein
Blatt vor den Mund nahm. Er nahm all seine Felle und
kniete sich hinter sie auf die Unterlage, ehe er das zweite
Fell über seine Schultern zog und um Abby schlang.
Vorsichtig, als hätte er Angst, dass sie bei Berührung
explodieren könnte, schob er seine Hände an ihrem
Bauch entlang und umarmte sie von hinten. Sobald die
erste Fingerspitze sie berührt hatte, schien ihr nicht
mehr kalt zu sein, ganz im Gegenteil. Farbe kehrte in

ihre Wangen zurück und ihr Herzschlag beschleunigte sich.

„Warum lächelst du?", fragte er und sie fragte sich, wie er das hinter ihrem Rücken sehen konnte.

„Weil du knallharter, unerschrockener Bandit offensichtlich auch eine sensible Seite hast."

„Ich wollte dir nur keine Angst machen..." Er wusste, wie es Anne ergangen war, nach dem, was ihr passiert war.

„Pah, ich hätte mich sogar zu einem Rudel Wölfe gelegt so kalt war mir."

Er kniff sie spielerisch in die Seite, dann war er es, der verschmitzt lächelte: „Jetzt ist dir also nicht mehr kalt?"

„Nein."

Eine Weile sahen sie stumm dem Spiel der Flammen zu, die ihre Gesichter in der einbrechenden Dunkelheit erhellten.

„Abby, du musst es mir nicht erzählen, aber... Wenn sie dich angefasst haben...", er brach ab und sie spürte, wie seine Muskeln sich verspannten.

Sie sagte nichts, blickte weiter ins Feuer und es war als spielten sich dort die Szenen, die sie erlebt hatte, vor ihren Augen ab. Er musste sicher denken, sie würde ihm nicht antworten, so lange versank sie in Erinnerungen.

„Sie kamen ins Versteck. Wir dachten, ihr würdet schon zurückkehren um etwas zu holen oder die Aktion wäre abgeblasen worden. Dann stand Bill plötzlich vor uns und es war als wäre er in etwas Heiliges vorgedrungen. Als mir klar wurde, was geschah, hoffte ich lediglich, dass Anne mit meinem Kind nicht herauskommen

würde. Dass mein Schicksal besiegelt war, war mir in diesem Moment bereits klar. Dann hat er...", sie räusperte sich, „er hat Emily erschossen. Einfach so. Da war keinerlei Gefühlsregung in seinem Gesicht. Dabei war sie doch auch zu ihm stets ebenso großherzig gewesen wie zu uns allen..."

Sie war den Tränen nah und Jack zog sie enger an sich. „Dann haben sie mich gepackt und auf ein Pferd gezerrt. Mit einer gleichgültigen Handbewegung hat er den Befehl zum Abbrennen der Hütten gegeben und wir sind losgeritten. Ich konnte an nichts anderes denken als an Anne und mein Kind... Es schien eine Ewigkeit vergangen zu sein, bis wir endlich in diesem gottverlassenen Loch Raider's Landing eintrafen. Sie haben mich herumgeschubst, mir die Klamotten zerrissen. Ehe sie Schlimmeres mit mir machen konnten, hat Bill sie aufgehalten. Er meinte, dafür wäre keine Zeit, ihr würdet nämlich schnell merken, dass die Ranch von John und Anne verlassen ist und kommen um mich zu suchen. Sie haben mich an den Galgen gestellt und dort hab ich gewartet und gehofft, dass ich dich zumindest ein letztes Mal sehen werde, ehe der Stuhl unter mir kippt..."

Jack konnte nicht an sich halten. Während er einerseits erleichtert war, dass ihr nicht noch Schlimmeres widerfahren war und seine größten Befürchtungen damit unbegründet gewesen waren, so war es doch mehr als schrecklich. Sein Magen hatte sich während ihrer Schilderung immer mehr zusammengezogen und eine unterschwellige Wut hatte sich in ihm aufgebaut, die nur darauf wartete, Bill gegenüberzustehen.

Doch im Augenblick zählte nur Abigail. Er zog ihr Kinn zu sich und küsste sie als wären sie Jahrhunderte getrennt gewesen. Er wollte sie trösten, er wollte sie auf andere Gedanken bringen und mehr als alles andere begehrte er sie. Zu wissen, dass andere sie ihm nehmen könnten, ließ all die Barrieren, die er um sich und seine Gefühle gebaut hatte, zerbersten. Er wollte sie. Mehr denn je.

Abigail erwiderte seine fordernden Küsse rückhaltlos und drehte sich unter der warmen Felldecke zu ihm um. Sie saß rittlings auf seinem Schoß und berührte ihn überall dort, wo sie ihn schon so lange hatte spüren wollen. Jack hatte Mühe, sich zurückzunehmen und ihr nicht an einer ihrer zahlreichen Verletzungen weh zu tun. Langsam, noch immer nicht sicher, ob die Erlebnisse sie verschreckt hatten, ließ er seine Hand unter ihr Oberteil und ihren Bauch hinauf gleiten. Ihre Haut war so weich und fest und heiß, dass es ihm den Atem nahm. Seine großen Hände umfassten ihre Brüste und er spürte ihr Herz darunter donnern wie ein wildes Pferd im Galopp über die Steppe.

Er zog sie näher an sich und mit einem Arm stützend an ihrem Rücken legte er sie auf das Fell am Boden. Im Schein des Feuers blickte er in ihr Gesicht und strich eine Strähne von der Wange, ehe er ihre atemlosen Lippen wieder mit Küssen bedeckte. Ihre Körper pressten sich aneinander als würden sie sonst verhungern. Abbys Hände erkundeten die Muskeln an seinem Bauch, seiner Brust, seinen Armen. Ihre Küsse bedeckten seinen Hals und als ihr heißer Atem sein Ohr strich, konnte er nicht

mehr warten.

Hastig knöpfte er ihre Bluse auf und zog sie ihr aus. Ihre nackte Haut unter der Decke wurde nur spärlich vom Licht des tanzenden Feuers erhellt. Jack liebkoste ihre aufgerichteten Brustwarzen. Knabberte. Saugte. Gierig reckte sie sich ihm entgegen. Seine großen, rauen Hände erkundeten jeden Zentimeter ihres Körpers und sie zitterte überall, wo er sie berührte.

Ihre Finger prickelten wie langsam abbrennende Lunten auf seiner Haut, was seine Begierde bis ins Unerträgliche steigerte. Schließlich glitt ihre Hand tiefer, rieb über die vollends entfaltete Härte in seiner Hose. Sein von den Strapazen der letzten Tage geschundener Körper vergaß scheinbar alle Erschöpfung und wies stattdessen vielmehr die Energie eines wilden Tieres auf. Als er ihren Hals und ihr Schlüsselbein mit brennenden Küssen bedeckte, stöhnte sie und er wusste, dass ihr Verlangen sie übermannte. Er entledigte sie ihrer Röcke und warmen Hosen. Wie sie da so unter ihm lag, nackt und wunderschön, sich ihm vollkommen ausliefernd, wurde ihm ein weiteres Mal klar, dass er sie künftig vor allem Übel dieser Welt bewahren würde.

Sie war sein.

Er versicherte sich mit einem letzten Blick in ihre Augen, auf den hin Abigail ihre Beine um die seinen schlang und ihn an sich zog. Mehr brauchte er wirklich nicht. Er öffnete seine Hose und vergrub sich in ihr. Über seinen mächtigen Schultern liegend hoben und senkten sich die schweren Felle durch seine Bewegungen, unter denen sie beide sich wie in einem schützen-

den, hitzigen Nest, umgeben von winterlicher Einsamkeit, liebten.

Langsam erwachte Abigail aus einem tiefen, erholsamen Schlaf. Jack hatte seinen Arm um sie gelegt und es war wohlig warm in den Fellen. Sie sah auf die Winterlandschaft hinaus und betrachtete die dicken Flocken beim Fallen, ehe sie mit dem Untergrund verschmolzen. Ab und an rieselte eine größere Menge Schnee von einem der Äste um sie herum und die Welt erwachte langsam wieder aus einer kalten Nacht.

Das Feuer war beinahe erloschen, mit ein paar Hölzern würde es aber sicher nochmal aufleben. Jack murmelte, als sie sich aus seiner Umarmung schälte, die Jacke anzog, die er ihr beim Abritt gestern gegeben hatte und Holz von dem Haufen, den er gestern gesammelt hatte, ins Feuer gab. Eine Weile blieb sie in der Hocke und beobachtete, wie die Flammen an dem frischen Futter emporkrochen. *Was täte ich jetzt nicht alles für einen Kaffee*, dachte sie, doch ohne ein Gefäß und Kaffeepulver standen ihre Chancen schlecht.

Die Geschehnisse der Nacht passierten vor Abbys innerem Auge Revue. Was geschehen war, schien ihr wie ein Traum. Sie kuschelte sich enger in die Jacke, die ihr viel zu groß war, legte den Kopf auf die Schulter und sog tief Jacks maskulinen Duft ein. Es war sinnlos zu verleugnen, dass sie ihm restlos verfallen war. Sie würde nie genug von ihm bekommen. Schon jetzt schrie jede Faser ihres Körpers nach dem Gefühl seiner Haut auf ihrer, seiner Hände in ihrem Haar und der Nähe dieses

großen, starken Körpers. Trotz der Wärme kitzelte eine Gänsehaut ihren Rücken hinauf. Er war so sanft gewesen und gleichzeitig so besitzergreifend, dass es ihr noch jetzt den Atem raubte. Sie hatte insgeheim gewusst, dass er sie wollte, doch sie hatte nie damit gerechnet, *wie sehr*.

Sie warf einen Blick über ihre Schulter und betrachtete ihn. Er sah weitaus sanfter aus, wenn er schlief. Friedlich. Doch sie wusste, welches Feuer in ihm schlummerte. Trotz all der Leidenschaft machte eine Last sich auf Abbys Schultern stärker denn je bemerkbar. Sie hatte noch immer ein Geheimnis vor ihm. Sie hatte *schon wieder* ein Geheimnis vor ihm. Jetzt, wo sie sich nähergekommen waren, wusste sie noch weniger als zuvor, wie sie es ihm beibringen sollte. Vermutlich empfand er den Verrat jetzt als noch größer?

Abigail holte tief Luft und machte sich auf den Weg zu einem kleinen Fluss zu ihrer Linken. Es war ein kleiner Fußmarsch, doch nicht allzu weit von ihrem Lagerplatz entfernt. Sie stapfte durch den Schnee unter den Bäumen hindurch und anschließend über eine offene Fläche. Der Fluss bahnte sich in Form von großen Windungen seinen Weg durch das offene Land. Im Sommer war er sicher sehr seicht, der steinige Grund war selbst jetzt im Winter klar zu erkennen. Das Wasser glitzerte kristallklar und drohte, eisig kalt zu sein. Langsam fing sie kleine Mengen mit ihrer Handfläche ein und trank Schluck für Schluck, um es zu erwärmen.

Nachdem sie ihren Durst gestillt hatte, setzte sie sich auf einen großen Gesteinsbrocken, von dem sie zuvor

den Schnee abgewischt hatte. Gedankenverloren sah sie den Flusslauf hinab. Sollte sie es ihm sofort sagen? Oder lieber nicht? Sie zog sogar in Erwägung, Reißaus zu nehmen, doch ihr Herz ließ diese Option nicht mehr zu. *Diesmal ist nichts mit Weglaufen, Abby*, mahnte sie sich selbst. Sie musste sich dem stellen, was auch immer es für Konsequenzen hatte.

Womöglich hatte Abby dort etwas zu lange gesessen und die Zeit vergessen, denn Jack rief plötzlich erleichtert ihren Namen: „Abigail, da bist du ja!"

Sie sah ihn von den Bäumen zu ihr laufen und wandte ihr Gesicht ab, ehe er ihr einen Kuss geben konnte. Es würde sich anfühlen wie Verrat. *Aber was du gestern Nacht getan hast, hast du nicht als Verrat gesehen, oder?*, schimpfte eine bissige Stimme sie. Jack registrierte die stille Abweisung, ließ sich aber nicht davon abhalten, seinen Arm um ihre Taille zu legen und sich zu ihr zu setzen.

„Ich war etwas erschrocken, als du nicht da warst."

„Oh, entschuldige, ich habe nicht darüber nachgedacht, dass du meinen könntest..."

„Nein, nein, nachdem es nur eine Fußspur war, die vom Lager wegführte, war ich mir sicher, dass du wenn, dann freiwillig geflüchtet bist." Er schenkte ihr ein schiefes Lächeln und verstärkte das flaue Gefühl in ihrem Magen dadurch noch mehr. *Wenn du wüsstest*, dachte sie sarkastisch.

Sie sagte nichts und kam sich unendlich dämlich vor, als sie Tränen in sich aufsteigen fühlte. *Nein, bloß nicht!* Sie holte tief Luft um sich zu beruhigen und schloss die

Augen.

„Abigail, was ist los?", sagte er ernst und sah zu ihr hinunter.

Sie brachte kein Wort hervor. Es fühlte sich an als würde sie sofort in Schluchzen ausbrechen, wenn sie zu sprechen versuchte. Das Schlucken fiel ihr schwer.

„Sag es mir", bat er und fügte wenig später hinzu, „bereust du es?"

Noch immer unfähig zu antworten, nickte sie. Doch sie brachte es nicht über sich, ihm dabei ins Gesicht zu sehen. Stattdessen blickte sie auf ihre zitternden Finger in ihrem Schoß hinab.

„Das... tut mir leid", sagte er, „ich... ähm, lass mich... wir werden..." Jacks Stimme stockte, als er aufstand und Abstand zwischen sich und sie brachte.

„Nein", stieß sie bestürzt hervor, um seinen Gedankengang zu unterbrechen, „es ist nicht so, wie du denkst."

Verständnislos sah er sie an, als sie ihm zum ersten Mal das Gesicht zuwandte. Es war ihr egal, dass ein paar widerspenstige Tränen über ihre Wangen liefen. Von der Zeit als Kind abgesehen war es das erste Mal, dass jemand sie weinen sah, doch es kümmerte sie nicht. Nicht einmal, dass ausgerechnet er es war. Wenn er ihr nicht verzieh, gab es sowieso überhaupt nichts mehr für sie.

„Ich... Du... Also...", stammelte sie mit bebenden Lippen, „Herrgott, ich weiß nicht, wie ich es dir beibringen soll ohne dass du mich hasst!"

Er versuchte ein Lächeln: „Abby, ich könnte dich

niemals hassen, egal..."

Sie schüttelte den Kopf: „Glaub mir, du könntest es, wenn du wüsstest..."

„Nun", sagte er und verschränkte die Arme vor der Brust, „es gibt nur einen Weg, das herauszufinden."

Der Moment war gekommen. Abby wusste, dass sie keinen Ausweg mehr hatte. Sie nahm all ihren Mut zusammen, holte tief Luft und sprach die Worte aus, die alles, was ihr lieb war, zerstören konnten: „Mein Sohn... Er ist... *unser* Sohn."

Ein Mienenspiel zeichnete sich auf Jacks Gesicht ab, das nahezu jede bekannte Emotion umfasste. Abbys Herz pochte.

„Oh Gott, es tut mir so leid, ich... ich hätte es dir viel früher sagen sollen, ich *wollte* es dir schon so oft sagen, doch immer kam etwas dazwischen oder ich hatte nicht den Mut dazu... Ich verstehe, wenn du mich jetzt hasst. Ich hab dich wieder belogen, nur diesmal... ist es wahrscheinlich noch schlimmer." Sie schlug die Hände vors Gesicht und unterdrückte ein lautes Aufschluchzen.

Jack sagte nichts. Er stand noch immer mit verschränkten Armen da und musterte sie.

„Bei all den Möglichkeiten, die du früher hast verstreichen lassen..., auf dem ganzen, stillen, langen Ritt gestern, hattest du keine *Möglichkeit*, es mir zu sagen? Bevor du mit mir geschlafen hast, vielleicht?" Er war wütend und verständnislos. Eine Zornesfalte hatte sich auf seiner Stirn gebildet.

„Es tut mir leid", sagte sie schlichtweg, da sie wusste, dass es letztendlich keine gute Entschuldigung für ihr

Verhalten gab. Mit jedem Tag, den sie schwieg, hatte sie es schlimmer gemacht und sie war sich dessen bewusst gewesen, auch wenn sie es gerne verdrängt hatte.

„Mir tut es auch leid", sagte er schroff, drehte sich auf dem Absatz um und marschierte in den Schneespuren zurück zu den Bäumen. Der Himmel hinter ihm war mittlerweile in ein frisches Hellblau getaucht und versprach den Beginn eines neuen Tages. Abigail brach gänzlich in Tränen aus. Hiermit hatte sie alles verloren und das nur wegen ihrer eigenen, maßlosen Dummheit. Es wäre ihr lieber, der neue Tag würde noch lange auf sich warten lassen. Ihre Wut auf sich selbst war unaussprechlich - ebenso wie der Schmerz in ihrem Herzen.

Beflügelt

Es vergingen eisige Stunden in schneebedeckter Landschaft. Abigail fror, mehr jedoch von innen heraus als wegen der winterlichen Temperaturen. Das monotone Dahinstapfen ihres Pferdes im Schnee schien ihr endlos. Sie hatte sich so gut sie konnte in Jacks Jacke gewickelt und war jedes Mal, wenn sie seinen Duft daraus wahrnahm, den Tränen nahe. Das oder ein Blick auf ihn, wie er vor ihr ritt und die Spur für ihr Pferd bereitete, der sie folgten, rührte sie bis ins Innerste.

Die Sonne stand hellgelb am Himmel und ließ den Schnee glitzern, doch es heiterte sie nicht auf. Ihr war als hätte sie alles verloren. Eine riesige Schlucht in ihrem Herzen drohte sie zu verschlucken und für immer festzuhalten. Was auch immer nach ihrer kleinen Reise ins Ungewisse passierte - diesen Schlag würde sie nicht so schnell verkraften, wenn überhaupt.

In einer kleinen Stadt besorgte Jack am späten Vormittag ein paar Lebensmittel für unterwegs und etwas Vorrat für die Rückreise. Es war ein göttliches Gefühl, den plagenden Hunger los zu sein! Sie verbrachten eine eiskalte Nacht in getrennten Schlaflagern. Er legte nachts mehrmals Feuer nach, was nicht nur der Sorge um Abbys Erfrieren entsprang, sondern auch seinem äußerst unruhigen Schlaf.

Am nächsten Morgen setzten sie ihre Reise fort, ebenso still wie am Tag zuvor. Jack hatte Abigail noch immer nicht gesagt, wohin sie eigentlich ritten. Und er hatte

guten Grund dazu - davon abgesehen, dass er nicht mit ihr sprach. Sein eigenes Unbehagen stieg jeden Meter, den sie dem Ziel näher kamen. Das hier war sein ganz eigener, persönlicher kleiner Krieg und vermutlich hatte er sich lange genug davor gedrückt.

Nach und nach tauchten unterhalb einer Anhöhe eingebettet in ein friedliches Tal ein eingeschneites Ranchhaus und weitere Gebäude auf, die Abby interessiert musterte. Sie hörte, wie jemand Holz hackte. War das ihr Ziel? Was taten sie hier? Sie hatte nicht den Mut gehabt, Jack nach ihrem Zielort zu fragen und irgendwie war es ihr auch egal gewesen.

Sie ritten den Hügel hinab und an einigen Paddocks vorbei auf das Ranchhaus zu. Der erste Eindruck zeigte ganz deutlich, dass, wer auch immer hier wohnte, nicht gerade arm war. Nahe dem Haus war eine Anbindestange, an der Jack und sie ihre Pferde banden. Plötzlich flog die Haustüre auf und eine schöne, ältere Frau erschien im Türrahmen. Sie trug ein elegantes und zugleich schlichtes Kleid und hatte sich eine warme Wollweste übergeworfen. Ihr Blick war das Einzige, was nicht zu ihrer sonst so weichen, zarten Erscheinung passte.

„Jack!", rief sie aus und ihr Gesichtsausdruck wechselte von anfänglich strahlender Freude zu etwas, das Abby nicht deuten konnte.

In diesem Moment kam ein Mann mit einer Axt um die Ecke. Ihr war nicht aufgefallen, dass das Holzhacken geendet hatte. Der Mann war groß und hatte eine ähnliche Statur wie Jack, wenn auch etwas gröber. Seine Stirn schien viel zu oft in erbosten Falten gelegen zu haben

und sein Blick war noch weitaus härter als der seiner vermeintlichen Ehefrau. Abby registrierte mit Unbehagen, wie angespannt der Mann seine Axt festhielt und sie konnte nicht entscheiden, ob die beiden sie nun gerade freundlich oder feindlich empfingen.

„Mum, Dad", grüßte Jack die beiden.

Abigail sah ihn verwundert an. Sie waren bei seinen Eltern? Schnell sah sie die beiden noch einmal an und erkannte die Ähnlichkeit nun allzu deutlich. Warum waren sie hier? Was hatte das zu bedeuten?

„Was willst du hier?", fragte sein Vater und die Falte auf seiner Stirn wurde tiefer, während er auf eine Antwort wartete.

Zwei Köpfe erschienen hinter Jacks Mutter in der Tür. Beides erwachsene Männer und, wie Abby vermutete, wahrscheinlich Jacks Brüder. Er hatte Geschwister!

„Lasst mich doch erst einmal reinkommen, dann können wir in Ruhe darüber reden. Wir sind zweieinhalb Tage durch den Schnee geritten..."

„Es interessierte mich nicht, wie lange...", schimpfte sein Vater los.

Doch die Mutter unterbrach ihn: „Ben, lass sie erst einmal reinkommen. Die Dame friert."

Abigail warf einen beschämten Blick zu Boden. Sie wollte eigentlich nicht Teil von Familienangelegenheiten sein, wenn auch nur unbeabsichtigt. Jack überließ ihr den Vortritt und so betrat sie vor ihm das Ranchhaus. Sie war erstaunt, wie nobel und gleichzeitig dezent es eingerichtet war. Sie wollten mit ihrem Geld offensichtlich nicht prahlen. Der große, den Raum einneh-

mende steinerne Kamin war umringt von Jagdtrophäen und dem zwei, drei Fotos, die Abby sich nur zu gerne näher angesehen hätte, doch es schien ihr nicht angebracht. Es war wohlig warm im Inneren, der Kamin war eingeheizt und ein Eintopf köchelte über dem Feuer. Peinlich berührt wandte sie den Blick ab, als Jacks Mutter bemerkte, wie sie den Eintopf angesehen hatte.

„Joey, bring den beiden was zu essen und trinken."

Der jüngere der beiden Männer machte sich sogleich in der Küche zu schaffen. Offensichtlich herrschte hier ein weibliches Regiment. Ein paar der Holzwände waren mit Seidentapeten verkleidet, was Abby, soweit sie sich erinnerte, bisher nur im Friseursalon in Lost Springs gesehen hatte. Das florale Muster der Tapeten verstärkte den weiblichen Hang der Einrichtung noch etwas mehr, während drei unterschiedliche Gewehre, die in einigem Abstand zum Kamin fein säuberlich untereinander an der Wand aufgehängt waren, Abbys Unwohlsein vielmehr verstärkten.

Sie setzten sich an einen großen Holztisch. Abby zog die Jacke enger um sich und spürte ganz sanft die Wärme in ihrer Gesichtshaut zurückkehren. Ihre Lippen mussten bereits blaugefroren sein. Oh Gott, erst jetzt wurde ihr bewusst, was sie für einen Eindruck machen musste! Sicherlich war ihr Würgemal bereits leuchtend rot und blau abgesehen von anderen blauen Flecken und Abschürfungen. Und ihre Klamotten! Die Bluse unter der Jacke durfte sie auf keinen Fall zeigen, die war vollkommen schmutzig und zerfleddert. Am liebsten wäre sie im Erdboden versunken...

Schweigen herrschte, als Joey die Schüsseln an Jack und Abigail verteilte und die beiden sichtlich dankbar die Suppe löffelten. Wärme schien einem wie der Himmel, wenn man so lange gefroren hatte. Was auch immer hier im Argen lag, ein fröhliches Familientreffen sah ganz bestimmt anders aus. Was wohl vorgefallen war?

„Also, ich frage dich nochmal. Was tust du hier?" Jacks Vater sah seinen Sohn abermals streng an, die Hände hatte er abweisend vor der Brust verschränkt.

„Wir sind in Schwierigkeiten", sagte Jack.

„Das wäre ja nichts Neues", schimpfte sein Vater, „und wer ist die junge Dame, die du uns noch nicht einmal vorgestellt hast, die aber in meiner Hütte sitzt, meine Wärme genießt und meine Suppe isst?"

Abby verschluckte sich beinahe. Allmählich verflog die Dankbarkeit über das Essen. Unbehaglich sah sie seinen Vater an, doch dieser ignorierte sie vollkommen und schien seinen Sohn allein mit seinem Blick erdrosseln zu wollen.

„Sie ist meine Verlobte", sagte Jack, ohne den Blick von seinem Vater zu nehmen.

Abigail hoffte, dass ihren erstaunten Gesichtsausdruck niemand bemerkte. Sie war seine Verlobte? Na, das waren ja ganz neue Geschichten. Was spielte er hier?

„Egal, wer sich mit dir einlässt, sie geraten alle in Schwierigkeiten, hm?"

Abby zog die Jacke enger um ihren Hals, um sich vor den Blicken der anderen zu schützen. Sie waren gerade erst angekommen und sie war weiß Gott froh über die Wärme und die Suppe, doch im Moment würde sie am

liebsten schreiend davonlaufen.

„Ein Mann aus meiner Bande hat sich mit ein paar anderen abgeseilt. Sie verbreiten Schrecken und Verwüstung auf ihrem Weg. Die Portman-Bande, vielleicht habt ihr schon von ihr gehört."

„Deine Bande, pah...", sein Vater spuckte die Worte regelrecht auf den Boden.

Jack ließ sich nicht beirren und fuhr ruhig fort: „Der Sheriff gewährt uns Erlass aller Vergehen, wenn wir ihnen ihre gerechte Strafe zukommen lassen. Abigail ist zwischen die Fronten geraten..." Er warf ihr einen kurzen, unergründlichen Blick zu, dann fuhr er fort: „Seine Horde von Hurensöhnen wird jeden Tag größer. Schon jetzt sind sie wesentlich mehr als wir. Wir haben keine Chance und ich befürchte, sie werden uns nicht in Ruhe lassen. Ich kann nicht zulassen, dass ihr etwas passiert."

Dem mitleidigen Blick von Jacks Mutter zufolge musste Abby schlimmer aussehen als sie bisher befürchtet hatte. Auch Joey sah sie an und schenkte ihr ein beinah schüchternes Lächeln, als er ihren Blick traf. Wer war hier sauer auf wen und warum? Abby wurde nicht schlau aus der Situation.

„Ich verstehe immer noch nicht, was du dann hier willst? Warum tummelst du dich nicht mit deinen räudigen Kötern und..."

Jack unterbrach ihn: „Ich brauche eure Hilfe. Wir brauchen jeden Mann. Sonst haben wir keine Chance."

Die Stille, die eintrat, war nichts, als die Ruhe vor dem Sturm, ehe sie unter wüsten Beschimpfungen sie aus dem Haus gejagt wurden. Abigail hatte ihre Suppe

verschüttet, als sie hinter Jack hergehastet war. Als das Wortgefecht zwischen ihm und seinem Vater auf der Veranda sein Höchstmaß erreichte und Abby mit Unbehagen die Holzaxt registrierte, die neben der Tür lehnte, zerrte sie Jack weg. Er ließ sich von ihr bis zu seinem Pferd ziehen und stieg wutentbrannt auf, ohne den Blick von seinem Vater zu wenden, ehe sie den Weg zurück galoppierten, den sie gekommen waren.

„Deine Verlobte, hm?"

Auf ihrem fluchtartigen Weg von Jacks Elternhaus zu der kleinen Baumgruppe hatte Jack in den letzten zwei Tagen immer noch jedes Gespräch gemieden. Und Abigail hatte nicht gewusst, was sie sagen sollte - wo sie überhaupt anfangen sollte. Wahrscheinlich hatte sie nicht das Recht, sich nach seiner Familie zu erkundigen, und über sie beide würde er schon gar nicht mit ihr reden wollen. Also hatte sie all ihre Fragen hinuntergeschluckt und sich ihre eigenen Geschichten zusammengereimt.

Doch jetzt reichte es ihr, sie konnte dieses Anschweigen nicht mehr ertragen! Und er würde jetzt endlich mit ihr reden, verdammt, und wenn sie ihm mit dem Gewehr das er an seinem Sattel mit sich trug drohen musste! Wenn er sie nicht mehr wollte, okay, doch diese angespannte Stille musste ein Ende haben, sonst würde sie noch verrückt werden!

Jack warf ihr einen kurzen Blick zu, während er ihr Nachtlager aufbaute. Abigail stand ihm mit verschränkten Armen gegenüber und sah ihn herausfordernd an.

Sie würde ihn schon aus der Reserve locken. Lieber riss er ihr den Kopf ab als sie weiter so zu ignorieren.

„Du kannst mich anschreien, wenn du willst, aber rede mit mir, sonst gehen noch die Pferde mit mir durch!" Sie blähte die Nasenflügel.

Er ging unbeirrt seiner Arbeit nach. Wenn sie gekonnt hätte, hätte sie Feuer gespien!

„Jack Cunningham. Ich weiß, dass du mich hasst - und das zu Recht - aber ich reite morgen Früh keinen Meter mehr weiter, wenn du nicht mit mir sprichst. Im Stillen reisen kann ich auch alleine, dann gehen wir ab morgen getrennte Wege. Ich ertrage das nicht mehr!"

Jetzt hielt er inne. Puh! Gebannt wartete sie, was geschehen würde und angesichts der Wut in seinen Augen durchzuckte sie kurz der Gedanke, ob Schweigen nicht vielleicht doch ratsamer gewesen wäre.

„Du wirst nirgendwo hingehen."

Das war's?

„Wieso nicht? Ich bin eine freie Frau."

„Das bist du nicht." Seine Stimme klang gefährlich. Gefährlich beherrscht.

„Stimmt, ich vergaß, ich bin ja deine *Verlobte.*"

Abigail rollte die Augen und jetzt war Jack es, der aussah als wollte er in Rauch aufgehen. Er schluckte seine Worte offensichtlich hinunter und so musste sie wohl noch etwas mehr Provokation an den Tag legen.

„Merkwürdig, dass du diese Lüge überhaupt über die Lippen bekommen hast, bedenkt man, was geschehen ist. Ich frage mich wirklich, ob dir nichts Besseres eingefallen ist."

„Gottverdammt, Abigail!", stieß er wütend aus und an seiner Mimik war klar zu erkennen, dass er endgültig die Fassung verlor, „was willst du von mir hören? Ich liebe dich, zum Teufel! Ich liebe dich so sehr, dass ich mich schäme, dir nicht um den Hals gefallen zu sein!"

Entgeistert sah sie ihn an. Ihr fehlten die Worte. Es war als hätte er ihr ein Brett vor den Kopf geschlagen. Hatte er das tatsächlich gerade gesagt?

„Wie... wie meinst du das?", ungläubig sah sie ihn an.

„Im ersten Moment war ich furchtbar verletzt. Enttäuscht. Aber dann wurde mir klar, was das bedeutet und wie *wundervoll* es eigentlich ist."

Langsam, wie die letzten zu Boden fallenden Tropfen auf einem nassen Ast, sickerte die Bedeutung seiner Worte zu ihr durch.

„Warum hast du mir das nicht gesagt, Jack?"

„Es gab keine *Möglichkeit*", er grinste sie übertrieben an, dann lächelte er heimtückisch, „vielleicht wollte ich aber auch einfach nur nichts an unserem Schweigen ändern, um dich ein wenig zu quälen."

„Du...", wollte sie losschimpfen, doch mit einem Fingerzeig gebot er ihr Einhalt. Brodelnd stand sie ihm gegenüber.

„Eigentlich hatte ich immer gedacht, dass einem die Frauen nach einer Liebeserklärung um den Hals fallen, aber..."

„Ich hasse dich, ich hasse dich, ich hasse dich..." Abigails Herz schlug schneller als sie auf ihn zurennen konnte. Sie sprang hoch und klammerte sich an ihn. Sie küsste ihn als gäbe es kein Morgen mehr, vergrub ihre

Hände in seinen Haaren und presste sich so sehr an ihn wie sie konnte, um ihr Herz daran zu hindern, aus ihrem Brustkorb zu springen. „Ich liebe dich, ich liebe dich, ich liebe dich..."

Als sie sich schwer atmend voneinander lösten und er eine Haarsträhne hinter ihr Ohr strich, lächelte er breit: „So habe ich mir das schon eher vorgestellt."

„Du bist ein Idiot, Jack Cunningham, weißt du das?", auch sie konnte es nicht verhindern, übers ganze Gesicht zu grinsen.

„Der Teil kam wiederum nicht in meiner Vorstellung vor."

„Abigail, wach auf, Liebes." Jacks sanftes Flüstern weckte sie. Es war stockfinster, nur der Schein der Flammen erhellte ihre Umrisse.

„Was ist?"

„Mann, du schläfst ja wie ein Stein, kaum wachzubekommen!"

Abby schloss die Augen noch einmal mit einem Lächeln: „Woran das wohl liegt...?"

Er grinste.

„Komm mit", sagte er und ließ sie allein unter der Decke zurück.

„Was... Wo müssen wir denn hin...?", fragte sie verwirrt, als sie ihm schließlich in einigem Abstand hinterherstolperte.

Durch den hartgefrorenen Schnee hatte sie in der Dunkelheit Mühe, das Gleichgewicht zu halten, nur der Mondschein deutete ihr ein paar von Jack hinterlassene

Fußspuren an, in die sie teilweise springen musste. Hinter Jack am Fluss angekommen war sie leicht außer Atem.

„Huch, was machen wir denn hier?"

„Komm, setz dich zu mir", sagte er und nahm auf dem Felsen Platz, wo Abigail vor einiger Zeit gesessen und ihm die Hiobsbotschaft überbracht hatte.

Was führte er denn nun wieder im Schilde? Dieser Mann steckte voller Überraschungen! Sie setzte sich zu ihm und er zog sie mit einem Lächeln eng an sich. Er drückte einen Kuss auf ihre Stirn und ließ seine Wange auf ihrem Kopf ruhen, den sie, noch immer verschlafen, an seine Schulter gelehnt hatte.

„Wunderschön, nicht?"

Mit einem zufriedenen Seufzen betrachtete Abigail die Aussicht vor ihnen. Der Fluss glitzerte im Mondschein als führe er Milliarden von Diamanten. Das Wasser verursachte einen angenehm beruhigenden Laut in der sonst so stillen Nacht. Die Schneelandschaft, die sich vor ihnen ausbreitete, reflektierte das Licht in den Senken nicht so sehr wie auf den Anhöhen und sah aus wie ein riesengroßer, schwarzgrauer Ozean, der ungeahnte Weiten versprach. Doch das war noch nicht einmal das Beeindruckendste. Atemberaubend war der Himmel. Pechschwarz, mit einem glühend weißen Mond und Abertausenden von Sternen, die ein Zelt aus glitzernden Lichtern über ihnen aufspannten.

„Traumhaft", stimmte sie ein.

„Hey, wusstest du schon, dass ich Vater geworden bin?", scherzte er beschwingt und sein Brustkorb vibrier-

te während er leise lachte.

Abigail lächelte. Sie fühlte sich an diesem Ort, als wären sie die einzigen beiden Menschen auf der Welt. Ihr Herz war überschwemmt von so viel Glück, dass sie meinte, so viel passte eigentlich gar nicht hinein. Wer hätte gedacht, dass all das einmal hier in dieser Nacht enden würde? Mit ihm in ihren Armen?

„Glückwunsch", grinste sie und gab ihm einen Kuss.

„Hat mein Kind eigentlich schon einen Namen?"

Abby seufzte: „Bisher ist mir nicht der richtige eingefallen und es war so viel los..."

„Ich wollte meinen Sohn immer Lucas nennen."

Sie lachte: „Ich bin eine Rabenmutter. Ich hatte Monate Zeit, mich auf einen Namen festzulegen und du hast schon Namen parat für Kinder, von denen du bis vor kurzem noch gar nichts wusstest."

„Du bist keine Rabenmutter, höchstens ein wenig chaotisch."

„Hey!", tadelte sie ihn und piekste ihn in die Seite, ehe sie wieder in den Sternenhimmel blickte.

„Lucas... Luke...", das Leuchten am Himmel reflektierte sich schimmernd in ihren Augen, „gefällt mir."

„Ich kann es kaum erwarten, ihn wieder in meinen Armen zu halten", seufzte er schwer und sie wusste, dass es dazu wahrscheinlich noch nicht sehr bald kommen würde. Zuerst stand ihnen da noch eine riesige Hürde namens Bill Portman im Weg.

„Ich auch nicht", seufzte sie trotzdem nicht minder wehmütig.

„Gut, jetzt gibt es nur noch eine Sache, die ich erledi-

gen muss." Er löste sich aus ihrer Umarmung und stand auf. Kurz blickte er mit in die Hüften gestemmten Händen in die schwarze Weite hinaus, dann wandte er sich zu ihr um. Mit gesenktem Kopf stützte er sich auf ein Knie und sah schließlich zu ihr auf. Ihr Herz machte einen solchen Satz, dass es ihr beinahe davongehüpft wäre.

„Abigail...", begann er, „verdammt, wie ist eigentlich dein Nachname?"

„Henson", grinste sie und verbarg ihr Schmunzeln hinter dem Jackenärmel

Er räusperte sich: „Abigail Henson, willst du meine Frau werden?"

Abigail zersprang in tausend kleine Teilchen, die sich anschließend ruckartig wieder zusammenzogen und ihr dabei Schwindel bereiteten. Tränen, so schimmernd wie das Flusswasser, sammelten sich in ihren Augen. Sie kam sich vor wie in einem Traum. Konnte sie solches Glück haben?

„Und das ist eine *Sache*, die du erledigen *musst*?", gluckste sie vor Aufregung.

Ungläubig sah er sie an: „Ernsthaft? Kannst du nicht einfach einmal nach Regiebuch vorgehen? Einfach *Ja* sagen?"

Abigail lachte, sprang von dem Felsen und warf sich ihm in die Arme. Unter einem endlosen Schwall „Jas" warf sie ihn zu Boden und war sich sicher, dass sie, Abigail Henson, der glücklichste Mensch auf der ganzen, großen, weiten Welt war und es von nun an immer sein würde.

Vergessen

„Guten Morgen, Schönheit."

Jack lächelte ihr entgegen, sein Atem gefror in der kalten Winterluft. Sie lagen in einer warmen Hülle unter den Fellen, das Feuer war fast völlig erloschen. Lang würden sie es hier drin nicht mehr warm haben, doch ihre kleine Idylle würde ohnehin ein baldiges Ende finden. Sie mussten weiter und es war lediglich die Erschöpfung nach einer schlaflosen Nacht, die sie trödeln ließ.

Abigail erwiderte sein Lächeln mit leuchtenden Augen: „Guten Morgen, Bandit."

„Womit hab ich denn diese liebevolle Begrüßung verdient?", lachte er und Abby betrachtete ungeniert verträumt die charmanten Fältchen, die sich um seinen Mund bildeten.

„Ich befürchte, weil du mir etwas gestohlen hast."

„Ach ja?"

„M-hm."

Jack zog sie an sich und küsste sie. Durch die Bewegung drang ein kalter Lufthauch unter die Decke und kündigte nachdrücklich an, dass sie nicht allzu lange verweilen konnten.

„Was ist es?"

„Rate."

„Deine Trübsinnigkeit?"

Sie verdrehte die Augen: „Nein. Ja, auch, aber – nein."

„Hmm… deinen Blick für andere Männer?"

Sie verzog schmunzelnd die Lippen: „Selbstverständlich. Aber auch nein."

Jack lachte.

„Ich weiß es."

„Verrat' es mir."

Er sah ihr tief in die unergründlichen, braunen Augen, in denen er nun endlich rückhaltlos versinken konnte. Es war wie eine Befreiung aus langer Zeit der Knechtschaft.

„Dein Herz", grinste er, „ich hab dein Herz gestohlen."

„Du Genie", schmunzelte sie und presste ihre Lippen auf seine. Neue Leidenschaft erwachte zwischen ihnen, obwohl sie sich bereits beinahe die gesamte Nacht geliebt hatten.

„Wir müssen weiter", stieß Jack atemlos hervor und löste sich widerstrebend von ihr.

Abby seufzte. Die nächsten Stunden würden die letzten sein, die sie in nächster Zeit gemeinsam haben würden. *Vielleicht für immer.* Nein, daran wollte sie gar nicht denken. *Es wird alles gut.* Diesen Satz würde sie sich demnächst wohl öfter sagen müssen, um ihn halbwegs glauben zu können.

Beinah niedergeschlagen brachen sie ihr Lager ab, füllten ihre Wasservorräte am Fluss nach und packten ihre Habseligkeiten schließlich auf die Pferde.

„Wo Joker wohl ist? Er ist doch nicht…"

„Nein, da waren keine Pferde mehr", versicherte Jack ihr, „sie sind vermutlich ausgebrochen."

„Also ist er wieder in Freiheit", sagte Abby mit einem

Lächeln und mit Wehmut in der Stimme. Sie würde ihren wilden Schecken vermissen, hatte er doch eindeutig einen Platz in ihrem Herzen errungen.

„Wir können ihn suchen, wenn… alles vorbei ist." Jack legte ihr die Hand auf die Schulter, als Abby das Fell hinter dem Sattel festzurrte. Sie nickte wenig hoffnungsvoll. Sie hatte keinen Plan für „danach". Sie war sich nicht sicher, ob sie überhaupt die Chance bekommen würde, ihn in die Tat umzusetzen.

„Wie geht es deiner Wunde?"

„Sie heilt."

„Lass mich sehen!"

Ihr „Muss das sein"-Blick kam nicht gegen Jacks starre Miene an und so entblößte sie widerwillig ihren Oberarm. Ein Schauder durchlief sie auf Grund der plötzlichen Kälte. Sie warf einen Blick auf die schorfige Kerbe in ihrem Fleisch, die sich zum Glück nicht entzündet hatte.

„Lass uns aufbrechen", sagte Jack mit einem Nicken, das ausdrückte, dass er mit der Wundheilung zufrieden war, und wandte sich von ihr ab, um auf seinen Rappen zu steigen.

Abby wandte sich zu ihm um und betrachtete das ruhige, genügsame Gesicht seines Pferdes, während sie die Jacke zurück über ihre Schulter zog.

„Hat er einen Namen?"

„Wer?"

„Dein Pferd. Ich hab dich noch nie ein anderes reiten sehen."

„Ich mag ihn", er zuckte mit den Schultern.

„Also?"

„Hm... der Rappe, das Pferd... meistens nenne ich ihn Schwarzer. Aber nur, wenn wir allein sind." Wieder umspielte dieses unwiderstehliche, freche Grinsen seine Lippen und fröhliche Falten bildeten sich in seinen Augenwinkeln.

„Sehr einfallsreich", lachte Abby, drehte sich um und schwang sich in den Sattel.

Jack machte keine Anstalten loszureiten, und so wandte sie sich aufbruchsfertig zu ihm um.

„Was ist los?"

„Ich liebe es, wenn du das tust."

Sie sah ihn verwundert an: „Was?"

„Wenn du aufsteigst. Deine Haare wirbeln herum... So wild und frei. Als könnte nichts dich je binden."

„Höre ich da ein wenig Wehmut?", scherzte sie und lächelte ihn schließlich warmherzig an.

„Vielleicht", sagte er und schloss zu ihr auf.

Ihr Lächeln verminderte sich nicht: „Wild vielleicht, aber nicht mehr ungebunden." Vielsagend hielt sie ihren Ringfinger hoch. „Oh", grinste sie beim Anblick des fehlenden Rings, „vielleicht doch?"

Jack verzog missmutig den Mund: „Das holen wir nach. War etwas... spontan."

Abby lachte und zwinkerte ihm zu: „Zuerst musst du mich wieder einfangen!"

Auf ihr Zeichen hin galoppierte ihr Pferd von einer Schneewolke gefolgt an und ließ Jack kurze Zeit allein zurück, ehe er ihr hinterhersetzte. Sein Rappe war weitaus stärker als Abbys braune Stute und so hatte er sie im

204

Nu erreicht. Er legte ihr die Hand auf die Schulter und hielt sich gleichauf.

„Hab dich", lachte er und sie stimmte ein, ehe sie die Tiere auf ein langsameres Tempo drosselten. Sie ritten im hellblauen Schnee der Morgensonne entgegen, lachten, scherzten und waren durchweg glücklich. Bei allem vergaßen sie beide nicht, wie wertvoll die gemeinsamen Stunden waren.

„Was ist in deiner Familie vorgefallen?"

Mehr als abweisen konnte er sie nicht und so hatte Abby die Frage gewagt, die sie schon so lange grübeln ließ.

Er seufzte schwer und sah sie gequält an: „Lange Geschichte."

„Noch haben wir Zeit", lächelte sie aufmunternd.

„Ich bin sowas wie das schwarze Schaf der Familie", begann er, „meine Eltern sind mit harter Arbeit und etwas Finesse zu einigem Reichtum gekommen. Irgendwie wusste das auch jeder zu schätzen, nur ich nicht so richtig. Ich war ein kleiner Rebell, das Leben auf der Ranch war mir zu langweilig und so riss ich aus. Zuerst dachte ich selbst auch, dass es nur eine Jugendphase wäre. Ich klaute und erledigte allerlei miese Jobs, die sich nicht gerade auf der richtigen Seite des Gesetzes abspielten.

Irgendwann hatten ein paar Waisen und Raufbolde und ich uns zusammengeschlossen und machten gemeinsame Sache. So entstand nach und nach die Cunningham-Bande. Als meine Eltern ihren Namen so in den Schmutz gezogen fanden, sie, die doch ehrbare

Männer aus all ihren Söhnen machen hatten wollen und dafür verdammt hart gearbeitet hatten, war jeglicher Versuch meinerseits, wieder Kontakt mit ihnen aufzunehmen, vergeblich. Nun ja, und das gestern war wohl mein letzter Anlauf." Er lächelte resigniert.

„Also bist du eigentlich ein reicher Mann, der sich mit Raubüberfällen bei Laune hält?"

„Ich kenne keinen Menschen, der die Dinge so knapp und ungeniert auf den Punkt bringt wie du." Abby sah ihn entschuldigend an. „Aber ja, wahrscheinlich ist es so."

Das erklärte zumindest sein - für einen Banditen - vornehmes Verhalten, das bisher nicht so ganz ins Bild gepasst hatte. Trotzdem hätte sie nicht erwartet, dass sich so eine Geschichte hinter diesem unerbittlichen, zielstrebigen Mann verbarg.

Sie versuchte, die Stimmung etwas aufzuheitern: „Dann hab ich ja einen richtig guten Fang gemacht."

„Vermutlich", zwinkerte Jack ihr zu, „und ich?"

Abbys Gesichtsausdruck verfinsterte sich: „Da muss ich dich enttäuschen. Du hast eine Niete gezogen."

„Ich habe deinen Vater kennengelernt."

„Was?", fragte sie mehr als verwundert, „wie das denn? Wo…?"

„Damals, als du mich nach unserer ersten Nacht so fluchtartig verlassen hast, hab ich nach dir gesucht. Du hast das Pferd, das du mir geklaut hast, in den Stallungen in Johnstown abgegeben, wo wir es schließlich gefunden haben. Der Stallbetreiber meinte, du gehörtest zu einer Ranch außerhalb der Stadt. Jetzt erinnere ich

mich auch wieder, dass er von *Henson* gesprochen hat. Jedenfalls - sollte dieser Mann, den wir dort sturzbetrunken vorgefunden haben, dein Vater sein…"

„Ist er", bestätigte Abby beschämt, „er trinkt, seit ich zehn bin."

„Und deine Mutter?"

„Ich kenne sie nicht. Wahrscheinlich war sie irgendeine Prostituierte, ich habe keine Ahnung und es interessiert mich auch nicht."

„Hast du dort - bei deinem Vater – gelebt, ehe du bei uns gelandet bist?"

„Ha, nein, Gott bewahre, ich bin mit fünfzehn abgehauen und hab mich durchgeschlagen."

„Womit hast du dein Geld verdient?"

„Dies und das. Alles Mögliche."

„Ich habe gehört, dass du auch im Bordell gearbeitet hast."

Abigail legte den Kopf schmunzelnd zur Seite: „Hast du Angst, ich wäre eine Hure gewesen?"

„Und wenn schon!", erwiderte er.

„Und wenn schon?", konterte sie und zog herausfordernd die Augenbrauen hoch, ehe sie lachte, „nein, ich hab wahrlich ein paar beschissene Jobs gehabt, aber meinen Stolz und meine Ehre hab ich mir stets bewahrt."

„Ich werde diesen Satz sicher bald wieder bereuen, doch Gott sei gedankt für deinen unerschütterlichen Stolz." Wieder grinste er und Abby hätte sich ihm am liebsten an den Hals geschmissen. Sie liebte dieses warme Lachen, das er so selten zeigte.

„Apropos, du sagtest, wir brauchen jeden Mann, den wir kriegen können, nicht wahr?"

„Ja?", er wusste sofort, dass ihm ihr Vorhaben nicht gefallen würde und sah sie skeptisch an.

„Dann reiten wir jetzt zu meinem Vater und waschen ihm den Kopf."

„Was?"

Natürlich war jeder Einwand seinerseits auf taube Ohren gestoßen. Wenn Abigail einen Entschluss gefasst hatte, brachte sie in der Regel nichts und niemand mehr davon ab. Auch Jack nicht.

Sie wusste selbst nicht so recht, ob es eine gute Idee war. Wenn Jack den Mut aufgebracht hatte, zu seinen Eltern zu gehen, dann konnte sie das auch. Sie bildete sich ein – hoffte - dass ihr Vater sich vielleicht geändert hatte und ihr, nachdem sie nach so langer Zeit zurückkehrte, in dieser lebensbedrohlichen Situation helfen würde. Eines war jedenfalls klar: Wenn er es jetzt nicht tat, dann würde er es nie tun und dann wäre dieses Kapitel für sie ein für alle Mal abgeschlossen. Es war ein merkwürdiges Gefühl, nach so langer Zeit wieder einen Funken Hoffnung auf Annäherung zu hegen. Es war beängstigend. Wahrscheinlich war das ein neu erwachtes Mutter-Gen in ihr, sie zählte sonst eher zu den Personen, die verdammt gut verdammt lange beleidigt sein konnten, wenn sie es darauf anlegten.

Als sie die heruntergekommene, kleine Ranch erblickte, taten sich gemischte Gefühle in ihr auf. Es fühlte sich nicht an wie Heimat, schließlich hatte sie an diesem Ort

nicht allzu viel Schönes erfahren, doch da war eine gewisse Vertrautheit, die dem wohl recht nahe kam. Sie schämte sich vor Jack für ihre schäbige Herkunft und tröstete sich damit, dass er es ja bereits gesehen hatte und der erste Schock somit vorüber war.

„Fast so nobel wie euer Anwesen", lächelte sie scheu und konnte ihre Scham nicht ganz verbergen.

„Was bedeutet das schon", sagte Jack abwertend und grinste schließlich, „schau mich an, Männer aus besten Häusern werden zu Schurken."

„Oh ja, und ich bin ja schließlich... nun ja, was bin ich denn? Obdachlos, pleite - mal wieder - und in dauerhafter, akuter Lebensgefahr. Also Frauen aus solchen Häusern bringen es auch nicht recht viel weiter."

Er lachte: „Dann sind wir auf jeden Fall ein gutes Pärchen."

„Na herrlich."

Sie näherten sich dem modrigen Ranchhaus.

„Also letztes Mal hatte er hier bereits zweimal auf uns geschossen", erklärte Jack.

„Das sieht ihm ähnlich."

Abby beschlich ein merkwürdiges Gefühl. Sie war sich absolut sicher, dass hier etwas nicht stimmte. Sie ließ ihren Blick umherschweifen und fand zuerst nichts Auffälliges außer dem allgemeinen Zerfall, bis ihr Blick an dem einzigen Tier weit und breit hängen blieb.

„Oh Gott, sieh nur, Freddy!", rief sie und trieb ihr Pferd an. Vor einem kleinen Pferch sprang sie ab und kletterte über den klapprigen Zaun zu einem kleinen, weißen Pony hinein. Es war vollkommen abgemagert,

ließ den Kopf hängen, das Fell war stumpf. Es machte einen erbärmlichen Eindruck.

„Auf ihm hab ich das Reiten gelernt", sprach Abby wie nebenbei, während sie das Pony genauer unter die Lupe nahm, „er war hier immer mein einziger Lichtblick, hat mich getröstet. Mein Vater hatte ihn mir in irgendeinem Anflug von väterlicher Liebe geschenkt. Zu ihm bin ich gerannt, wenn mein Vater mal wieder... die Nerven verloren hat." Sie strich durch die strohige Mähne hindurch über den sehnigen, dünnen Hals und blickte traurig in die trüben, großen Augen des Pferdes. Freddy legte seinen Kopf schwer in Abbys Arme und diese musste mit den Tränen kämpfen.

„Herrgott, dieser Bastard, wenn er noch hier auf diesem Stück Erde ist, dann war er das die längste Zeit. Das schwöre ich dir! Seine Ackergäule hat er wahrscheinlich verhökert, aber ein altes, kleines Pony kann kein Mensch brauchen. Dann überlässt man es eben einfach seinem Schicksal... Gottverdammt!" Sie war von solcher Abscheu erfüllt, dass sie angewidert auf den Boden spuckte. „Zum Teufel mit ihm!"

Vorsichtig ließ sie den Kopf des Schimmels los, lief in den Schuppen voll Heu - einer der wenigen Orte, an den sie hauptsächlich schöne Erinnerungen hatte. Blind vor Wut riss sie an dem Heu und schmiss es in den Schubkarren.

Jack tauchte am Tor auf: „Langsam, Abby, er sollte nicht so viel auf einmal fressen. Gib ihm nicht zu viel!"

Abby ignorierte seinen mitfühlenden Blick, bahnte sich einen Weg an ihm vorbei und warf dem Pony das

Heu vor die Nase. Sogleich schaffte sie mehrere Kübel Wasser herbei und füllte das Tränkebecken wieder nach. Dann stand sie in Kindheitserinnerungen schwelgend bei dem Pferd und sah ihm zu, wie es langsam und erschöpft am Heu kaute. „Ich hasse ihn, ich hasse ihn, ich hasse ihn!", knurrte sie vor sich hin und schrak zusammen, als Jack neben ihr auftauchte, als hätte sie vergessen, dass er auch noch hier war.

Er stellte ein Bein auf den Zaun wie sie und betrachtete ebenfalls das weiße Pony: „Das Haus ist leer. Sieht so aus, als hätte er die wichtigsten Dinge mitgenommen."

Abbys Augen füllten sich mit Tränen: „Das Wichtigste hat er noch nie mitgenommen."

Jack legte seinen Arm um sie und sie konnte sich nicht mehr wehren, die Tränen kamen in Strömen und sie warf sich in seine Arme. Er hielt sie so lange, bis es sie nicht mehr vor Weinkrämpfen schüttelte. Das hier war ihr letzter Anlauf gewesen - ihr Vater war und blieb ein Schwein und von nun an würde sie ihm keine Träne mehr nachweinen. Offensichtlich hatte sie es noch einmal sehen müssen, um wirklich damit abschließen zu können.

„Ach", schniefte sie, „ich weiß nicht, warum ich weine. Ich weiß doch, wie er ist. Er hat sich keinen Deut geändert, das weiß ich auch, ohne ihn zu sehen. Mistkerl, dreckiger. Wenn ich ihn in die Finger kriege..."

„Sch, sch", Jack strich ihr über die Wange, „wir sind noch früh genug gekommen, das Pony wird über den Berg kommen."

„Er heißt Freddy", sagte sie mit beinahe kindlichem

Stolz, „er war immer für mich da, wenn keiner sonst es war. Gott, das muss sich für dich anhören..."

„Nein", sagte er, „das hört sich völlig normal für mich an. Schließlich habe ich ja auch eine enge Beziehung zu dem Rappen... äh, Schwarzer..."

Sie lachte durch den letzten Tränenschleier hindurch und holte tief Luft. Wie schön und wie seltsam ungewohnt es war, jemanden zu haben, der einen in den Arm nahm und zum Lachen brachte, wenn es einem schlecht ging. Wenn sie daran dachte, wie neu dieses Gefühl für sie war und wie traurig diese Tatsache war, hätte sie am liebsten gleich noch einmal begonnen zu weinen. Es war verdammt unfair, was ihr, einem kleinen Kind, angetan worden war, ebenso wie Freddy.

„Wir reiten jetzt in die Stadt. Dort treiben wir sicher jemanden auf, der sich um Freddy kümmert, bis wir es selbst tun können. Ich freue mich auf ein weiches Bett und ein warmes Zimmer und – Gott - ich will meinen Sohn sehen."

„Okay", sagte sie und versuchte ihre düsteren Gedanken mit einem Lächeln wegzuwischen, „hört sich nach einem Plan an. Ich kann es kaum erwarten, ihn wieder in den Armen zu halten."

„Na dann", grinste er, als sie zu den Pferden gingen, „schwing deinen hübschen Hintern wieder in den Sattel und nichts wie los!"

Nachdem Abigail einer der Küchenhilfen, mit der sie früher im Bordell gearbeitet hatte, einen kleinen Nebenverdienst im Pferdefüttern verschafft hatte, war sie zu-

mindest ihr schlechtes Gewissen gegenüber Freddy halbwegs los, das sie hatte, weil sie sich nicht selbst der Aufgabe annehmen konnte, obwohl sie es ihm schuldig wäre. Jack zahlte dem Mädchen eindeutig mehr als nötig, doch so war Abby sich zumindest sicher, dass diese sich auch wirklich kümmern würde, während sie selbst verhindert waren.

Nun standen sie seit einer qualvollen kleinen Ewigkeit im Saloon und versuchten herauszufinden, in welchem Zimmer Anne mit ihrem Sohn untergekommen war, doch die Dame hinter dem Tresen war nicht sehr kooperationswillig.

„Ich kann sie da nicht einfach rauflassen, Miss. Die Dame hat mich ausdrücklich gebeten, nur eine gewisse Abigail hinaufzulassen und ich solle es nur tun, wenn ich mir absolut sicher wäre. Eigentlich sind mir die Belange anderer ziemlich egal, doch ich bin auch auf mich alleine gestellt mit meiner Tochter, wissen Sie, da hält man zusammen."

Abigail stöhnte: „Aber ich *bin* Abigail."

„Tut mir leid, Schätzchen, ohne Beweis kann ich das nicht zulassen."

„Ich kann Ihnen ebenfalls versichern, dass sie Abigail ist", bekräftigte Jack.

„Sir, Sie sind mit ihr hergekommen. Das ist kein ausreichender Beweis."

Abby wandte sich ab und lehnte sich mit dem Rücken an den Tresen. Sie waren so kurz vor dem Ziel, sie würden doch jetzt nicht an dieser hartnäckigen Saloonbetreiberin scheitern… Es war Nachmittag und noch nicht

viel los im Saloon. Ein paar vereinzelte Tische spielten Poker oder Black Jack, doch es war allgemein ruhig. Ihr Blick fiel auf einen großen, dicken Mann und da fiel ihr etwas ein.

„Hey, Rodman, kannst du der Dame bitte meinen Namen sagen?"

Zwei schwielige Augen blickten von den Karten auf und waren so eng zusammengekniffen, dass man sich fragen musste, ob der Mann überhaupt noch etwas sehen konnte. Schweiß glitzerte in seinem Gesicht, das über und über mit Bart bedeckt zu sein schien.

Er legte den Kopf schief und entblößte seine hässlichen, gelben Zähne: „Warum sollte ich dir einen Gefallen tun, du hast mir doch auch nie einen getan?"

Seine Männer und er lachten. Abby kannte Rodman aus dem Bordell, er ging dort ständig ein und aus. Und er wusste genau, wer sie war, hatte er ihr doch schließlich einmal die Vorzüge deutlich machen wollen, die sie auf der anderen Seite des Küchentresens gehabt hätte. Jack wollte gerade auf Rodman zugehen, als das allseits vertraute Klicken eines Abzuges ihn innehalten ließ. Alle sahen panisch umher. Schließlich blieben ihre Blicke an Abbys Revolver hängen, den sie lässig an ihrer Hüfte hielt und unmissverständlich auf ihre alte Bekanntschaft richtete.

Rodmans Stirn zog sich in Falten, als er blaffte: „Ach, was weiß ich, Abbey oder Abilene oder irgendsowas..." Er warf die Hände unwirsch in die Luft und wandte sich wieder seinem Kartenspiel zu. Abigail wandte sich hoffnungsvoll wieder der Frau hinter dem Tresen zu und

verstaute ihren Revolver wieder sicher im Holster.

Diese machte ein nachdenkliches Gesicht, ehe sie ihre verschränkten Arme löste: „Ach, ich weiß nicht, ich vertraue Ihnen. Zimmer fünf, ganz hinten."

Sie wandten sich zum Gehen. „Moment", hielt die Frau sie nochmals auf, „ihr müsst einmal klopfen und dann noch dreimal. Dann weiß sie, dass ihr von mir kommt."

Abby nickte: „Danke."

Sie stürmten die Treppe nahezu hinauf und rannten zum fünften Zimmer. Tock. Tock-tock-tock. Niemand öffnete und auf Grund des dumpfen Lärms unten im Saloon konnte Abby nicht sicher sagen, ob Geräusche aus dem Zimmer kamen. Fragend sah sie Jack an. Er trat vor und klopfte nochmal, lauter. Tock. Tock-tock-tock.

„Vielleicht ist das Zeichen falsch?", fragte sie ihn ratlos, als schließlich die Tür vorsichtig geöffnet wurde. Leuchtend rotes Haar war das erste, das sie sahen.

„Abigail! Jack! Oh Gott, ich bin so froh!", rief Anne. Die beiden Frauen fielen sich in die Arme, ehe Jack Anne ebenfalls vorsichtig umarmte. Schließlich sah Abby sich fragend um.

„Wo ist unser Baby?"

„Ich hab ihn... *unser* Baby?", Anne sah sie staunend an.

„Ja", lachte Abby schüchtern und blickte zu Jack, dem die Situation keineswegs unangenehm zu sein schien.

„Wie... Okay, Moment, lasst ihn mich erstmal da rausholen", sagte sie und kramte unter dem Bett einen

kleinen Korb hervor und sah sie entschuldigend an, „ich wollte sichergehen, dass ihr es seid, damit er im Zweifelsfall nicht in die falschen Finger geraten wäre."

Sie waren Anne ins Zimmer gefolgt. Abby nahm ihren Sohn zu sich und es wurde ihr unendlich warm ums Herz. Ein paar Minuten lang konnten sie sich fühlen wie eine Familie und sie wusste, dass sie das besser genoss, solange es ging. Jack sah beinahe ehrfürchtig auf das kleine Bündel hinab und Abby fühlte, dass es Zeit war, Luke wieder loszulassen und in die großen Hände seines Vaters zu legen, auch wenn sie ihn am liebsten noch für Stunden gehalten hätte. Sie übergab ihn Jack und als er auf seinen Sohn hinabblickte hatte er einen so stolzen Ausdruck im Gesicht, wie sie ihn noch nie bei ihm gesehen hatte.

„Wir haben ihn Luke getauft", teilte Abby Anne mit und lächelte.

„Puh, endlich hat er einen Namen. Es war irgendwann ein wenig merkwürdig, ihn immer „das Kind" oder „das Baby" zu nennen, wo er doch irgendwie schon ewig bei uns ist."

„Anne, weißt du, was mit den Pferden passiert ist?", fragte Abby.

Anne nickte: „Keine Sorge, Luke und ich haben sie freigelassen, sobald Bill und sein Gefolge weg waren. Sie streifen irgendwo über die Prärie."

„Gott sei Dank", seufzte Abby, die Joker somit in Sicherheit wusste.

Jack sah nach einer gefühlten Ewigkeit wieder zu den beiden Frauen auf und meinte beinahe etwas peinlich

berührt: „Ich, ähm, werde mal sehen, ob noch ein Zimmer frei ist für uns. Ich schätze, ihr beiden habt euch ohnehin erstmal viel zu erzählen."

Ehe sie richtig einwilligen konnten, war er auch schon verschwunden.

„Ist dem die Vaterschaft gerade zu Kopf gestiegen oder was", lachte Anne und sah Abby dann ernst an, „habe ich da richtig gehört? *Ein* Zimmer?"

Abby konnte nicht anders als geheimnisvoll zu schmunzeln: „Dein Gehör ist ausgezeichnet."

„Komm, setzen wir uns aufs Bett und dann erzähl mir mehr!"

Donnernd

Es war, als zögen sie mit einer Heermacht heran. Dutzende Hufe trommelten auf den verschneiten Boden und wirbelten Wolken aus Schneeflocken auf. Die Pferde wichen den Felsbrocken und dürren Wüstenbeifuß-sträuchern auf dem vereisten Prärieboden behände aus. Mit jedem Galoppsprung näherten sie sich der Felsformation, hinter der sich Raider's Landing verbarg, ein Stück mehr. Die Sonne kämpfte sich mühevoll durch den wolkenverhangenen Himmel. Ein düsterer, grauer Schleier war über den Reitern ausgebreitet. Die Beine der Pferde durchbrachen den am Boden ruhenden Nebel rücksichtslos und brachten ihn in Bewegung, wodurch dieser sie scheinbar erbost wie ein unglück-schwangeres Omen verfolgte. Die Männer hatten alle verbissene Mienen und den Blick starr geradeaus gerichtet. Jack und der Sheriff ritten voraus und führten den Trupp Gesetzeshüter und Vergeltungssuchender an.

Der Marshall saß mittlerweile hinter Gittern, denn er hatte ja Bill damals gewarnt. Der Sheriff hatte von diesem Verrat durch Tom erfahren, der ihn nach Abbys Befreiung und der Zerstreuung der Truppe auf Jacks Anweisung hin darüber unterrichtet hatte.

Mittendrin, zwischen all den galoppierenden Pferdeleibern, ritt Abigail. Sie hielt sich möglichst hinter Jack um ihn später nicht zu verlieren. Er hatte jede erdenkliche Karte ausgespielt um sie am Mitkommen zu hindern, doch es war für sie außer Frage gestanden. Davon

abgesehen, dass sie jeden „Mann" brauchten, wäre sie schier durchgedreht, wenn sie im Saloon sitzen und Däumchen hätte drehen müssen. Ungewissheit führte bei ihr zu überstürzten Handlungen und sie wusste, dass sie es nicht lange ausgehalten hätte, ehe sie ihm gefolgt wäre.

Sie brauchten erst gar nicht zu versuchen ihre Ankunft zu vertuschen, denn es gab keinerlei Möglichkeit, sich diesem Ort unbemerkt zu nähern. Als sie die Öffnung zwischen den beiden riesigen Felswänden beinahe erreicht hatten, bewegte sich plötzlich etwas am Horizont.

„Reiter!", rief einer aus der Truppe des Sheriffs.

Gewehre und Pistolen wurden gezogen und entsichert. Die Anspannung stieg. Die Menge hielt an und Abigail starrte gebannt wie alle anderen den drei herannahenden Reitern entgegen. Wer waren sie? Was ging hier vor? Bill schickte doch keine Leute hier raus, wo er dort drinnen die beste Festung hatte, die er sich wünschen konnte!

Je näher die drei kamen, desto klarer wurden ihre Umrisse. Mit Erstaunen stellte sie fest, dass sie die Gesichter kannte. Doch noch viel mehr erstaunte sie, diese hier und heute zu sehen! Die drei bewaffneten Männer hielten vor ihnen an und der älteste sah Jack an.

„Sie gehören zu mir", sagte Jack mit rauer Stimme und räusperte sich, „das sind mein Vater und meine beiden Brüder."

Nach einem kurzen, vergewissernden Blickwechsel zwischen Jack und dem Sheriff gebot dieser seinen Leuten die Waffen zu verstauen. Mit dumpfen, metallischen

Geräuschen wurden die geladenen Waffen wieder gesichert und verschwanden in ihren Hülsen. Die Situation entspannte sich.

Abby konnte Jacks Gesicht nicht sehen, doch selbst sie war mehr als gerührt von dieser Geste, nachdem sie den wütenden Ausbruch seines Vaters miterlebt hatte. Was ihn wohl dazu bewogen hatte? Womöglich steckte hinter seiner Wut in Wirklichkeit nur ein großes Herz, ein liebender Vater - ein Glück, das Abby selbst schon immer verwehrt gewesen war.

„Männer, absitzen!", befahl der Sheriff schließlich und lächelte Abby zu, als sie beide abgestiegen waren und ihre Blicke sich kurz trafen, „und Ladies, natürlich."

Sie erwiderte sein Lächeln und begrüßte die drei Neuankömmlinge mit einem ebensolchen ihrerseits. Dabei stellte sie mit Unbehagen fest, dass vor allem Jacks älterer Bruder sie immer wieder verstohlen musterte. Zum Glück hatte sie sich zumindest neue Klamotten angezogen und sah nicht mehr ganz so schäbig aus wie bei ihrem ersten Treffen.

Sie hörte seinen Vater grummelnd zu Jack sagen: „Das hast du deiner Mutter zuzuschreiben." Jack hingegen grinste nur verstohlen und Abby hoffte, dass dieser Familienfrieden länger anhielt als nur für diese Unternehmung. Schon allein dafür mussten sie alle lebend davonkommen, könnte das doch der Start von etwas Wundervollem sein.

Die Pferde wurden an halbverdorrten Bäumen festgebunden und nach einem kurzen „Schlagen wir zu" des Sheriffs passierten sie die beiden riesigen Gesteinsfron-

ten, den Eingang von Raider's Landing. Abby erinnerte sich düster an die Felswände und den verschlungenen Weg als läge es bereits Jahre zurück.

„Hast du Angst?"

Plötzlich war Jack neben ihr und sah sie an, ohne eine Miene zu verziehen. Oh Himmel, besser sie sagte ihm nicht, *wie* sehr sie Angst hatte. Doch sie fürchtete weniger um sich selbst als um Jack. Wenn ihm etwas geschah... Daran wollte sie nicht denken. Mit bebenden Lippen nickte sie.

Jack verzog kurz missmutig die Lippen, dann sagte er: „Bleib immer hinter mir."

Abby nickte nochmals und war froh, ihm bei diesem Gefecht so nah wie möglich sein zu können. Wenn sie ihn aus den Augen verlor, würde sie verrückt werden vor Angst!

Ein Schuss, gefolgt von einem Aufschrei nicht weit von ihnen, riss sie aus ihren drei Sekunden Zweisamkeit. Jemand aus ihren Reihen schien getroffen. Es musste vom Plateau gekommen sein! Schnell feuerten mehrere ihrer Schützen zurück und kurz darauf stürzte ein toter Mann von der riesigen Felswand herab.

Der angeschossene Mann des Sheriffs hielt sich die Schulter und besah sie schließlich mit einem zugekniffenen Auge und gerümpfter Nase. Blut lief über seinen Ärmel hinab, doch er nickte dem Sheriff zu und griff wieder mit beiden Händen an sein Gewehr. Wut und Entschlossenheit lagen in seinem Blick, er würde sich von diesem Streifschuss wohl nicht aufhalten lassen.

Also marschierten sie weiter und jede Sekunde, die

verstrich, ohne auf einen von Bills Männern zu treffen, wurden sie angespannter. Doch es geschah nichts mehr.

„Der Mistkerl will uns da drinnen mit allem empfangen, was er hat", sagte Jack zum Sheriff und sah Abby ernst an.

Ihr Herzschlag beschleunigte sich ins Unermessliche und sie atmete viel zu schnell. Sie fühlte sich wie nach einem Marathonlauf durch die Prärie. Wobei sie diesen im Augenblick allemal vorziehen würde. Sie mussten da jetzt durch, sonst würden sie nie in Frieden leben können. *Und wir werden das irgendwie unbeschadet überstehen, gottverdammt!*

Es trennten sie nur noch wenige Schritte vom Ende des Ganges und Raider's Landing und jeder von ihnen wusste, dass dahinter die Hölle auf sie wartete. Mit einem Nicken zwischen Jack und dem Sheriff traten sie hinaus und Abby hastete so schnell sie konnte hinter Jack her und begab sich mit ihm in Deckung. Es war nicht nur der Vorhof zur Hölle, der sie empfing, sie landeten mitten in ihrem verfluchten Herzen. Gefühlt waren es tausende Schüsse, die ihnen um die Ohren flogen. Die Kugeln schlugen in die alten, trockenen Holzgebäude ein. Glas zersplitterte. Schreie ertönten.

Abigail folgte Jack hastig hinter das nächste Holzgebäude und ging in die Hocke. Während er stand und schoss, feuerte sie von unten. Sie landeten einige Treffer. Angreifer stürzten schreiend zu Boden, während sie zwischen den Gebäuden hin und her hechteten und alles unter Beschuss nahmen, was sich ihnen in den Weg stellte.

Ein Blick reichte und Abby verstand, dass sie Jack Feuerschutz bei ihrem nächsten Positionswechsel geben sollte. Sie nickte unmerklich und er lief los. In diesem Moment sah Abby, wie eine angelegte Flinte ihm folgte. Ohne eine Sekunde zu vergeuden, hob sie ihr Gewehr und zielte. Was sie am Ende des Laufs sah, ließ ihr das Blut in den Adern gefrieren. Die Zeit schien stehenzubleiben. Sie erblickte ein altbekanntes, dreckverschmiertes Gesicht, einen Kopf, noch kahler, als er früher gewesen war. Die faltenumringten, dunklen Augen waren zusammengekniffen.

Er hatte sich Bill angeschlossen. Das sah ihm ähnlich. Das war sein Niveau. Das war das richtige Pack für ihn.

Dort, wo sie hinzielte, stand ihr Vater.

Und er zielte auf das Einzige, das ihr neben Luke je etwas bedeutet hatte. Er hatte ihr so viel genommen, ihre ganze Kindheit, er würde ihr nicht auch noch ihre Zukunft nehmen!

Wut packte sie und verwandelte ihr Zögern in Zorn. Ein eiskalter Schuss - und sie traf direkt ins Schwarze. Ihr Vater fasste sich an die Brust, taumelte zurück und suchte verwundert nach der Quelle der Kugel. Als er schließlich Abby und ihr rauchendes Gewehr, das sie langsam sinken ließ, entdeckte, weiteten sich seine Augen in ungläubiger Erkenntnis.

Ohne jegliche Emotion sah sie zu, wie er stürzte.

Sein ausgemergelter Körper fiel in den Schnee. Sofort bedeckten die ersten weißen Flocken seine Kleidung. Abby fühlte nichts. Keine Trauer, aber auch keine Freude. Stattdessen wandte sie den Blick ab als wäre es nur

irgendein wahlloser Angreifer gewesen.

Unbedeutend.

Doch das war es nicht für sie. Er war nicht irgendwer gewesen. Für irgendwen hätte sie nicht so empfunden. Da wäre nicht dieser Hauch von Genugtuung gewesen, nicht diese schale Erinnerung an einen lang gehegten Hass. In einer anderen Situation hätte sie wohl darüber gelacht, dass ausgerechnet jetzt Freddys freches Gesicht vor ihrem geistigen Auge auftauchte. Doch er war das Sinnbild für das, was ihr Vater auch ihr angetan hatte. Freddy war nie wichtig gewesen, er war nie etwas wert gewesen. Und als der alte Henson sich anderen Interessen zugewandt hatte, hatte er das Pony schlichtweg seinem Schicksal überlassen. Dem sicheren Tod. Mit seiner Tochter war es doch nicht anders gewesen!

Sie hatte ihm nichts bedeutet.

Nie, und das wusste sie. Doch sein Tod, der bedeutete nun etwas für *sie*. Er bedeutete Freiheit. Als hätte sie die Ketten ihrer Vergangenheit soeben gesprengt. Sie hatte keinen Vater mehr, ein für alle Mal. Dass er sich Bill angeschlossen hatte, war ein großer Fehler gewesen. Doch, dass er seine Flinte auf Jacks Kopf gerichtet gehabt hatte, war sein Untergang gewesen.

Die Zeit nahm langsam wieder Geschwindigkeit auf, als Abby sich nach Jack umsah. Ihr war, als wären Stunden vergangen. Sie holte tief Luft, füllte ihre Lungen mit der stechend kalten Winterluft und kehrte zurück in die Gegenwart.

Schnell folgte sie Jack nach. Sie war zu verwirrt und unter Strom um sich bewusst zu werden, was sie gerade

getan hatte. Atemlos kam sie hinter ihm zum Stehen. Er hatte nichts mitbekommen, wodurch es ihr leichter fiel, weiterzumachen - als wäre nichts geschehen.

Sie liefen an einer langen Gebäuderückwand entlang, als plötzlich ein Angreifer vor ihnen auftauchte. Im selben Moment vernahm Abby ein Geräusch hinter sich und fuhr herum. Ein zweiter Mann tauchte am anderen Ende hinter ihnen auf, ein siegessicheres Grinsen im Gesicht. Jack und Abby zögerten keine Sekunde, legten an und feuerten jeder auf einen. Beide Gegner fielen tot zu Boden. Unheil abgewandt – Jack und Abby nickten sich zu, ehe sie sich weiter durchschlugen.

Zur Hölle, sie waren ein verdammt gutes Team. Wenn sie gewollt hätten, wären sie sicher ein hervorragendes Verbrecherpärchen geworden. Doch für Abby stand fest: Nach diesem Krieg wollte sie lange nicht mehr in die Nähe von irgendwelchen Feuerwaffen kommen.

Gerade als sie weiter vordringen wollten und Jack um die Ecke des länglichen Gebäudes spähte, packte ihn plötzlich einer von Bills Männern. Im Gerangel verlor Jack sein Gewehr. Abbys Herz setzte aus. Sie hörte das dumpfe Geräusch von Fäusten, die ihr Ziel trafen. Keuchen. Oh nein, was sollte sie tun? Sie versuchte auf den Angreifer zu zielen, doch die beiden Männer bewegten sich zu schnell, als dass sie sicher sein konnte, nicht Jack versehentlich zu treffen.

Panisch sah sie sich um. Eine der maroden Holzplanken stand etwas von der Wand ab. Ohne lange zu zögern, packte sie das Brett mit beiden Händen und zerrte

daran. Es knackte und knirschte, ehe das trockene Stück der Länge nach riss. Mit der neu errungenen Waffe in der Hand marschierte sie auf die beiden Männer zu. Zielstrebig holte sie aus. Mit aller Kraft, die sie aufbringen konnte, donnerte sie das Brett auf den breiten Rücken des Mannes.

Ihr Schlag allein hätte wohl nicht maßgeblich dazu beigetragen, ihren Gegner auszuschalten, doch offensichtlich hatte sie ihm wehgetan. Das, gemischt mit seiner Überraschung, brachten ihn dazu, kurz von Jack abzulassen. Mit wildem und aggressivem Blick sah er umher. Noch bevor er Abby wirklich wahrnahm, hatte Jack bereits die Chance gehabt, die er gebraucht hatte. Zwei, drei zielgerichtete Treffer auf das Kinn des Mannes ließen diesen zusammensacken.

Jack fasste ihn an seinem Hemd und hielt ihn aufrecht, als er brüllte: „Wo ist er? Wo ist Bill?"

Der Mann lächelte nur und entblößte dabei eine Reihe fauliger, schwarzer und blutüberzogener Zähne, die nicht mehr ganz vollzählig waren.

„Wo ist er?", schrie Jack wütend und schüttelte ihn.

Der Mann schloss seinen Mund zu einem breiten Grinsen, ehe er, nach einer bedeutungsvollen Pause, sagte: „Der wartet nur auf dich, Cunningham. Auf dich ganz allein. Er hat sich was ganz Besonderes für euer Wiedersehen ausgedacht."

„Was hat er vor?", knurrte Jack warnend, doch sein Gegenüber verlor sich lediglich in hysterischem Lachen.

Angewidert und sich klar darüber, dass er nicht mehr aus diesem Mann herausbringen würde, schlug Jack ihm

erneut ins Gesicht. Bewusstlos sackte das Ekel zusammen. Jack sah Abby an, schwer atmend und mit einem Blick, der ihr sagte, dass er einen Entschluss gefasst hatte, den er ihr nicht mitzuteilen gedachte. Und das mit Sicherheit, weil er ihr nicht gefallen würde! Sie wäre am liebsten zu ihm gerannt und hätte ihn in ihre Arme geschlossen, froh darüber, dass er heil war, und ihn gefragt, was er vorhatte. Doch dafür war jetzt nicht die Zeit. Jack wandte sich um und Abby folgte ihm.

So schnell sie konnten überquerten sie die Distanz zwischen zwei Gebäuden und fingen sich an der Wand einer zerfallenen Scheune ab. Abby stieß sich sofort wieder ab und rannte weiter. Gerade als sie um die Ecke bog, zur Rückseite des Schuppens, packte sie jemand. Sie spürte einen Schlag in der Rippengegend und keuchte auf vor Schmerz. Kurz darauf donnerte ein Schuss. Abby stürzte zu Boden, noch immer nach Luft ringend.

Blinzelnd versuchte sie einen klaren Blick durch die Tränen hindurch zu bekommen, die sich vor Schock und Schmerz dort gesammelt hatten. Eine Gestalt erschien vor ihr, verschwommen.

„Nein!", hustete sie und schlug eine Hand weg, die nach ihr fassen wollte.

Bilder von Bills selbstsicherem Grinsen und seinen eiskalten, blauen Augen erschienen vor Abbys innerem Auge. Plötzlich fühlte sie sich zurückversetzt in den Moment, als er ins Versteck eingeritten war. Wie gleichgültig er Emily erschossen hatte. Wie er sie gegen ihren Willen verschleppt und hierher gebracht hatte. Wie seine Männer sie herumgeschubst hatten, ehe er sie mit

gefesselten Händen an den Galgen stellen ließ. Alles, ohne mit der Wimper zu zucken. Wie sie dort gestanden hatte, schienen Stunden zu vergehen. Stunden, in denen sie nicht nur Todesangst für sich selbst empfunden hatte, sondern viel mehr für Jack, denn sie hatte gewusst, dass er kommen würde, selbst wenn es sein sicherer Tod gewesen wäre. Und sie wusste ganz genau, dass sie diesem nur haarscharf von der Klinge gesprungen waren.

Jacks tiefe Stimme ertönte: „Abigail, ich bin es."

Sie blinzelte mehrmals. Bei Jesus, Maria und Josef – denen sie bisher weiß Gott nicht viel Aufwartung gemacht hatte – sie mussten diesen Mistkerl stoppen. Schlagartig wurde ihr klar, dass, wenn sie es heute nicht schafften, Bill Narrenfreiheit hatte. Dann würde es niemanden mehr in dieser Gegend geben, der ihn aufhalten konnte. Sie waren sein Todeskommando und sie mussten sicherstellen, dass sie ihren Auftrag ausführten!

Jetzt erkannte sie Jack vor sich. Erleichterung machte sich in ihr breit. Langsam sah sie sich um, versuchte angestrengt bei Sinnen zu bleiben. Da sah sie einen Mann am Boden liegen, sein Hut war ihm vom Kopf gefallen. Sie nahm an, dass Jack den Angreifer ausgeschaltet hatte.

„Der Schuss… bist du…", keuchte sie.

„Im Gerangel hat sich ein Schuss aus seinem Gewehr gelöst", er nickte unmerklich in die Richtung des toten Mannes, „es geht mir gut. Kannst du aufstehen?"

Jack fasste sie am Kinn, um ihr in die Augen zu sehen. Abby riss sich zusammen und sah ihm so konzentriert entgegen wie sie konnte. Sie durfte kein Klotz am Bein

für ihn sein. Als sie spürte, dass ihr schwindelig wurde, nahm sie seine Hand und blickte darauf nieder. Frisches Blut und aufgeplatzte Haut zeichneten seine Fingerknöchel. Er hatte den Mann offensichtlich mit den bloßen Händen ausgeschaltet, denn sie konnte sich an keinen weiteren Schuss erinnern. Sie strich über seinen Handrücken, ehe sie tief Luft holte und mit seiner Hilfe aufstand. Sie taumelte, alles drehte sich.

„Geht es?"

Abby schluckte und nickte. Es musste gehen. „Ich kann ja schlecht hierbleiben und ein Nickerchen machen", scherzte sie, doch das Lachen blieb ihr auf Grund des stechenden Schmerzes in ihrer Seite im Halse stecken.

Es wäre Jack allemal lieber gewesen, wenn sie in Johnstown in Sicherheit geblieben wäre! Es gefiel ihm überhaupt nicht, sie so angeschlagen mitzuzerren, doch er konnte sie nicht zurücklassen. Allein wäre sie nicht sicher in diesem Zustand. Sie musste bei ihm bleiben und er würde sie beide schützen müssen. Er zwang sie seine Hand nicht loszulassen und merkte, wie sehr sie sich beim Laufen darauf konzentrieren musste nicht zu stolpern.

Sie waren nahezu am anderen Ende von Raider's Landing angekommen als Abigail plötzlich klar wurde, was Jack vorhatte. Er suchte Bill. Doch dieser war bisher nirgends zu sehen gewesen. Hatte der Feigling sich mit einer Handvoll Männer abgesetzt um seinen Allerwertesten zu retten? Acht Schüsse später – da Abby noch immer um ihre Sicht rang, hörte sie jedes Geräusch

überdeutlich - erreichten sie das letzte Gebäude, welches ebenfalls leer war. Wo war der Mistkerl?

Es war das Gebäude, neben das Jack sie gezerrt hatte, als er sie bei ihrem letzten Besuch hier vorm Galgen gerettet hatte. Ein Blick auf die offene Fläche zwischen den Gebäuden hinab zeigte ihnen ein heilloses Chaos. Gerade preschte eine sechsköpfige Herde Rinder in blinder Panik auf den Ausgang zu. Sie mähten alles nieder, was ihnen in den Weg kam.

„Bill!", rief Jack so laut er konnte über das Getöse hinweg, „komm raus, du verdammter Hurensohn!"

Es rührte sich nichts. Mit einem Mal tauchte ein gesatteltes, reiterloses Pferd mit weit aufgerissenen Augen auf und drängte sich an ihnen vorbei. Schützend rissen sie die Arme hoch und stießen das Tier, das völlig verstört war, von sich weg. Es rannte desorientiert weiter und verschwand mit immer schneller werdenden Galoppsprüngen, den Rindern hinterher, in Richtung Ausgang.

Auf einmal ertönte eine wohlbekannte Stimme, die Abby schaudern ließ: „Ich bin hier, Jack! Wenn du mich willst, musst du mich holen!"

Ein Schuss schlug über ihnen ein. Bill musste im gegenüberliegenden Gebäude sein. Jack schoss einige Male zurück, doch ohne Erfolg. Weder Bill noch Jack trafen ihr Ziel.

„Bill!", rief Jack abermals, „wenn du den Mut dazu hast, du elendiger Feigling, dann lass es uns zwischen uns beiden austragen. Jetzt und hier!"

Abbys Herz setzte mindestens drei Schläge aus, ehe es

in dreifacher Geschwindigkeit weiterschlug.

Was?

Es verging eine schiere Unendlichkeit. Abbey erblickte plötzlich einen Mann des Sheriffs, der auf der gegenüberliegenden Seite an dem Gebäude, in dem sich Bill befand, entlangkroch. Er schien verletzt zu sein. Abby kam weder dazu, sich Gedanken über die Rettung dieses Mannes, noch über die ihres eigenen zu machen, da hörte sie einen Schuss. Der Gesetzeshüter sackte leblos zusammen. Sie sah, wie jemand ein Gewehr vom Fenster entfernte. Wutentbrannt feuerte sie auf diese Stelle. Das Fenster zerbarst Stück für Stück, Schuss für Schuss, ein wenig mehr. Sie sah nicht, ob sie traf, doch sie bildete sich ein, einen Aufschrei zu hören.

„Abby!", Jack fasst sie an den Schultern und hielt sie zurück, „spar dir die Munition, du siehst doch überhaupt nicht, worauf du schießt!"

Sie atmete aufgebracht. Sie war außer sich. Voller Wut und Hass. So sehr, dass sie am liebsten losgestürmt und in das verdammte Gebäude gerannt wäre, um Bill eigenhändig den Garaus zu machen.

Doch der Klang von Bills Stimme, die über das gesamte Areal dröhnte, unterbrach sie in ihren zornigen Gedanken. „Hört auf!", brüllte er und seine Stimme klang dumpf durch die Holzwände, hinter denen er sich befand, „hört auf!" Die Gefechte wurden stiller.

Jack erhob ebenfalls die Stimme: „Feuer einstellen, Männer, aber bleibt in Deckung!" Er war klug genug, Bill seine Männer nicht schutzlos zu präsentieren.

„Was ist los?", rief der Sheriff und ging hinter einer

Gebäudewand in ihrer Nähe in Deckung.

„Bill und ich klären das von Mann zu Mann", erklärte Jack.

„Ich komme jetzt raus!", rief Bill.

„Cunningham, sind sie vollkommen übergeschnappt...", wollte der Sheriff einwenden, doch in diesem Moment flog schon die Tür auf und ein Mann kam vor Bill aus dem Gebäude, der aus seinen eigenen Reihen stammte. Er benutzte ihn als Schutzschild. Treuloses Schwein! Das war also sein Plan gewesen, sobald Jack die Tür geöffnet hätte, hätte er ihn erschossen und seinen eigenen Mann als Abschirmung benutzt!

Jack holte tief Luft und Abby wurde klar, dass er ebenfalls auf die Straße hinaustreten wollte.

„Jack! Hör auf! Bist du völlig irre!" Sie klammerte sich an seinen Arm, doch er ließ sich nicht beirren. Er schüttelte sie ab und trat auf die offene Fläche hinaus. Tränen blinder Angst sammelten sich in Abbys Augen. Sollte sie ihm hinterher? Das wäre ihr sicherer Tod. Doch sie konnte doch nicht hier stehen und zusehen! Was tat er nur? Er riskierte sein eigenes Leben um das all der anderen zu retten? Möglicherweise war das edelmütig, doch das war ihr völlig egal! Für sie zählte nur er, so egoistisch das auch sein mochte!

Es herrschte vollkommene Stille. Nach all dem Lärm war diese sogar noch verstörender als das Geräusch von dutzenden einschlagenden Schüssen. Abby sank in die Hocke zusammen, die Arme überkreuzt und die Hände in ihre Schultern gekrallt, als müsste sie sich selbst festhalten. Es war ihr als hörte sie nichts als ihren eigenen,

pochenden, übermächtigen Herzschlag. Sie wollte losrennen und Jack packen. Ihn wegziehen. Doch das wäre ihr – oder sein - Todesurteil. Stattdessen gefror sie zu einer Statue, als könnte sie damit die Zeit um sich herum anhalten. Sie konnte nicht klar denken. Sie fand keine Lösung, es gab nichts, das sie tun konnte. Immer stärker zitternd hockte sie da, holte tief Luft, als sie bemerkte, dass sie den Atem angehalten hatte.

Und dann ertönte ein schicksalsschwerer Schuss.

„Du Idiot! Du verdammter, verdammter Idiot! Ich hasse dich, ich hasse dich so sehr! Wie konntest du nur!", schrie und schimpfte Abby, ehe sie in Jacks Armen versank. Sie weinte und es war ihr egal, dass jeder sie so sah. Sollte die ganze Welt sie sehen!

„Ich liebe dich auch", sagte er leise und sein Atem pustete warm durch ihr Haar, als sie ihr Gesicht an seiner Brust vergrub. Seine starken Arme hielten sie, sonst wäre sie mit Sicherheit zusammengesunken. Sie hätte ihn vor wenigen Minuten verlieren können. Für immer. Oh, sie wollte seine Stimme bis ans Ende ihrer Tage hören und sie wollte nie mehr solche Angst um ihn haben!

Sie sah zu Jack auf und er lächelte zu ihr hinab. „Ich hasse dich wirklich", bekräftige sie nachdrücklich.

„Solange du das bis ans Ende meines Lebens tust, bin ich glücklich."

„Verlass dich drauf!"

Etwas Warmes, Weiches drängte sich gegen ihre Beine. Verwundert sah Abby auf den Hund hinab, der sie

mit treuen Augen ansah.

„Was machst du denn hier? Ja, du hast heute natürlich einen ganz vorzüglichen Job gemacht", grinste sie und tätschelte den großen Kopf des weiß-braun gescheckten Tiers.

Offensichtlich schien unter Bills ganzer Grausamkeit ein klitzekleiner, weicher Kern gewesen zu sein. An ihrer Seite saß der Hund von Anne und John, den Bill offensichtlich mitgenommen hatte und dem soweit ersichtlich kein Haar gekrümmt worden war. Umso ironischer schien es ihr, dass ausgerechnet ein Lebewesen, dem er *nicht* wehgetan hatte, Bill seinen entscheidenden Vorteil gekostet hatte. Als er nämlich aus der Hütte getreten war und seinen eigenen Mann vorgeschoben hatte, war der große Hund, offensichtlich verschreckt von all den Schüssen und dem Lärm, an Bill vorbei aus dem Gebäude gestürmt. Bill, der ihn hatte aufhalten wollen, hatte sein Schutzschild einen Moment lang losgelassen und der Mann hatte natürlich sofort das Weite gesucht.

Abby sah zu Jack auf, der schmunzelte. Offensichtlich hatten sie soeben ein neues Familienmitglied gewonnen.

Da durchbrach eine Stimme den Frieden: „Der Sheriff ist getroffen!"

Sie fuhren herum und im nächsten Augenblick knieten sie im von Holzsplittern übersäten Schnee. Schwer atmend lag der Sheriff vor ihnen, Blut quoll aus einer Schusswunde an seinem Bauch. Jack zerriss vor wütender Verzweiflung das Hemd und das wärmende Unterhemd darunter.

Der Verwundete hustete schwer, als er etwas sagen

wollte. Schließlich brachte er einige Worte mit rauer Stimme hervor: „Lasst mich, es gibt nichts mehr, das ihr für mich tun könnt."

Jack wollte nicht wahrhaben, dass der Sheriff Recht hatte und besah sich die Wunde genauer. Als er den Blick wieder hob, war Abby klar, dass der Zustand des Sheriffs tatsächlich schlimm war.

„Welcher Hurensohn war das?", brüllte er und sah in die Reihen der Gesetzesmänner, die die Gefangenen in Schach hielten.

„Das war der hier, Jack. Ich hab ihn sofort ausgeschaltet, doch es war schon zu spät", erklärte Jacks jüngster Bruder nahezu beschämt.

„Cunningham", krächzte der Sheriff wieder, „hört mir zu." Er fummelte unter seiner geöffneten, dicken Jacke an seinem zerrissenen Hemd. „Nehmt das. Tragt ihn mit Stolz." Sein Atem gefror und verflüchtigte sich sogleich in der Luft, als wären es seine letzten Lebensgeister.

Jack wandte den Blick nur langsam vom Gesicht des sterbenden Mannes ab und blickte auf den funkelnden, silbernen Stern in seiner Hand.

„Ich…", setzte er an, verstummte jedoch, als der Sheriff abermals schwer zu husten begann. Plötzlich rang er heftig nach Luft, seine Hände verkrampften sich. Jack packte ihn, als könne er ihn vor dem Hinübergleiten in den Tod an Ort und Stelle festhalten. Doch die Atemzüge wurden immer kürzer und schließlich trat ein friedlicher Ausdruck auf sein Gesicht. Jack senkte den Kopf, er bedauerte den Verlust dieses guten Mannes

zutiefst. Er war ein Sheriff mit Verstand gewesen, einer von der Sorte Mensch, die die Welt wirklich brauchte. Und er hatte viel für die Cunningham-Bande getan, obwohl sie lange auf unterschiedlichen Seiten gekämpft hatten.

„Die Guten gehen immer zu früh", sagte einer seiner Gefolgsleute.

Langsam blickte Jack auf. Er sah Abigail an. Trotz des traurigen Umstandes schenkte sie ihm ein knappes Lächeln, ehe sie die Lippen wieder niedergeschlagen aufeinander presste.

„Wir schaffen die Gefangenen raus", sagte einer der Männer nach einer gefühlten Ewigkeit, „und äh... die Ladies."

Verunsichert blickte der Mann zu drei leichtbekleideten, verstörten Frauen, die hier offensichtlich ihr Dasein in der Portman-Bande hatten fristen müssen. Jede von ihnen hatte eine Jacke von einem der Männer des Sheriffs übergeworfen bekommen und sie hielten sich daran fest, als würden ihre Seelen sonst in ihre Einzelteile zerspringen. Abby wusste von Anne, dass ihnen ein unendlich langer Weg bevorstand. Doch jetzt waren sie frei und sie hoffte so sehr, dass sie sich von ihren Erlebnissen erholen können würden.

Abby wischte sich die Tränen weg. Natürlich hatte sie den Sheriff nicht gut gekannt, doch ihr war bewusst, was er für die Cunningham-Bande getan hatte und sein tragischer Tod traf sie zutiefst. Es war so unnötig! Sie hatten es doch schon geschafft gehabt...

„Lasst ihn uns hinausbringen aus diesem gottver-

dammten Loch", sprach einer der Männer mit einem abfälligen Blick auf seine Umgebung und so hoben ein paar von ihnen den Sheriff schließlich hoch und trugen ihn fort.

Jack kam auf sie zu und sie schlang ihre Arme um ihn. Lange standen sie so da und ließen die Dinge um sich herum geschehen. Sie genossen es, sich zu haben. Noch immer. Nach all der Angst und all den Gefahren. Kein Bill Portman würde sie je wieder bedrohen. Schließlich holte Abby tief Luft und löste sich aus ihrer Umarmung. Mit Abscheu betrachtete sie Bills Leiche, die im Dreck lag, wo sie hingehörte.

„Ich möchte wissen, wer geschossen hat", murmelte Jack neben ihr.

„Es ist mir vollkommen egal", sagte sie kühl, „wer auch immer es war, ich werde ihm bis ans Ende meiner Tage dankbar sein."

„Ich muss dir was sagen, Abby..."

Sie sah ihn überrascht an: „Was ist?"

„Unter Bills Männern... dein Vater ist eine der Leichen."

Abby wandte den Blick ab und nickte: „Ja, ich weiß. Ich hab ihn erschossen."

„Oh, du..."

„Er hatte dich im Visier."

Er zog sie wortlos wieder an sich und drückte ihr einen langen Kuss auf die Stirn. Kurz kniff er die Augen zusammen, als er verinnerlichte, was sie für ihn getan hatte.

„Es ist schon okay", sagte sie etwas atemlos, „er war

nie wirklich mein Vater."

Jack zwang sich zu einem Lächeln. Er war wütend, das wusste sie. Doch jetzt gab es nichts mehr, was er an dem miesen Vater, der der alte Henson gewesen war, ändern könnte. Dieses Kapitel war nun vorbei und er fühlte Abbys Erleichterung darüber, als wäre es seine eigene.

„Wie geht es jetzt weiter?", fragte sie ihn, um das Thema zu wechseln. Sie sah sich einen Augenblick lang um. Raider's Landing war beinahe dem Erdboden gleich gemacht worden. Die Hütten sahen nun noch mitgenommener aus als zuvor. Zum Teil brannten Teile von ihnen durch Petroleumlampen, die durch die Schüsse Feuer gefangen hatten. Leblose Körper lagen im Schnee... Trotz all der Zerstörung machte sich langsam aber sicher ein Gefühl von Frieden in Abby breit. Sie hatten es geschafft, sie waren frei. Sie würden nun unbekümmert leben können. Es gab niemanden mehr, der ihre Seelenruhe bedrohte.

Er zuckte die Schultern: „Ich weiß es nicht. Ich hatte mir gedacht, dass wir uns ein ehrbares Leben aufbauen."

„Ehrbar?", neckte sie, „*du?*"

„Lehn dich nicht zu weit aus dem Fenster..."

„Sonst was? Heiratest du mich nicht mehr?"

Er lachte, hob sie hoch und wirbelte sie herum.

„Das würde dir wohl so passen..."

Jetzt sind wir wieder am Ausgangspunkt unserer Geschichte angekommen, dachte Abby belustigt und erinnerte sich noch an jedes Detail, obwohl es sich anfühlte, als wären seither Jahrzehnte vergangen. Sie war damals so

am Ende gewesen, mit nichts dagestanden, und jetzt hatte sie noch immer nicht mehr als vorher in ihrem Geldbeutel und fühlte sich doch so viel reicher. Vielleicht war es tatsächlich möglich, von Luft und Liebe zu leben.

Sie saß mit Jack an einem der Tische im Saloon - wer weiß, vielleicht war es sogar der, an dem sie an ihrem ersten Abend gesessen hatten. Irgendwie war Abbys Situation wieder ähnlich, sie hatte eine große Geschichte hinter sich und stand vor einem neuen Abschnitt, von dem sie nicht wusste, wann und wie er beginnen würde. Beim letzten Mal war es ein gutaussehender, geheimnisvoller Mann namens Jack Cunningham gewesen, der ihr Leben auf den Kopf gestellt hatte. Und dieses Mal schien es wieder genauso zu sein.

„Worüber lächelst du?" Jack drehte sein Glas zwischen seinen großen Händen. Eine Angewohnheit, die Abby lieben gelernt hatte und die ihr ein wohliges Prickeln den Rücken hinuntersandte.

Abby verschränkte die Arme vor der Brust und stützte sich schmunzelnd an der Tischkante ab. Vielsagend sah sie Jack an, dessen Blick kurz auf ihre Brüste abschweifte. „Genau darüber", grinste sie, „wie du das Glas kreisen lässt... Fühlt sich beinahe wie ein Déjà-vu an, wieder an so einem Punkt im Leben mit dir hier zu sitzen, nicht?"

„Meinetwegen kann die Zukunft aus solchen Déjà-vus bestehen", sagte er, brachte ihr Blut mit einem Blick zum Kochen und lehnte sich ebenfalls über den Tisch um sie leidenschaftlich zu küssen.

Aus den Augenwinkeln heraus nahm Abby eine Bewegung wahr. Entschuldigend sah sie zu Anne auf, die errötete. Sie stand mit Luke, den sie soeben gebadet hatte, da. Er war dick in Decken eingewickelt und ein schweres Bündel, wie Abby stolz feststellte, als Anne ihn in ihre Arme legte. Es war ein wunderschönes Gefühl, die Gewissheit zu haben, dass ihr Sohn nun in Frieden aufwachsen konnte und sie nicht täglich bangen musste, dass irgendein Verbrecher namens Bill Portman vor ihrer Tür stand und auf Rache sann.

Die junge Frau setzte sich zu ihnen und erst jetzt bemerkte Abby die Tasche, die sie mit sich trug.

„Was hat die Tasche zu bedeuten?", fragte sie erstaunt.

„Deshalb möchte ich mit euch sprechen." Zwei überraschte Gesichter blickten Anne entgegen. Sie hatten mit viel gerechnet, doch nicht damit, dass diese verschreckte, ängstliche Person ihnen etwas zu verkünden hatte.

„Ich bin ganz Ohr", sagte Jack und Abby wusste, dass er nicht zulassen würde, dass sie eine Dummheit machte. Jack war zwar nicht Annes Vater und dafür auch viel zu jung, da Anne ungefähr Abbys Alter haben musste, doch er zählte sie definitiv zu seinen Schutzbefohlenen. Anne war sich dessen bewusst und wusste es zu schätzen. Sie respektierte ihn seit eh und je. Umso verwunderlicher kam Abby die Situation vor.

„Was sind eure Zukunftspläne?", fragte Anne die beiden und Abby und Jack sahen sich etwas ratlos an.

„Wir werden uns vermutlich ein Stück Land in der Gegend suchen und in ein neues Leben starten", erklärte

Jack.

„Also noch nichts Konkretes, so wie ich das sehe, ja?"

„Nein, davon abgesehen, dass ich der Sheriff dieser Stadt bin, wollten wir uns die nächste Zeit umhören, wo etwas zum Verkauf steht."

Anne nickte, als wüsste sie die Antwort bereits: „Ich habe euch einen Vorschlag zu machen." Sie sah ihnen beiden fest in die Augen und Abby fühlte sich beinahe schon unwohl dabei. Ihr wurde schmerzlich bewusst, dass Anne ihr wahrscheinlich noch nie so lange direkt in die Augen gesehen hatte. „Da Bill und sein Dreckspack sich ja nach Raider's Landing verkrochen hatten, ist Johns und meine Ranch nun wieder unbewohnt. Ich befürchte zwar, dass die Schweine dort ein ziemliches Chaos hinterlassen haben, doch ich hoffe, dass es nicht allzu schlimm ist. Ich würde sie euch gerne schenken."

Es war in diesem Moment nicht zu sagen, wer von ihnen beiden die größeren Augen machte.

„Was... aber, wieso gehst du denn nicht selbst dorthin zurück?", fragte Abby und bereute die Frage sofort, als sie Annes Gesichtsausdruck sah.

Die junge Frau senkte den Blick: „Ich möchte diesen Ort nie wieder betreten."

Abby warf Jack einen besorgten Blick zu und lächelte Anne ermutigend zu: „Komm doch mit uns. Gemeinsam..."

„Nein", sagte Anne strikt und sah sie beide harsch an. Abby konnte ihren Herzschlag beinahe sehen, so sehr brachte sie die Erinnerung in Wallung. Nach all der Trauer und Scham mochte sie sich nicht vorstellen, wie

viel Wut sich in dieser Frau angestaut hatte. „Nehmt sie. Bei euch wäre sie in guten Händen, ich könnte mir kein besseres Ende für diese Geschichte vorstellen. Bitte."

Abby sah hilfesuchend zu Jack.

„Du musst sie uns nicht schenken, Anne. Wir haben genug Geld, um sie dir zu bezahlen. Mach dir darüber keine Sorgen."

Ach ja, ich habe ja einen reichen Mann, dachte Abby innerlich lachend, *daran muss ich mich wohl erst noch gewöhnen.*

„Nein, ich..."

„Das steht außer Frage, Anne. Ich werde sie geschenkt nicht nehmen." Da war er wieder, der Ton, der keine Widerrede zuließ.

Anne zuckte mit den Schultern und vertagte diesen Punkt damit auf ein andermal.

„Wo willst du denn hin?", fragte Abby besorgt und hätte Anne gerne am Arm berührt, wagte es jedoch nicht. Zu Anfang war sie oft zusammengezuckt, wenn sie jemand angefasst hatte, vor allem Männer. Mit der Zeit hatte jeder gelernt, sich zurückzuhalten. Doch jetzt hatte Abby das Gefühl als wäre Anne wieder so weit von ihr entfernt wie damals.

„Ich weiß es nicht. Wir werden sehen, wohin der Wind mich trägt."

Abby seufzte und wollte gerade ansetzen, es ihr auszureden, als Jack sie mit seinem Stiefel berührte und ihr mit einem Blick zu verstehen gab, dass sie nichts sagen sollte.

„Unter einer Bedingung", sagte er an Anne gewandt,

„sonst lasse ich dich nicht gehen."

Anne zog die Augenbrauen hoch.

„Wir verhandeln einen Preis für die Farm. Und du nimmst das Geld."

Anne holte tief Luft, dann nickte sie: „Einverstanden:"

„Denkst du, das ist eine gute Idee, sie gehen zu lassen? Ganz allein?" Abby saß auf dem Bett ihres Saloonzimmers, Luke in den Armen, und sah Jack besorgt an. „Ich weiß wirklich nicht, ob wir das zulassen sollten. Sie..."

„Abigail", sagte Jack und wenn er sie mit ihrem ganzen Namen ansprach, war es ihm stets ernst, „nur weil deine Geschichte so war, muss ihre nicht genauso sein. Sie wird genügend Geld haben, um unabhängig zu sein. Dafür sorge ich schon. Sie braucht das für sich, sieh sie dir doch an. Es fällt mir nicht weniger schwer als dir und ich mache mir ebensolche Sorgen, aber wir können sie nicht einsperren. Sie ist ein erwachsener Mensch und ich habe kein Recht, es ihr zu verbieten."

In diesem Punkt war er eindeutig stärker als sie. Wenn sie könnte, würde sie es Anne mit allen Mitteln versuchen auszureden, doch es würde wohl nichts nutzen. Einen Suchenden sollte man nicht aufhalten. Und vielleicht hatte Jack Recht und sie machte sich tatsächlich zu viele Sorgen, weil sie ein gebranntes Kind war.

Es klopfte an der Tür. Die beiden wechselten einen Blick, ehe Jack öffnete. Es war wie erwartet Anne. Sie war da, um sich zu verabschieden. Abby bemühte sich, kein allzu finsteres Gesicht zu machen. Anne schloss die Tür hinter sich und starrte schließlich auf ihre Finger,

die sie vor ihrem Rock verschränkt hatte.

„Ich möchte mich für alles bedanken, was ihr für mich getan habt. Dafür kann ich gar nicht genug dankbar sein. Ohne euch...", ihre Stimme bebte.

„Schon gut", sagte Abby und bedeutete ihr, dass die Nachricht in vollem Maße angekommen war.

„Nimm das", sagte Jack und reichte Anne eine lederne Tasche mit genügend Geld um lange Zeit sorgenfrei zu leben. Völlig unerwartet schlang Anne ihre Arme um ihn und Jack wagte nur zögerlich, ebenfalls seine Arme um sie zu schließen. Schließlich hastete sie zu Abby und umarmte sie und Luke ebenfalls.

„Ich werde euch nie vergessen und wir sehen uns ganz sicher einmal wieder", sagte sie, und Tränen liefen über ihr Gesicht.

Abby holte tief Luft, um nicht auch noch zu weinen und konzentrierte sich auf Luke, der sich lachend in seinen Decken streckte. Anne lächelte, strich ihm über die Backe und wandte sich schließlich zum Gehen.

An der Tür blieb sie stehen, wischte sich die Tränen aus dem Gesicht und wandte sich mit einem Lächeln zu ihnen um: „Ach ja, eine Sache noch." Ihr Lächeln wurde breiter. „Danke, dass du mir das Schießen beigebracht hast, Abby. Ich bin zwar noch immer nicht die schnellste Schützin, aber wenn, dann treffe ich."

Sie verschwand durch die Tür und Abby und Jack ging im selben Moment ein Licht auf. Erstaunt sahen sie sich an.

„Sie war es!", rief Abby und schlug sich die Hand vor den Mund.

„Was hatte sie dort verloren", schimpfte Jack, „sie hat sich in Gefahr gebracht."

„Ich frage mich viel mehr, wo Luke zu dieser Zeit gewesen ist?"

Jack holte tief Luft und lachte kopfschüttelnd: „*Das* kann nur unsere Freundin unten hinter dem Tresen gewesen sein, vermute ich."

„Wir werden es wohl nie erfahren", lachte Abby ebenfalls.

Epilog

Langsam versank die Sonne am Horizont irgendwo dort, wo heute schwarze Trümmer eines ehemaligen Bandenverstecks in einem Steinlabyrinth zerfielen. Dort war der Himmel orange gefärbt wie die Striche eines dicken Pinsels aus der Hand eines Malers, durchzogen vom Dunkelblau der herannahenden Nacht.

Abby lehnte sich an Jacks Schulter. Das Feuer knisterte, strahlte eine angenehme Wärme aus und es lag ein leichter Geruch von Rauch in der Luft. Sie dachte an das Grab, das sie heute für Emily errichtet hatte. Nun, es war mehr eine Gedenkstätte, doch so hatten sie alle noch einmal Abschied von ihr nehmen können. Es war herzzerreißend gewesen, mitanzusehen, wie sehr die Männer um sie trauerten. Sie hatte ihnen allen viel bedeutet.

Umso schöner war es jetzt, dass sie alle hier gemeinsam saßen. Sie sah in die Gesichter der Männer und konnte sich ein Schmunzeln nicht verkneifen, als sie ihr neuestes Mitglied erblickte. Der große Hund saß am Ende der Reihe und ergatterte an und wann ein Stückchen Fleisch. Luke schlief im Haus gemeinsam mit Lilly, dem Mädchen aus dem Bordell, das sich um Freddy, das Pony, gekümmert hatte und nun so etwas wie Abbys rechte Hand war.

Es war der erste Abend, an dem sie alle hier saßen und die gröbsten Arbeiten an Haus und Umgebung getan waren. Jack sah sich nicht als Farmer und hatte das

Farmland zu Weideland gemacht, auf dem bereits die ersten Rinder grasten. Aus der Farm wurde also eine Ranch. Abby hatte er es nicht ausreden können, gemeinsam mit Francis und ein paar anderen Männern eine fünfköpfige Herde Wildpferde einzufangen, nachdem sie darin bei einem Ausritt Joker entdeckt hatte. Sie wollte neben der Rinderzucht Pferde zähmen und ausbilden, vielleicht ebenfalls züchten. Jack sah das anders, doch Abigail hatte so die Vermutung, dass der Hauptteil der Ranch ohnehin an sie fallen würde, wenn Jack erst in seiner neuen Aufgabe als Sheriff aufgebraucht würde.

„Na, was steht morgen an auf unserer Ranch?", fragte Jack und spielte damit schmunzelnd auf ihren radikalen Lebenswandel an.

Abigail runzelte die Stirn: „Ich weiß nicht was meinem Boss morgen einfällt?" Sie sah zu ihm auf und versank in den tiefschwarzen Augen, in denen sich das Spiel der Flammen spiegelte wie das immerwährende, gefährliche Lodern seines Seelenfeuers.

„Hm", sagte er nachdenklich, „wir könnten damit anfangen, die Tiere zu versorgen, weiter Zäune zu bauen,…"

„Mein Bandit ist so brav geworden", lächelte sie und strich ihm über das raue Kinn.

„Ich werde dir gleich zeigen, *wie* brav…", sagte er und küsste sie innig. Lust keimte in ihr auf, als ein warmes Gefühl sie durchströmte. Abby fragte sich, ob sie jemals weniger auf seine Berührungen reagieren würde?

Ihrer Gäste willen zwang sie sich, sich von ihm zu lösen und betrachtete den schillernden Ring an ihrem

Finger mit einem Lächeln. Sie sah Jack noch immer mit seinem Grinsen vor ihr stehen…

„Ich hätte nicht gedacht, dass ich einmal heirate, und jetzt bin ich in kürzester Zeit zweimal auf die Knie gefallen."

„Du solltest mehr auf den Boden achten, wenn du gehst", hatte sie ihn nervös geneckt.

Er hatte sie auf Joker mit zu einer wunderschönen Anhöhe genommen. Der Wind hatte an diesem Tag getost und an ihren Haaren gerissen und es wäre ihr nur allzu recht gewesen, wenn er ihre Freudentränen ebenso hinfort geweht hätte.

Jacks Rappe, *Schwarzer*, hatte ihn von hinten angestupst. „Ja, ich mach ja schon", hatte Jack gelacht und wieder zu Abby aufgesehen, die Mühe gehabt hatte, nicht wie eine totale Heulsuse loszuweinen.

„Abigail Henson", hatte er begonnen und anschließend gelacht, „das mit dem Namen klappt diesmal schon besser. Wenn wir es noch ein paar Mal üben…"

Sie hatte ihn mit dem Stiefel ans Bein getreten und gegluckst.

„Gut, also, Abigail Henson, willst du ganz offiziell und mit Ring und total unspontan meine Frau werden?"

Sie hatte gelacht und geweint zugleich als sie „ja, ja und nochmal ja" gerufen hatte, ihm in die Arme gefallen war und von Küssen bedeckt worden war. Sie war so von Glück überflutet gewesen, dass sie nicht gewusst hatte, wohin damit. Nie in ihrem Leben hatte sie sich so gesegnet gefühlt. Nach einem weiteren tiefen, innigen

Kuss hatten sie sich wieder etwas voneinander gelöst. Noch während sie sich tief in die Augen gesehen hatten, hatte Joker seinen Kopf an seinem Vorderbein gerieben, anschließend die Ohren gespitzt und die beiden angesehen. Es hatte ausgesehen aus, als dächte er über etwas nach, ehe er den Kopf in die Höhe gestreckt, die Oberlippe geschürzt und geflehmt hatte. Abby hatte nicht anders gekonnt, sie hatte gelacht und gelacht und Jack hatte es ihr gleich getan.

Während sie eng in ihre Decke gekuschelt an Jack lehnte, ließ Abby ihren Blick vom Lagerfeuer weg und zu den Pferden hinüber schweifen. Jokers auffällig gescheckes Fell fiel sofort auf und mit einem Lächeln sah sie Freddy, der im Dunkeln döste. Sobald er stark genug gewesen war, um die Strecke zu laufen, hatten sie ihn von der alten Farm ihres Vaters hierher geholt. Er war bereits viel kräftiger und bekam hier einen Lebensabend geschenkt, der nicht vielen Pferden zuteilwurde. Ein sinnloser Fresser, wie Tom gesagt hatte, doch Abby verdankte diesem Pony so viel und reagierte dementsprechend, sodass bald niemand mehr wagte, ein Wort darüber zu verlieren.

Jack strich ihr verträumt durch ihr schulterlanges Haar: „Ich hab dein langes Haar geliebt. Wie konntest du es nur abschneiden."

Sie lachte: „Manchmal muss getan werden, was getan werden muss…"

„Ja, wann ist eigentlich die Hochzeit?", rief Francis grinsend und unterbrach ihre Unterhaltung damit. Er

war eindeutig etwas angetrunken und sah zu Jack und ihr hinüber.

Die Gespräche verstummten und die Aufmerksamkeit der Gruppe richtete sich auf sie. Jacks Mutter und sein jüngster Bruder blickten interessiert auf. Seine ganze Familie half ihnen seit Anfang an die Ranch auf Vordermann zu bringen. Jack hatte sich diesen Frieden wahrlich verdient und es machte Abby überaus glücklich, zu sehen, dass alles mit seiner Familie ins Lot gekommen war. Seine Mutter wagte es zwar noch nicht, es offen zu zeigen, doch Abby glaubte zu wissen, dass sie stolz auf Jack, den frischgebackenen Sheriff und Vater mit der frischgebackenen Ehefrau, war. Langsam, aber sicher machte er damit für sie seinen Fehltritt als Banditenboss wieder gut.

Jacks tiefe Stimme vibrierte in seinem Brustkorb: „Was interessiert dich das? Hat jemand gesagt, dass du eingeladen bist?“

Die Männer grölten und Francis wäre vor lauter Schulterklopfern beinahe vom Baumstamm gestürzt.

„Irgendwie wie früher“, murmelte Abby.

„Nur ein anderes Lagerfeuer“, lachte Jack.

Fortsetzung:

Band 2 der Prärie-Reihe:

Prärieblume

Anne hat alles verloren. Völlig am Ende kämpft sie sich Stück für Stück zurück ins Leben und stolpert schließlich in die Welt einer wandernden Wild-West-Show. Ihr Ruf als feurige, zielsichere Revolverheldin eilt ihr schon bald voraus. Wären da nicht die Dämonen ihrer Vergangenheit - ihr Leben könnte perfekt sein. Doch dann ist da auch noch Kaulder, der sie nicht mehr loslässt. Und der hat zu allem Überfluss noch eine Verabredung mit dem Galgen.